무상검

無常劍

무상검 13

일묘 新무협 판타지 소설

초판 1쇄 찍은 날 § 2005년 6월 24일
초판 1쇄 펴낸 날 § 2005년 7월 4일

지은이 § 일묘
펴낸이 § 서경석

편집장 § 문혜영
편집책임 § 이재권
편집 § 장상수 · 유경화

펴낸곳 § 도서출판 청어람
등록번호 § 제1081-1-89호
등록일자 § 1999. 5. 31
어람번호 § 제2-0632호

주소 § 경기도 부천시 원미구 심곡1동 350-1 남성B/D 3F (우) 420-011
전화 § 032-656-4452   팩스 § 032-656-4453
E-mail § eoram99@chollian.net

ⓒ 일묘, 2003

ISBN 89-5831-603-9 04810
ISBN 89-5505-395-9 (세트)

무상검

일묘 新무협 판타지

FANTASTIC ORIENTAL HEROES

無常劍

13

◆ 무상검(無常劍)

완 결

도서출판 청어람

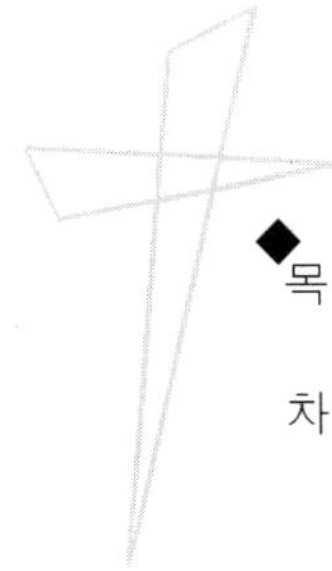

◆목
차

第一章 무상검의 초식 ◆ 7

第二章 느낌의 소멸 ◆ 47

第三章 무림 정복 포기 선언 ◆ 87

第四章 나는 누구인가? ◆ 111

第五章 선택 ◆ 143

第六章 유희 ◆ 177

第七章 원치 않는 것들 ◆ 207

第八章 문 없는 문이 열리다 ◆ 229

第九章 난 천재지변(天災地變)이다! ◆ 261

第十章 칭칭띵띵 ◆ 291

◆第一章

무상검의 초식

무상검의 초식

남궁세가에서 문호를 개방하여 기재들을 받아들이는 날의 아침.

유검이 머물러 있는 객잔은 전대 사천당문의 가주와 진성 등 늙은이들의 노파심 어린 잔소리로 소란스럽기 그지없었다.

"다시 말하지만……."

전대 사천당문의 가주는 복면을 고쳐 쓰며 엄숙히 말했다.

"남궁세가의 무사를 뽑는 이런 시험에 합격하는 게 중요한 것이 아니다. 요는 어디선가 지켜볼지 모르는 남궁혁 그놈의 관심을 끄는 것이다."

유검은 천천히 고개를 주억거리며 모두 이해했음을 강력히 표현했지만, 그의 잔소리는 그칠 줄 몰랐다.

진성과 냉설매 등도 중간중간 끼어들어 한마디씩 거들었는데, 몇 번을 반복해서 들어온 같은 이야기를 자신만의 관점으로 되풀이하는 식이었다.

유김에게 반복해 언급한 이야기의 요점은 이러했다.

"너의 무공과 기재는 우리들도 충분히 알고 있다. 남궁세가의 시시한 시험에 떨어질 정도는 아니라는 것을. 하지만 그것으로는 충분하지 않다. 남궁혁의 눈에 들어야 하는 것이다. 일단 그놈을 만나야 한천검의 재생을 맡기던가 말던가 하지. 그러므로 너는 단순히 합격하는 게 아니라 남궁혁 그놈의 눈에 뜨일 만한 일을 해야 하는 것이다. 즉 절세기재의 풍모를 보여야 하는 거지."

여기까지는 복면인과 진성 등의 의견이 일치했기에 문제없었다. 문제는 그놈의 '절세기재' 라는 것을 어떻게 표현하느냐였다. 이 문제에 관해서는 모두가 중구난방 생각이 제각각이었다. 각각 저마다 느끼는 절세기재의 풍모라는 게 주관적일 수밖에 없으니 당연했다.

진성의 주장은 무공을 있는 그대로 드러낸다는 것이었다. 약관의 나이에 그만한 무공을 지녔다면, 탁월한 기재가 있다는 것이 증명된다는 이유였다.

이에 복면인이 반발했다.

그만한 무공을 지닌 놈이 왜 이런 시험에 참가하겠는가 하는 의심을 주기 십상이라는 주장이었다.

겁이 많고 의심 많은 그놈은 한 번 의심이 들면 결코 면전에 나타나지 않을 것이다. 그런 위험을 감수할 수 없다. 그렇게 주장했다.

하지면 별다른 대안을 내놓지는 못했다.

팽천화는 일부러 어리숙한 체하다가 결정적인 순간에 짠! 이라는 이해하기 힘든 주장을 펼쳤고, 냉설매는 어떻게든 될 거라는 희망적이지만 전혀 도움되지 않는 의견을 내놓았다.

그런 식으로 중구난방 이런 저런 의견을 내놓으며 논쟁하다 오늘 아침에 이르러서야 진성이 제안한 의견으로 극적인 타협을 보았다.

그것은 그냥 유검에게 '무슨 수를 써서라도 그의 눈에 띄어라' 라며 맡겨 버리는 것이었다. 대신 만약 이 일이 실패하면 백추상의 목숨은 없노라며 위협하는 것이 중요한 핵심이었다.

자기들이 내놓은 방법으로 실패할 경우 유검을 추궁할 근거가 없다. 그저 그녀의 목숨을 담보로 궁지로 몰아넣으면 필사적이 되어 알아서 잘할 것이다. 그것이 진성의 설명이었고, 다들 기막힌 생각이라며 납득했다.

그런 어거지 삼류 깡패 같은 협박이 그들의 최종 결론이었던 것이다.

유검은 내심 한숨을 쉬면서 고개만 끄덕일 수밖에 없었다.

백추상은 우울한 얼굴로 유검 곁에 조용히 앉아 있었는데, 그녀의 내심은 심란했다.

유검의 유유자적해 보이는 태도를 보면, 자신을 목숨보다 사랑해서 필사적으로 뭔가를 해보려고 할 것 같지는 않아 보였다. 아닌 말로 실패하면 자신의 목숨은 날아가겠지만, 그렇다고 유검 자신이 손해 보는 것은 조그만 미안함 정도뿐이지 않은가.

늙은이들은 그분이 현신할 육체(유검)를 감히 훼손시키지는 못할 테니까 애꿎은 자신의 목숨만 날아갈 뿐이다.

그녀는 자신이 나설 수밖에 없다고 결론짓고 결연한 어조로 말했다.

"나도 따라가겠어요. 옆에 머물다 여차하면 도울 수 있게요."

그녀는 밀랍에 싸인 조그만 알약을 복용함으로써 그들의 허락을 얻어내었다.

진성은 그 알약을 건네주며 아무런 설명도 덧붙이지 않았다.

그녀는 그런 진성의 태도에 등골이 오싹해졌다.

하루가 지나면 알약을 감싸고 있는 당밀이 녹아 독약이 즉시 체내로 퍼질 것이고, 그때는 대라신선이 와도 살릴 수 없다는 식의 자질구레한 협박 따위라도 있으면 오히려 나름대로 각오할 것이고 마음이라도 편할 것이다.

하지만 어떤 효과가 있는지, 그리고 언제 약성이 발동되는지 알지 못한다. 그리고 일이 실패할 때에는 반드시 무슨 일이 일어난다.

어쩌면 지독한 춘약일지 모르고, 어쩌면 정신을 파괴시켜 노예가 되게 만드는 고(蠱) 종류일지도 모른다.

이런 식의 막연한 불안과 상상은 사람으로 하여금 더 큰 공포를 느끼게 만들었다.

백추상은 사람들 앞에서 미친 듯 자기 옷을 찢고 암캐처럼 발버둥칠지도 모르는 자신의 모습을 떠올려 보며 부르르 몸을 떨었다.

그녀는 만약 일이 실패한 후에 뭔가 몸에 이상함을 느끼게 되면, 즉시 검으로 자기 심장을 찔러 버리리라 결심했다.

그런 위기감에 그녀의 얼굴은 딱딱하게 굳어졌다.

그런 그녀의 모습을 지켜보며 유검은 다소 무기력함을 느꼈다.

본래 노망난 늙은이들의 엉뚱한 협박—낙양에 독을 풀겠다는 등 백추상의 목숨을 빼앗겠다는 등—에 유검은 순순히 그들의 말을 따랐다.

그러면서도 유검은 어떤 압박감이나 좌절, 두려움, 죄책감 따위는 느낄 수 없었다. 이왕이면 그런 일이 벌어지지 않게 노력하겠지만, 설령 일이 잘못되어 협박이 현실로 나타나도 어쩔 수 없는 것 아니겠는가, 라고 생각되었다.

요 며칠 사이 그런 경향은 더욱 뚜렷해졌다.

유검은 검무를 추다 주화입마당한 이후 현실보다 생생한 꿈을 꾸고 나서 한 가지 의문이 일었다.

꿈을 꿀 때 자신은 어디에 있었는가?

물론 다른 사람들 눈에는 그저 쓰러져 있는 것처럼 보였겠지만, 자신은 분명 다른 현실 속에 있었다. 그것을 단지 꿈이라고 치부해 버린다면, 과연 지금의 현실 역시 꿈이 아니라고 누가 말할 수 있단 말인가?

이러한 의문 속에 삶의 목적이 사라져 버린 듯 다소 공허하고 무기력한 느낌이 들었다. 그리고 그 의문이 보다 현실적으로 구체화된 것은 근래 깨달은 자신 육체 변화 때문이었다.

불안이나 근심, 걱정, 두려움 등 기타의 감정들이 전혀 어떤 감각인지 떠올릴 수 없었다.

가만히 눈을 감고 있으면 육체가 사라진 것 같았다. 약간의 생각들이 떠올랐다가 사라질 뿐 아주 편안하고 고요한 공간 속에 있는 것 같았다. 그리고 눈을 떠도 그 느낌은 사라지지 않았다.

늙은이들이 어떤 협박을 하더라도 마음은 편안했던 것이다.

왜 이렇게 되어버렸는지 알 수는 없었지만, 어쨌든 이를 통해 유검은 한 가지 사실을 알 수 있었다.

마음과 육체는 둘이 아니라는 것을.

대개 마음이라는 하나의 관념은 단지 육체에 투사된 하나의 상태에 불과함을 알았다.

예를 들어 아무리 걱정하려 해도 육체가 편안하면 그런 걱정하는 마음 상태가 될 수 없다. 아무리 분노하려 해도 육체가 있는 듯 없는 듯 편안하면 결코 화를 낼 수가 없다. 슬픔도 기쁨도 마찬가지였다. 그저 평온함뿐이었다.

그리고 마음은 결코 과거나 미래로 달려갈 수 없었다.

애를 써서 과거에 있었던 일을 떠올려 보면 그때의 광경은 그대로이지만 당시 느꼈던 감정과 느낌들이 사라져 버린 듯 투명하기만 했다. 그래서 그 과거 속에 머물러 있을 수가 없게 되고, 지금 이 순간 속의 평온함으로 돌아와 버리고 마는 것이다. 그리고 미래에 대한 걱정 역시 마찬가지였다.

마치 마음이 어떤 거대한 공간 속으로 떨어져 버린 것 같았다.

이런 자신에 대해 유검은 다소 우려했지만, 그런 마음조차 금세 사라지곤 했다.

그러니 현실이란 게 오히려 꿈보다 더 환상처럼 느껴졌다.

그럼에도 한편으로는 속으로 타 들어가는 속불처럼 겉으로는 드러나지 않지만 손을 대면 데이고 마는 그런 강렬한 욕구가 남아 있었다.

자신이 놓치고 있는 뭔가가 있다고 여겼는데, 그것은 삶에 관해서였다.

마음은 미풍조차 일지 않는 바다처럼 잔잔하기 그지없지만 여전히 감각들은 남아 있었다.

세상을 바라보고 있다. 사람들의 목소리, 새소리, 바람 소리, 이런저런 소란한 소리들을 듣고 있다. 음식을 먹고 소화하며 살고 있다. 만지면 감각은 여전히 살아 있다. 오히려 예전보다 더 예민하게.

비록 그러한 감각들이 내면에서 반응하지 않을지라도 말이다.

그럼에도 자신은 살아 있는 것이다. 현실이든 꿈이든 상관없이.

유검은 목숨에 대한 위협으로 입술을 깨물며 절실한 표정을 짓고 있는 백추상을 바라보다가 기이한 감각을 느꼈다.

자신이 그녀 속으로 빨려 들어가는 것 같았다. 그리고 그녀가 느끼고 있는 감정을 고스란히 알 수 있었다. 내면의 중심에서 뭔가 반응이 왔다.

처음은 아니었다. 과거 꿈속에서 느꼈던 감각이었다.

내면에서 어떤 은밀한 열정이 일었다.

'좋아. 무슨 일이라도 좋다. 일단 눈앞의 일에 집중하자. 좋고 싫고는 중요하지 않다.'

삶의 열정이었다. 어떤 일인가 하는 것은 중요하지 않았다. 무언가 내면에서 반응이 왔고, 그것은 스스로를 표현하고 싶어했다. 하다 보면 어떤 해답을 얻을 수 있을 것 같았다.

"자, 갑시다!"

유검이 유쾌한 얼굴로 일어서며 그렇게 외치자 다들 어리둥절해했다.

마치 소풍 가는 어린아이처럼 눈빛을 반짝이며 즐거운 표정을 짓고 있는 유검의 모습은 분명 협박 후 나름대로 필사적인 모습이 되리라 예측했던 그들의 생각과는 전혀 다른 모습이었던 것이다.

백추상은 입술을 깨물었다.

자신의 예상이 맞았다고 생각했다.

유검은 자신의 목숨 따위는 전혀 아랑곳하지 않는 것이다.

늙은이들의 어쭙잖은 협박은 전혀 의미가 없다. 그럼에도 그들은 전혀 눈치채지 못하고 있다. 슬픔과 분노와 절망이 동시에 일어났다.

유검과 백추상이 객잔 밖으로 나가자, 복면인이 좌중을 둘러보며 중얼거렸다.

“아무래도 그냥 내맡기는 것은…….”

중인들은 일제히 고개를 저었다.

“뭔가 수작을 부려봅시다.”

그들도 유검에게 일어난 내면의 변화를 전혀 눈치 못 챌 바보는 아니었다.

성큼 다가선 초가을의 산중은 색색이 물들어가는 홍엽(紅葉)과 눈이 시릴 정도로 화사한 햇살로 한껏 몸치장을 하고 있었다. 그 속에서 남궁세가의 대문 앞은 평소의 엄정한 분위기와는 달리 넘쳐나는 인파들로 시장터를 방불케 했다.

비록 초가을의 산중 정취를 맛볼 수 있는 좋은 날씨기는 하지만, 이들 인파는 당연히 술과 시 한 수에 목숨 거는 유생들이 아니었다. 하나같이 잘 벼려진 청강검을 등 뒤에 메거나 허리에 찬 무림인들이었다.

남궁세가에서 몇 년에 한 번씩 문호를 개방하여 기재들을 불러 모으는 날이 바로 오늘이었던 것이다.

입신양명을 꿈꾸며 찾아든 청년들과 그들을 응원하기 위해 함께 온 친지들이며 사형제들은 시험을 앞둔 이들이라면 누구나 그러하듯 긴장되고 흥분된 모습들이었다.

본래 강호에서는 능력 못지않게 중요한 것이 출신 사문이었다.

별반 기반이 없어 가진 꿈을 펼칠 기회조차 가지지 못한 뭇 청년들은 강호의 찬바람 속에서 그 점을 뼈저리게 느끼지 않을 수 없었고, 자연 검의 명가로 알려진 남궁세가의 식솔이 될 수 있는 오늘의 기회를 꿈속에서도 바라 마지않으며 기다리고 또 기다려 왔다. 자연 긴장되고 흥분하지 않을 수 없는 것이다.

그런 꿈의 무대로 향하는 시험의 관문이 주는 긴장과 활기가 서로 상승 효과를 일으켜 분위기는 한껏 달아올라 있었는데, 남궁세가의 정문이 그르릉 소리와 함께 모두 열리자 청년들의 흥분은 극에 달했다.

평소에는 정문 옆 조그만 소문만이 열리며 사람들이 왕래할 뿐 일문의 장문인이 와도 좀처럼 열리지 않았다. 그런데 오늘 이처럼 정문이 활짝 열린 것이다.

와아! 하는 환성이 터져 나왔다.

그런 분위기 속에 대여섯 명의 무사들이 절도있는 모습으로 걸어나와 조그만 책상과 한 무더기의 나무패를 배치했다.

그 후 청삼을 입은 한 중년인이 천천히 걸어나와 책상에 앉았다.

한 무사가 책상 이 장 앞에 조그만 원을 그리고 나서 청년들을 향해 크게 외쳤다.

"이 원 안에서 자신이 알고 있는 검술을 펼쳐 보이기 바란다! 통과되면 숫자가 적힌 나무패를 건네받고 안으로 들어가면 된다!"

그리고 나서 시험이 시작되었다.

남궁세가의 정문이 내려다보이는 나무 위, 유검과 백추상은 그곳에서 청년들이 용기를 내어 시험에 도전하고 있는 모습을 지켜보고 있었다.

심각한 얼굴로 아래를 내려다보고 있던 백추상이 갑자기 고개를 돌려 유검을 쏘아보았다.

"이 정도는 쉽게 통과하시겠죠? 그대의 능력이라면……."

그녀의 목소리에는 분노가 담겨 있었다. 만에 하나 유검이 변덕을 부려 일부러 탈락할지도 모른다는 불신도 있었다.

유검은 고개를 끄덕이며 되물었다.

"그런데 그대는 무엇을 걱정하고 있습니까?"

"정말 몰라서 묻는 건가요?"

언성이 높아졌다.

"대략 짐작은 하지만, 내가 정확히 아는 것은 아니지요. 혹시 일이 잘못되어 죽을까 봐 걱정하는 겁니까?"

그녀의 눈빛이 흔들렸다.

단순히 죽음이 두려워서라고 말하기는 어려웠다. 그 외에도 여러 가지 복합적인 감정이 숨어 있다. 그런데 유검은 단순히 자기를 겁쟁이로 보는 그런 말을 하는 게 아닌가.

그녀는 쏘아붙였다.

"그래요. 난 죽음이 두려워요. 그게 뭐가 문제죠? 그대가 지금 달아난다 하더라도 나로서는 어쩔 수 없는데 말이에요."

보통 무심함을 가장하며 얼음 장막으로 자신을 보호해 왔던 그녀로서는 의외적인 감정 반응이었다.

이런 때 왜 다정한 말 한마디 못해주는가?

비록 일이 잘못된다 하더라도 최선을 다하겠노라는 말 한마디가 그렇게도 어려운가? 왜 자기를 위로해 주려는 시도조차 하지 않는단 말인가!

백추상은 그런 생각에 억울하기 그지없었다.

"애당초……!"

그녀는 뒷말을 잇지 못했다. 돌연 마음 깊이 숨겨왔던 한 가지 생각이 표면 위로 떠올라서였다.

그렇다. 애당초 유검이 자신을 보호하려는 따위의 시늉만 보이지 않았어도, 늙은이들이 걸핏하면 자신의 목숨을 담보로 위협하지는 않았을 게 아닌가.

그렇다면 이 일에는 유검에게 모든 책임이 있는 것이다.

그런데도 남의 일인 양 저 태연하기 그지없는 얼굴이라니!

뺨이라도 한 대 쳤으면 속이 시원하겠지만, 그럴 수는 없다. 그의 기분을 상하게 한다면 모든 일에 악영향을 끼칠 것이다.

하지만 억울한 느낌은 도저히 풀리지 않았다.

그녀의 얼굴이 시뻘겋게 달아올랐다.

유검은 그런 그녀의 모습을 바라보다 문득 기이한 환상을 보았다. 마치 보이지 않는 실이 그녀의 주위를 칭칭 감고 있는 것 같았다. 그리고 그 실은 그녀의 감정에 따라 이리저리 마구 흔들리고 있었다.

유검은 그녀와 대화를 나누고 있었다는 것도 잊어버리고 그 실의 변화에 열중했다. 참으로 신기했던 것이다.

자세히 바라보니 각 실들은 서로 색깔이 달랐다. 그리고 서로 얽히고설키며 각 매듭을 형성하고 있었다.

그리고 또 한 가지 재밌는 현상을 발견했다.

그녀의 몸이 분화된 모습으로 비춰지는 것이다.

예를 들어 분노했을 때의 몸이 아직 사라지기 전에 절망 상태의 몸이 나타난다. 그런 식으로 여러 겹 겹쳐 있는 것이다.

유검은 더욱 깊이 바라보았다. 그러자 더 선명하게 보였는데, 내부엔 수백 개로 겹쳐진 그녀의 몸이 보였다. 그리고 가슴 깊은 곳에 미약한 빛이 있어 꺼질 듯 말 듯 일렁이고 있었다.

자신이 실이라고 생각했던 그것은 그렇게 겹쳐진 몸들의 간격이 가시화된 것이었다는 것을 알았다.

유검은 이상한 의문에 사로잡혔다.

‘왜 저렇게 실로 스스로를 묶고 다니는 거지? 저건 실이 아니라 밧줄 같군.’

유검은 자신도 모르게 그 빛을 옭아매고 있는 실들의 한 매듭을 향해 손을 내뻗었다.

그의 손가락은 백추상의 미간에 가 멈췄다.

이때 애써 감정을 추스르고 있던 백추상은 돌연한 유검의 행동에 미처 반응하지 못했다.

그리고 뒤늦게 화를 내려는 순간, 그녀는 미간에 어떤 진공과도 같은 공간을 느꼈다.

그것을 자각하는 순간 백추상은 자신의 의식이 그곳으로 빨려 들어감을 느꼈다. 세상이 사라져 버렸다.

다시 깨어난 순간 그녀는 내면에서 뭔가 뚝 끊어지는 것을 느꼈다. 미간을 한 점으로 해서 전신의 곳곳에서 후두둑 실들이 연쇄 반응처럼 끊어져 버린 것이다.

백추상의 신형이 부르르 떨렸다.

그녀는 몸 여기저기에서 희열의 불꽃이 피어오르는 것을 보았다. 형언하기 힘든 기쁨이 마구 솟구치는 것을 느꼈다.

그리고는 의식의 끈이 날아가 버린 채로 한참 동안 멍하니 있었다.

문득 정신이 들자 그녀는 두 손으로 유검을 왈칵 밀쳐 내었다.

“무, 무슨 짓을 한 거예요!”

그녀는 자신도 모르게 눈물까지 흘리고 있었던 것을 깨닫곤 황급히 얼굴을 돌렸다. 묘한 수치심에 그녀의 얼굴은 홍시처럼 달아올라 있었다.

유검은 머리를 긁적거리며 아무런 말도 꺼내지 못했다.

"모기가 있어서 쫓아버리려 한 거요."

한참 만에 결국 내놓은 것은 그 정도 변명이었다.

백추상은 불안해졌다.

어쩌면 자신이 복용한 알약 때문에 나타난 증상일지도 모른다는 생각이 든 것이다.

'어쩌다 내 신세가 이렇게 되어버렸을까?'

그녀는 입술을 깨물며 약해지려는 마음을 다시 굳게 먹었다.

곧 안색을 차갑게 굳히며 무뚝뚝하게 소리쳤다.

"여기서 노닥거릴 시간 없어요. 일단 첫 번째 관문부터 통과하도록 해요. 제가 먼저 가죠."

그리고는 나무 아래로 신형을 날렸다.

시험이 한참 치러지고 있었다.

청년들은 책상 앞에 놓여진 원 속으로 들어가 일단 시험관에게 예를 취한 후, 자신이 자신하는 검초를 열심히 펼쳤다.

그러나 대부분 검 몇 번 휘두르기도 전에 '다음!' 이라는 소리를 들어야만 했다.

통과되는 이는 극소수에 불과했다.

탈락된 이는 아쉬움에 멍하니 하늘만 바라보았고, 통과한 이는 마치 천하를 얻은 양 기쁨을 금치 못했다.

통과한 이들은 접수처에서 번호가 적힌 나무패를 받아 들고 나서 의기양양한 모습으로 미소와 함께 같이 온 지인(知人)들에게 포권을 취해 보이고는 대문 안으로 들어섰다.

유검은 그런 모습들을 지켜보다 길게 한숨을 내쉬었다.

조금 전 일어났던 일을 돌이켜 생각해 보았다.

'대체 무슨 일이 일어난 걸까?'

그녀의 주위로 무슨 실들이 보였다. 그리고 자신은 그 실들의 매듭 중 하나를 소멸시켜 버렸다. 그로 인해 그녀의 내면에 무슨 변화가 일어났다.

이해가 되는 것은 대략 그 정도였고, 그 이치나 과정에 대해서는 알 듯 말 듯 애매모호하기 그지없었다.

유검은 사부가 그리워졌다.

'이럴 때 사부가 곁에 있었다면, 속 시원히 물어볼 텐데……'

하직 인사도 못 드린 채 하산해 버린 것에 죄송한 마음도 들었다.

"무슨 짓이에요!"

갑자기 귀에 익은 앙칼진 목소리가 들려왔다.

눈길을 돌려 아래를 보니 백추상이 얼굴을 굳힌 채 차갑게 한 중년인을 쏘아보고 있었다.

청수한 용모의 그 중년인을 본 순간 유검의 두 눈이 동그래졌다.

"어라? 사부!"

현풍은 그녀의 주위를 빙빙 맴돌며 고개를 갸웃거렸다.

"이상하군, 이상해. 그참 이상하기 그지없어."

마치 마시장(馬市場)에서 말을 품평하듯 그녀의 위아래를 훑어보면서 혀를 차며 그렇게 중얼거렸다.

주위의 청년들이 분노해 소리쳤다.

"벌건 백주 대낮에 무슨 짓이야! 부끄러움도 모르고!"

"홍, 주책바가지 같으니라구!"

청년들은 인생이 걸린 시험을 목전에 둔 입장이었기에 다들 애써 눈길을 두지 않으려 했지만, 그럼에도 그녀와 같은 미녀를 의식하지 않을 수는 없었다.

그러던 차에 사건이 일어나자 흥분했던 것이다.

감히 말을 건네기도 어려울 정도의 기품과 미모를 갖춘 낭자에게 도복을 걸친 돌팔이가 감히 희롱하다니!

유검은 현풍을 보고 당장 내려가 인사를 드리려 했지만, 그와 같은 상황을 보고 생각을 달리했다.

'나중에 가서 인사드려야겠군. 지금은……'

청년들은 당장에라도 몰려들어 현풍을 몰매 놓을 것 같았지만 행동으로 옮기지는 못했다. 그보다 더 큰 일이 벌어졌기 때문이다.

돌연 정문에서 청삼 경장을 입은 십여 명의 무사들이 우르르 뛰어나왔다.

그들의 상의 앞가슴에 금빛 독수리가 새겨져 있는 것을 보고 청년들은 깜짝 놀랐다.

"앗! 본대의 무사들이다! 모두 이십 명이 채 되지 않는다는……!"

그들은 남궁세가의 정예 무사들로, 핵심 전력이라 해도 과언이 아니었다. 그리고 그들 뒤에 서둘러 달려오는 한 노인이 있었다. 금색의 장포를 걸친 기품이 절로 느껴지는 우아한 용모의 노인이었다.

노인의 신분을 알아본 한 청년이 소리쳤다. 자신의 두 눈을 믿을 수 없다는 표정으로.

"저분은 서문 장로… 가주보다 더 뵙기 힘들다는 대장로께서 왜 이런 자리에……."

서문 장로와 무사들은 모두 현풍 앞으로 달려가 일제히 포권의 예를 취했다.

그 모습을 본 청년들은 영문을 모르겠다는 얼굴로 멍하니 지켜보기만 했다.

어째시 남궁세가의 대장로와 징에 무사들이 한낱 도복을 길친 중년인에게 저런 환대를 한단 말인가? 조금 전까지 여인을 희롱하는 추태를 보인 아저씨에게 말이다.

포권 후 서문 장로가 어색하게 웃으며 현풍에게 인사를 건네었다.

"오신다는 전갈을 방금 받았는지라… 그리고 가주께서는 마침 오늘의 대사를 위해 마침 폐관에 들어가 계셨는지라 미처 연락이 되지 않아 이 자리에 오지 못하였습니다."

현풍은 말 걸지 말라며 손을 휘휘 저으면서 여전히 백추상의 위아래를 훑어보고 있었다.

"그참, 기이하군. 자네의 사문은 어디인가?"

백추상은 조금 전처럼 차갑게 쏘아붙일 수 없었다. 남궁세가의 대장로까지 극진한 예를 보이고 있는 이 마당에 아무리 기분 나쁘다 할지라도 일단 공손히 대답하는 수밖에 없었다.

다른 청년들도 꿀 먹은 벙어리마냥 그저 구경만 해야 했다.

"남해 보타암……."

어색한 표정으로 그렇게 대답하자 현풍은 고개를 절레절레 저었다.

"그렇다면 불가의 내공을 익혔겠군. 그런데 어째서……."

곧 현풍은 진지한 얼굴로 그녀에게 요청했다.

"잠시 맥을 봐도 되겠나?"

나무 위에서 보고 있던 유검은 입맛을 다셨다.

'설마 여자 손목을 잡아보고 싶어서… 는 아니겠지? 아무렴, 이 많은 사람들 앞에서 주책 부릴 리는 없으니까. 게다가 무당파의 명예도 있고 말이야.'

그렇게 생각했지만 의심이 가시지는 않았다. 사부라면 능청스럽게 태연히 그런 짓을 하고도 남으니까.

백추상은 잠시 망설였지만 순순히 손목을 내밀었다.

유검의 예상과는 달리 현풍은 살짝 손목의 맥을 잡아보곤 금방 놓았다.

"역시 내공이 반박귀진에 오른 것도 아닌데⋯ 그참 희한하군, 희한해."

가만히 지켜보고 있던 서문 장로는 현풍의 말에 백추상을 유심히 지켜보았다. 그리곤 그의 얼굴에도 의아함이 일었다.

"정말⋯ 이상하군요. 반박귀진의 내공을 지닌 것도 아닌데 어째서⋯⋯."

청년들도 웅성거렸다.

"뭐가 이상하단 거지? 대체 뭐가 보이길래⋯ 자네는 알겠는가?"

"그냥⋯ 미녀라는 것 외에는⋯⋯."

"그참, 설명이라도 해줄 것이지⋯⋯."

의아하기는 백추상 역시 마찬가지였다.

'뭐가 이상하다는 거지?'

현풍은 혀를 차며 서문 장로에게 말했다.

"그런데 이런 미녀를 시험 치게 하려는 겐가? 남궁세가의 안목이 정밀하다 들었는데, 헛소문이었나 보군."

서문 장로는 어색하게 웃으며 손사래를 쳤다.

"그, 그럴 리가요."

이때 눈치 빠른 시험관이 당장 나무패 하나를 들고 달려왔다.

"여, 여기 있습니다."

그는 안으로 들어갈 수 있는 나무패를 백추상에게 공손한 태도로 바쳤다.

청년들은 부러운 눈으로 백추상을 보았다.

"합격된 거나 마찬가지군."

중인들 사이로 조그맣게 들려오는 그 소리에 백추상은 아미를 찌푸렸다.

현풍은 아무런 일도 없었다는 듯 휘휘 도복을 휘날리며 정문 안으로 들어가 버렸다. 무사들과 서문 장로는 서둘러 그 뒤를 쫓았다. 주객이 전도된 모습이었다.

시험관은 멀어져 가는 현풍의 뒷모습을 바라보며 의아함을 금치 못했다.

"대체 저자는 누구지? 누군데 서문 장로께서 직접……."

의아하기는 유검 역시 마찬가지였다.

"혹시 약점 잡힌 게 있나? 왜 저렇게 사부에게 쩔쩔매는 거지?"

그리고 유검은 잠시 생각했다.

시험을 치르는데 사부가 아는 체를 하면 일이 조금 곤란해지지 않을까 우려했다.

게다가 자기 얼굴을 알고 있는 남궁무룡도 있지 않은가.

'남궁무룡?'

유검은 입맛을 다셨다.

이렇게 중대한 사실을 지금에서야 떠올리다니, 스스로 생각해 봐도 자신이 너무 아무 생각도 없었노라 반성했다.

유검은 나무에서 내려와서는 머리를 풀어 헝클이고 흙을 얼굴에 대고 문질렀다. 대충 그렇게 용모를 지저분하게 만들어 변장한 셈쳤다.

나무패를 받아 들고 멍하니 있던 백추상은 그런 유검의 행동을 발견하고는 아미를 찌푸렸다.

'절세기재의 풍모를 보여야 하는데, 거지꼴이 되어서 뭘 어쩌잔 거지?'

그렇게 내심 투덜대는데, 거대한 체구를 지닌 한 청년이 성큼 다가왔다.

그는 포권하며 말을 걸었다.

"본인은 절강성 마우촌에서 온 석마두라고 하오이다. 소저께서는……."

백추상은 그를 한 번 힐끔거리고 나서 아무런 대꾸도 없이 시험관에게로 걸어갔다.

모처럼 용기를 내어 말을 걸었지만 무시당하고 만 거구의 청년은 얼굴이 뻘게지고 말았다.

어색하게 웃으며 주위를 두리번거리다 동정에 찬 중인들의 눈길을 보고는 머리만 긁적거렸다.

백추상은 나무패를 시험관에게 던져 주며 또랑또랑한 목소리로 말했다.

"저는 이런 방식을 납득할 수 없어요. 제 힘으로 시험을 치르겠어요."

그녀로서는 당연한 행동이었다. 그녀의 목적은 관문 통과가 아니라 어디까지나 유검을 돕기 위해서였으니까.

이런 식으로 거저 합격하게 되면 유검에게 아무런 정보도 줄 수 없게 되고, 아무런 도움도 줄 수 없게 된다.

시험관은 귀찮다고 생각했지만 내색하지는 못했다.

백추상이 사문의 검술을 채 펼치기도 전에 '통과!'라는 소리가 나왔고, 시험관은 당연하다는 듯 나무패를 다시 건네주었다.

"하아……."

백추상은 일이 이상하게 되어버렸다고 생각하며 탄식했다.

그녀가 힘없이 걸어나오자, 그 뒤를 이어 거구의 청년이 원 안으로 들어갔다.

"절강성 마우촌에서 온 석마두라고 합니다!"

그는 우렁찬 목소리로 시험관에게 자기소개를 하고는 다른 검보다 두 배는 커 보이는 철검을 꺼내 들었다.

거구의 청년 석마두가 자세를 취하는 것을 보고 시험관은 내심 고개를 주억거렸다.

'오랜만에 검을 아는 녀석을 보았군.'

그는 남궁세가 집검당의 당주로, 대단한 인물 중 하나였다.

실로 그는 진짜 무사라 할 만했는데, 눈썰미가 대단해서 검을 쥔 손바닥 굳은살만 보아도 어느 정도 검의 성취를 이뤘는지 짐작할 정도였다.

가벼운 허보 자세를 취했음에도 대지에 단단히 뿌리를 내린 듯 신형이 안정되어 있었고, 그의 눈과 손과 검이 하나의 선으로 일치되어 있다.

위이잉—

청년이 검술을 펼치기 시작했다.

검이 일으키는 파공성을 들으며 시험관은 마치 아름다운 음악 소리 같다고 생각했다.

잘 숙련된 무사의 검술은 춤보다 더 우아했고, 그와 함께하는 파공성은 아름다운 음악 못지않은 것이다.

당연히 통과의 허락을 내리려는데, 한 소녀의 모습이 눈에 들어왔다.

"엇, 아가씨—!"

십오 세가량 되어 보이는 귀여운 소녀는 남궁혜였다.

"신경 쓰지 마. 난 그냥 구경만 할 테니까."

"아, 예."

"당 아저씨는 그냥 내게 알려만 주면 돼. 누가 일등으로 합격할 건지 말야."

"예? 그건 왜 아시려고…….'

"내기했거든. 천축에서 온 삼촌이랑 말야."

"아…….'

"내가 이기면 망원경이란 것을 받기로 했어. 그거 정말 신기한 거야. 저 멀리 있는 게 가까이 보이거든."

그리고 그녀는 천진난만한 미소를 보였다.

"내가 이기면 당 아저씨도 만져 보게 해줄게."

시험관은 어색하게 웃기만 했다.

'어린아이도 아니고… 그런 장난감을 보고 내가 좋아할 줄 아나 보군.'

"근데 저 사람은 어때?'

그녀의 물음에 시험관은 그제야 석마두가 계속해서 검술을 펼치고 있다는 것을 자각했다.

그는 석마두가 펼쳐 내는 검초를 보고 내심 감탄했다.

'정묘함은 조금 떨어지지만 위맹함은 대단하다. 검보다 도를 익혔다

면 더 나았을 듯한데…….'

석마두는 시험관의 눈길이 자신에게로 향하사, 비장의 한 초를 펼쳐 보였다. 위이잉 하는 검명이 마치 벌 떼 소리처럼 들릴 지경이었다.

그 모습을 보고 시험관은 자신의 생각을 정정했다.

'정묘함이 떨어지는 것은 아니군. 좀 전에는 검의 위력을 올리기 위해 일부러 거칠게 펼쳐 낸 거였어. 세련되기만 한 화초검은 아니라는 거지. 흐음… 진짜로 검을 아는 놈이군. 게다가 연검도 아닌데, 검끝이 미묘하게 흔들리는 것을 보면… 내공도 상당한 수준이겠고.'

"합격!"

석마두를 통과시키고 나서 시험관이 남궁혜에게 조그맣게 속삭였다.

"저 정도의 기재는 예전에도 본 적이 없습니다. 아직 많이 남아 있지만 제 예상으로는 아무래도 저 녀석이……."

"그래?"

남궁혜가 눈빛을 반짝였다.

이때 유검이 시험을 치를 원 안으로 들어왔다.

굳이 이름과 사문을 밝히지 않아도 되었기에 유검은 그냥 조용히 서서 시험관의 개시 명령만 기다렸다.

백추상은 중인들 속에서 초조한 모습으로 상황을 지켜보고 있었다.

이때 나무패를 든 석마두가 남궁세가의 대문 안으로 들어가지 않고 다시 되돌아와 그녀에게 접근했다.

"혹시… 아시는 사이입니까?"

백추상은 대꾸하지 않았다.

목숨이 달린 문제다. 어쭙잖게 말 걸어오는 그의 모습이 눈에 들어

올 리 만무했다.

유검은 준비해 온 청강검을 아무렇게나 들어 올렸다. 그리고 검초를 펼치려다 문득 생각했다.

'아, 여기서 무당파의 검술을 펼칠 순 없지.'

무당파 검술이 아니라도 그가 알고 있는 검초는 수십 가지가 넘었다. 그중에는 남궁세가의 대연검법도 있었지만, 물론 이 자리에서 펼쳐 보일 순 없다.

대략 적당해 보이는 검초를 선택하곤, 초식을 펼치기 위해 금계독립(金鷄獨立)의 기수식을 취하며 검을 뽑는 순간, 유검은 약간 당황했다. 검이 뻗어나가며 손과 하나가 되어버렸다. 실제 그럴 리 없건만 눈에는 그렇게 보였다. 그리고 검끝에 하나의 진공이 만들어지며 검과 손이, 이어 온몸이 확대되어 가는 그 공간 속으로 빨려 들어갔다.

그리고 뭔가 검초를 펼친 것 같았는데, 자신은 아무런 행동을 한 것 같지 않았다.

웅성거리며 소란스럽던 주위가 조용해졌다.

보고 있던 청년들은 서로 논쟁을 벌이다 그냥 침묵하고 말았다. 그들은 의아해했는데, 방금 유검이 무슨 초식을 어떻게 펼쳤는지 기억할 수가 없었던 것이다.

멍하기는 시험관 역시 마찬가지였다.

시험관은 미간을 찌푸리며 고민하다 유검에게 말했다.

"음… 다시 한 번 보여주겠나?"

"그러죠."

유검은 방금 일어난 일을 이해했다.

신체의 일부보다 더 익숙하게 다뤄온 게 검이다. 당연히 의식의 몰입도는 강렬할 수밖에 없었다.

　무슨 일이 일어나는지는 몰라도 무상검의 초식이 저절로 펼쳐진 것이 틀림없었다.

　무상검의 초식은 자유 의지로 다스릴 수 없었다.

　오히려 의지를 내려놓고 어떤 기대도 의도도 없을 때, 마치 자연 현상처럼 자연스럽게 일어난다.

　유검은 또다시 하나의 검초를 펼쳤다.

　역시나 이번에도 역시 같은 현상이 일어났다.

　유검은 자기가 검을 펼칠 때 무슨 일이 일어나는지 깨어서 지켜보고 있었다. 하지만 그것은 순간순간의 자각이었고, 지나고 나면 뭔가 있었던 것 같은 느낌뿐으로 정확히 떠올릴 수 없었다.

　마치 검을 펼치며 일종의 무아지경, 삼매 속으로 들어가 버리는 것이다.

　그리고 그것은 다른 사람들에게도 함께 일어났다.

　유검이 검을 펼치는 순간, 그의 존재가 사라져 버린 것처럼 느껴졌던 것이다.

　시험관은 잔뜩 미간을 찌푸렸다.

　분명히 유검이 검을 펼치는 것을 보았다. 그런데 어떤 검초였는지 전혀 떠올릴 수 없었던 것이다. 어떤 느낌이었는지, 괜찮았는지 아닌지 전혀 알 수 없었다.

　'허 참… 이게 무슨 일이람. 벌써 치매가 왔나.'

　그는 곤혹스럽기 그지없었다.

　유검의 검초가 괜찮은지 어떤지 아무런 판단을 할 수 없으니, 통과시켜야 할지 아니면 탈락시켜야 할지 갈등이 일었다.

그런 번뇌 속에서 그는 다시 한 번 요청했다.

"미안하네만 다시 한 번 더……."

"예."

유검은 아직 초식에 대한 이해가 많이 부족함을 느꼈다.

최소한 초식을 펼쳤을 때—물론 자의로 펼칠 수 있는 것은 아니지만—최소한 무슨 효과가 있는지는 알아야 할 게 아닌가.

유검이 다시 검초를 펼치려 하자 시험관은 정신을 바짝 차렸다.

이번에야말로 똑똑히 보리라.

그러나 이번에도 허사였다.

이번에는 노력한 보람이 있어 이리저리 검이 휘날리는 모습을 어렴풋이나마 떠올릴 수는 있었다.

하지만 마치 꿈속의 일처럼 희미하기 그지없었다.

그리고 날카롭기 그지없는 그의 섬세한 감각으로도 유검의 검초가 어떤지 전혀 감을 잡을 수 없었다. 그냥 장난 삼아 허공에 검을 휘두른 것 같기도 하고, 아니면 무척이나 심오한 검초를 펼친 것 같기도 했다.

"하아… 정말 나도 치매가 온 건가?"

시험관은 탄식했고, 곁에 있던 남궁혜는 고개를 갸웃거리면서 웃었다.

"정말 재밌다. 이번에도 하나도 기억이 안 나네! 히히!"

그 말을 듣고 시험관은 눈빛을 반짝였다.

'나만 그런 게 아니었단 말인가?'

그리고 안도했다.

그는 결과를 기다리는 유검을 쏘아보았다.

'그랬군. 알고 보니 일종의 미혼술을 쓴 거였어.'

그는 분노했다.

남궁세가는 누구나 알다시피 검의 대명문이다. 그런데 감히 미혼술과 같은 잡기를 펼쳐 보이다니!

"다음!"

그는 분풀이라도 하듯 크게 소리쳤다.

그 말에 백추상의 안색이 창백해졌다. 혹시나 하는 조바심에 애를 태우기는 했지만, 그래도 당연히 통과되리라 믿었다.

그런데 세 번이나 반복해서 시험을 치르다 결국 탈락해 버리다니?

"잠깐만!"

백추상은 훌쩍 신형을 날려 시험관 면전에 떨어져 내렸다.

날렵하기 그지없는 그녀의 경신술에 시험관은 감탄을 금치 못했다.

'알고 보니 상당한 고수였군.'

그는 서문 장로를 생각하곤 공손히 그녀에게 물었다.

"무슨 일이오, 소저?"

백추상은 분노해 소리쳤다.

"왜 떨어진 거죠?"

"그게……."

"당신은 저 사람의 일초지적도 못 되요. 그런데 감히 떨어뜨리다니? 담도 크군요!"

그녀는 목숨이 달린 문제인지라 눈에 보이는 것이 없었다.

시험관은 눈살을 찌푸렸다.

'미혼술 따위야 몰랐으면 모르되 알고 있는 이상 정문의 검으로 물리치지 못할 리 없다. 저 소저는 너무 흰소리를 내뱉는군.'

그렇게 생각하며 그녀에게 충고했다.

"소저, 근묵자흑(近墨者黑)이라 했소이다. 저자와 무슨 관계인지는 모르겠지만 가까이 하지 않는 편이 좋겠소. 그리고 저자의 검은 미혼술에 불과하오이다. 그러니 본 가로서는 받아들일 수 없소."

"하지만……!"

"미안하오. 이만 이야기는 끝냅시다."

냉담한 거절에 백추상은 낙망한 기색으로 고개를 떨구었다. 햇살에 비친 그녀의 가녀린 목 선이 가늘게 떨렸다.

미녀의 슬퍼하는 모습을 보자 시험관은 마음이 약해졌지만, 그래도 원칙은 지켜야 한다고 생각하고 태도를 바꾸지 않았다.

하지만 그녀의 그런 태도와 모습이 아무런 효과가 없었던 것은 아니었다. 지켜보고 있던 유검의 마음을 움직였으니까.

유검은 천천히 시험관에게로 다가가 정중히 요청했다.

"죄송하지만 다시 한 번 더 시험을 치르게 해주십시오."

시험관은 대꾸하기도 귀찮다는 듯 손사래를 치며 얼굴을 돌려 버렸다. 미혼술 따위나 쓰는 놈과 대화도 나누기 싫다는 태도였다.

유검은 머리를 긁적거렸다.

시험관의 마음을 움직일 만한 묘책이 없을까 고민하는데 두 명의 무사가 다가왔다.

그중 한 무사가 유검의 어깨를 잡아끌며 퉁명스레 말했다.

"이봐, 다른 사람들이 기다리고 있으니 어서 비켜주게."

유검은 어깨를 떨구며 부드럽게 밀쳐 내었다. 무사는 휘청거리며 두세 걸음 물러서고 말았다.

"잠시만……."

그에게 한마디 변명을 내놓으려는데,

"망할 놈! 여기 있었구나!"

허공에서 벽력같은 고함 소리가 들려왔다.

동시에 하늘에서 시커먼 그림자가 빠르게 떨어져 내렸다.

콰—앙!

시험관의 탁자가 박살나며 뭉게 피어오르는 흙먼지와 함께 한 복면인이 우뚝 서 있었다.

"무슨 짓이냐!"

시험관이 대경실색하며 복면인을 향해 금나수를 펼쳐 갔다.

복면인의 발끝이 살짝 돌려지며 그 아래 깔린 나뭇조각이 짓이겨졌다. 찰나지간에 중심을 이동한 힘이 고스란히 발 아래 전해진 탓이었다. 동시에 그의 어깨가 시험관의 두 팔 사이 몸통을 파고들었다.

"크으윽—!"

그렇게 단순하면서도 깨끗하기 그지없는 그 한 수에 시험관은 반격조차 못하고 이 장 밖으로 튕겨져 버렸다.

복면인은 그 결과가 당연하다는 듯 시험관에게는 일말의 시선조차 주지 않았다.

대신 유검을 가리키며 삿대질을 했다.

"이 망할 놈아! 우리집 아가씨를 건드렸으면 당연히 은자를 내야 할 게 아니냐! 그런데 먹고 그냥 도망쳐? 오늘이 네 제삿날인 줄 알아라!"

핏대를 세우며 그렇게 소리치는 복면인의 모습에 유검은 어이가 없었다. 사천당문의 전대 가주가 왜 저런 짓을 한단 말인가?

대꾸하기도 전에 복면인의 공세가 밀어닥쳤다. 박살난 탁자의 나뭇조각을 집어 들어 만천화우의 수법으로 던져 온 것이다.

파공성과 함께 몰려오는 나뭇조각들.

유검은 가장 먼저 도착한 나뭇조각을 받아 들며, 그 힘을 이용해서 신형을 반회전시켰다. 이어 날아오는 나뭇조각들을 계단 삼아 허공으로 솟구쳤다. 유검의 발이 나뭇조각을 건드릴 때마다 그것은 회전 방향을 직각으로 바꿨는데, 그 총체적인 모습은 마치 유검을 중심으로 한 소용돌이처럼 보였다.

"와아―!"

남궁혜가 감탄사를 터뜨렸다.

"흥, 미꾸라지 같은 놈!"

복면인의 말에 허공에서 유검이 소리쳤다.

"대체 뭘 어쩌란 겁니까?"

복면인이 대꾸했다.

"은자를 내놓기 전에는 절대 물러서지 않겠다!"

"은자?"

"최소한 다섯 냥은 내야 한다! 우리 집 아가씨는 그만한 가치가 있단 말이다!"

"하아… 미친 소리 그만 해요. 난 댁의 아가씨가 어떻게 생겼는지 얼굴도 모르니까."

나뭇조각이 가라앉고 유검의 신형 역시 땅으로 내려서는데 복면인의 소맷자락이 펄럭였다.

은빛 실에 매달린 비수가 빛살처럼 날아갔다.

어느새 유검의 손에는 청강검이 쥐어져 있었다.

차창, 차차창―

서로 이 장 거리를 격한 채 비수와 검이 서로 격돌했다. 검과 비수가 어찌나 빠르게 움직이는지 중인들은 검영밖에 볼 수가 없었다.

찌익—

갑자기 유검의 검에서 무형의 기운이 일어 허공을 베었다.

심상찮은 기미를 느낀 복면인은 흠칫하며 급히 허리를 떨구었다.

이제 막 몸을 일으키던 시험관의 머리카락이 우수수 잘려 나갔다. 그리고 우르릉 소리를 내며 남궁세가의 담벼락이 길게 사선을 그은 모양으로 무너져 내렸다.

누군가 비명을 지르듯 소리쳤다.

"거, 검기다!"

복면인이 비수를 거두며 뾰족한 음성으로 소리쳤다.

"망할 놈 같으니라구. 무공이 높다고 결국 은자를 안 내겠다는 거군. 살인멸구라도 할 셈이냐!"

다시 한바탕 드잡이질을 하려는 차에 백추상이 쭈뼛거리며 복면인에게 다가갔다.

"다, 다섯 냥이라면 여기……."

그녀의 손바닥 위에는 허연 은자가 놓여져 있었다.

복면인은 그것을 낚아채며 매섭게 물었다.

"흥, 네가 대신 내주겠다는 거냐?"

백추상이 얼굴을 찌푸리며 고개를 끄덕이자 복면인은 혀를 찼다.

"저놈과는 대체 무슨 사이지? 호구 노릇은 그만두는 게 좋아. 네게 은자가 다 떨어지면 저놈은 헌신짝 버리듯 할걸?"

그렇게 말하고는 휘적휘적 소매를 저으며 중인들 사이로 걸어갔다.

청년들은 그의 무공을 견식한 터라 감히 맞서지 못하고 썰물 밀려나듯 뒤로 물러나 길을 열어주었다.

넋이 나간 모습으로 있던 시험관은 복면인의 모습이 완전 시야에서 사라지고 나서야 발을 구르며 분노를 터뜨렸다.

"제기랄, 도대체 정체가 뭐야?"

한 무사가 더듬거리며 대답했다.

"아, 아마도… 기생집의 해결사 아닐까요?"

"말도 안 되는 소리!"

자신을 한 수에 쓰러뜨린 고수가 기생집에 빌붙어 사는 해결사라면 지나가는 개도 믿지 않을 것이다.

청년들은 유검과 백추상을 번갈아 보며 감탄하기도 했고, 혀를 차기도 했다.

그들은 유검의 무공에 감탄을 금치 못했지만, 한편으로는 저런 절세미인을 곁에 두고서 바람을 피우다니 인간이 아니라고 생각했다.

그리고 은자를 대신 내준 백추상에 대해서는 무한한 동정을 금치 못했다. 좀 전에도 시험관에게 그를 위해 다시 시험 보게 해달라며 매달리지 않았던가. 현모양처의 표본을 보는 것 같았다.

'복도 많지, 저런 미녀가……'

대부분 질투를 금치 못했는데, 그중 석마두는 깊은 절망까지 느끼고 있었다.

'이, 이미 그렇고 그런 사이였단 말인가?'

유검은 얼굴을 찌푸리고 있었다. 복면인이 무엇 때문에 나타났는지 이해할 수 없었던 것이다.

유검은 다시 시험관에게로 갔다.

'사람의 마음을 움직이는 데 진심만한 것이 없다. 최대한 정성을 보이자.'

그렇게 생각하며 입을 열었다.

"저의 검술이 미혼술이라 여기시는데 오해입니다. 이번에야말로 제대로 해 보일 테니 부디 다시 시험을 치르게 해주십시오."

상당히 정중한 태도였지만 표정에 간절함은 없었다.

즉, 자신의 요청이 받아들여지면 좋지만, 안 되어도 아쉬울 것은 없다는 그런 식의 태도로 보여졌다.

최소한 시험관이 보기에는 그랬다.

그는 무너져 버린 담벼락을 힐끗 보면서 얼굴을 찌푸렸다.

'검기? 아냐, 설마 검기란 게 있을라구. 하지만… 검기가 아니면 대체 무슨 수법이란 거지? 그렇다면 역시 검기인가… 그래도 검기라니? 그런 게 가능할 리가……'

그는 마음이 심란하기 그지없었다.

'만약 검기가 맞다면? 그렇다면 저놈의 무공이 정말로 그런 경지에 있다는 말인가? 좀 전의 그것도 사술이 아니라 어떤 경지에 이른 심검이란 말인가?

그렇게 생각하니 자신이 지닌 무공이 정말로 보잘것없게 느껴졌다. 극심한 회의가 들었다. 한평생을 검에 바쳐왔다. 물론 자기보다 뛰어난 고수들도 있지만, 그렇다고 자신의 무공이 결코 남에게 무시받을 정도는 아니라고 생각했다. 하지만 실제 자신의 무공은 어린아이 장난에 불과한 것이란 말인가?

인생에 회의가 일었다. 자신이 살아오며 이룩한 무공의 성취란 것이 과연 무엇이란 말인가?

그러한 번뇌는 조금 전 복면인에게 반격조차 못하고 당한 부끄러움과 합쳐 이유를 알 수 없는 분노로 바뀌었다. 물론 대상은 유검이었다.

시험관은 버럭 소리를 질렀다.

"한번 결정한 것은 바꿀 수 없다. 흥, 안 된다면 어쩔 테지? 감히 남궁세가 앞에서 무력을 쓰며 날뛰기라도 하겠다는 것이냐?"

"그럴 리가 있겠습니까? 단지 제 실력을 정당히 평가받고 싶을 뿐입니다."

유검의 침착한 대답에 시험관은 노해 소리쳤다.

"그렇다면 지금껏 내가 정당하게 평가한 것이 아니라는 것이냐? 내가 엉터리로 봐왔다고 말하는 것이냐?"

차앙—!

그는 보검을 뽑아 들며 활활 불타는 눈으로 유검을 쏘아보았다.

"좋아! 다시 시험해 주지! 덤벼라! 내가 직접 네 무공을 견식해 주마!"

청년들은 뜻밖의 사태에 긴장했다. 한편으로는 흥미진진하기 그지없었다. 시험을 치른다는 압박감에서 해방되어 한순간이나마 대결을 지켜보는 입장이 된 것이다.

주위는 고요해졌다. 마른침 넘어가는 소리가 천둥소리처럼 들릴 정도였다.

유검은 난감해졌다.

백추상을 위해서라면 어쨌든 시험에 합격하고 볼 일이다. 하지만 이대로 싸운다면, 설령 저 시험관을 쓰러뜨린다 해도 순순히 합격시켜 줄 것 같지는 않아 보였다. 이미 생겨난 알력이 사라질 리 없는 것이다.

그렇다고 싸움을 그만두고 양보한다 해도 일은 해결될 것 같지는 않았다. 오히려 소란만 일 것 같았다.

다시 말해 어느 쪽을 선택해도 답은 없는 것이다.

'할 수 없지.'

유검은 품속에서 조그만 동전을 꺼내었다. 손톱으로 한 면을 긁어 표시를 한 나음 조용히 중인들이 지켜보는 가운데 동전을 허공으로 던졌다.

동전이 햇살에 반짝이며 허공을 춤추다 땅으로 떨어졌다.

중인들은 그런 유검의 돌연한 행동에 의아함을 금치 못했다. 검을 맞대고 싸우느냐, 마느냐 하는 결정적인 순간에 난데없이 동전을 왜 던진단 말인가?

유검이 동전을 집어 들어 어떤 면인지 확인하려는 순간, 하나의 가죽 신발이 그 위를 밟았다.

가죽 신발 위로 탄력있는 허벅지가 있고, 가느다란 허리와 봉긋한 가슴이 이어졌다. 그리고 백추상이라는 이름을 가진 한 미녀의 얼굴이 보였는데, 두 눈의 시선이 흔들리고 뺨이 떨리는 것을 보아 상당히 흥분된 상태로 보였다.

"부, 부디 제 짐작이 틀리기를 빌겠어요."

그녀는 침착하기 위해 애를 쓰지만 도저히 그럴 수 없어 떨리는 목소리로, 심중에 확신하고 있지만 그래도 차마 믿기 힘들어 마지막 확인 사살하고픈 심정으로 물었다.

"그 동전, 설마 하니… 싸울까 말까를 결정하려는 것은 아니겠죠?"

유검은 어떻게 알았을까? 하는 경외감에 고개를 끄덕였다.

직후, 유검은 자신이 뭔지는 몰라도 어떤 도화선에 불을 붙였다는 사실을 깨달았다. 그녀가 미친 듯 자신의 멱살을 잡고 뒤흔들었던 것이다.

"대, 대체 뭘 생각하는 거예요? 이건, 이건 제 목숨이 달린 문제예요! 그런데 겨우… 겨우 이런 동전으로! 제 목숨이 이따위 동전 놀음으로 결정되야 하나요? 말해 봐요! 어서요!"

"그, 그게 아니라……."

말주변없는 남자들이 항시 저지르는 어리석은 변명 중 하나가 바로 '그게 아니라…' 라는 말이었다. 그 말은 틀림없이 상황을 더 악화시키게 만든다. 이어 무슨 말을 내놓든 상대의 분노를 부채질할 것이기 때문이다.

당연한 듯 접시가 깨어질 듯한 고성의 목소리가 이어졌고, 청년들은 움찔하며 고개를 돌렸다. 손바닥으로 귀를 막는 이도 있었다.

고성으로 퍼부어지는 여인의 바가지에는 남자들의 기를 죽이는 음공이 선천적으로 갈무리되어 있는 게 분명해 보였다.

견디기 힘든 것은 시험관인 당 당주도 마찬가지였다.

백추상에게 시달리는 유검에게서 여편네에게 바가지 긁히는 자신의 모습을 보게 되었고, 그것은 지옥을 다시 체험하는 것과 같았다.

"그, 그만 해!"

당 당주는 버럭 소리를 질렀다.

그는 냅다 번호표가 적힌 나무패를 던져 주며 신경질적으로 외쳤다.

"얼른 들어가 버려!"

그제야 백추상의 음공이 멈췄다. 여기저기서 긴장 풀린 한숨 소리가 터져 나왔다.

백추상은 놀란 눈으로 그를 보다가, 조용히 그 나무패를 집어 들었다. 그리고 주위를 둘러보았는데, 뭇 중인들의 시선이 자기에게 집중되어 있는 것을 보고 얼굴을 붉혔다.

그녀는 나무패를 유검에게 건네주며 부드럽게 말했다.

"저기… 소리 질러서 미안해요."

그 음성이 어찌나 부드럽게 간드러지던지 듣고 있던 청년들은 소름이 끼쳤다.

"아, 아냐. 내가 잘못한 건데 뭘……."

유검은 대체 그녀가 뭘 말하는지도 알아듣지 못할 정도로 넋이 나가 있다가, 갑자기 그녀가 나긋나긋한 태도를 보이자 자신도 모르게 헤헤 웃으며 그렇게 대꾸했다.

"아뇨. 그래도 제 행동은 너무 지나쳤어요. 평소에는 안 그런데… 왜 그랬는지… 미안해요."

"괜찮아, 괜찮아. 앞으로는……."

백추상의 안색이 다시 차가워졌다.

"앞으로는? 다시 동전을 던지겠다는 거예요?"

유검은 부르르 몸을 떨며 격렬히 고개를 저었다.

"그, 그럴 리가! 앞으로는 네게 물어보겠다는 거지. 하하……."

백추상의 얼굴이 다시 부드러워졌다. 입가에는 구름을 비집고 얼굴을 내보인 달님의 부끄러워하는 듯한 미소가 걸렸다.

두 남녀가 희희낙락하자 당 당주가 버럭 소리를 질렀다.

"얼른 들어가! 안 그럼 다시 빼앗아 버릴 테다!"

청년들은 당 당주의 그 말에 전폭적인 동감을 느꼈다.

백추상은 유검의 소맷자락을 붙잡고 얼른 정문 안으로 끌고 갔고, 당 당주가 주위를 향해 거칠게 소리쳤다.

"정오에 다시 시험을 재개하겠다. 다들 밥이나 처먹고 다시 와!"

뒤늦게 복면인에 대한 전갈을 받은 남궁세가의 무사들이 우르르 달려나오고 있었다.

모든 상황을 지켜보고 있던 남궁혜는 낙망한 기색으로 있는 석마두를 보고 혼잣말로 중얼거렸다.

"아무래도 저 덩치보다는……."

그녀는 백추상의 위풍당당(?)한 모습을 떠올렸다.

다음과 같은 장면이 그려졌다.

비무 중에 그녀가 꽥 소리를 지르자, 석마두가 귀를 막고 고통스러워하다 항복을 선언하는 모습이었다.

"역시 그 언니가 제일 강할 것 같아."

남궁혜는 고개를 끄덕이며 그렇게 중얼거리다 폴짝거리며 대문 안으로 들어갔다.

느낌의 소멸

느낌의 소멸

남궁세가의 정문을 지나 전각으로 연결된 길에는 근처 계곡에서 주워온 조약돌이 깔려 있었다. 덕분에 사람들이 지나다녀도 먼지가 일지 않았으며 비가 내려도 진흙탕에 신발을 더럽히지 않아도 되었다.

미관상에도 깨끗하고 수려해 보였는데, 햇살에 반짝이며 뽐내는 태도가 어쩐지 사람의 마음을 여유롭게 만들어주었다.

주위에는 띄엄띄엄 나 있는 석등이 있었고, 저 멀리 연무장이 보였다. 평상시라면 남궁세가의 무사들이 저마다 검을 수련하느라 기합 소리와 땀내음으로 진동했을 그런 공간이었다.

유검은 발걸음을 통해 느껴지는 울퉁불퉁한 감촉을 즐기다 문득 한 가지 엉뚱한 생각을 했다.

'이 돌멩이들은 많은 사람들이 자신을 밟고 지나다니는 것을 어떻게 여길까?'

말도 안 되는 소리였지만, 어린 시절 검과 상당히 진지한 대화를 나눠본 경험이 있는 유검에게는 상당히 현실적인 의문이었다.

물론 대답을 바라는 것은 아니었다. 그렇기에 돌멩이가 대꾸를 해왔을 때 유검은 놀라움을 금치 못했다.

─그다지 신경 쓰지 않아.

어디선가 들려오는 조그만 그 음성이 바로 유검 자신의 것인지, 아니면 정말로 조약돌의 것인지 분간할 수 없었다.

대개 보통 사람들은 그 음성을 혼잣말로 생각하고 무시해 버리곤 한다. 하지만 아주 소수의 사람, 예를 들면 시인, 화가, 음악가와 같은 예술가들이나 혹은 정신 이상자들은 진지하게 대화를 나누기 시작하는데, 유검 역시 그러한 부류에 속했다. 비록 예술가도 정신 이상자도 아니었지만.

"그럼 아무것도 못 느끼는 건가?"

─글쎄… 그렇지는 않다. 우리도 조금 신경 쓰이는 존재들이 있다.

"누구?"

─물과 바람. 억겁의 세월을 통해 우리에게 대화를 걸어오는 존재들이다. 서로의 진실을 교류하며 많은 것을 배운다. 인간과의 교류는 그에 비하면 너무도 미비하다.

"왜 그렇지?"

─아주 극소수의 사람들만이 대화를 시도하기 때문이다. 그들은 우리의 이야기를 제멋대로 해석하곤 하지만, 그래도 우리는 전혀 신경 쓰지 않는다. 음… 인간의 감정이란 정말로 경이롭기 그지없다. 그래서 가끔 매혹당하곤 한다.

"흠… 마치 정말로 대화를 나누고 있는 것 같은 기분이군."

─이번이 첫 번째는 아니지. 우리들 중 일부는 이미 너와 대화를 나눈 경험이 있다. 인간들은 검이라 부르더군.

유검은 검이라는 말을 듣자 입맛을 다셨다.

"내가 왜 이런 미친 대화를 계속하는 거지?"

씁쓸한 얼굴로 고개를 젓는데, 백추상이 어깨를 흔들어왔다.

"어디 아파요? 계속 혼잣말로 중얼중얼……."

그녀는 유검의 이마에 손바닥을 대어보곤 아미를 찌푸렸다.

"열은 없는데……."

유검은 대화를 방해받았지만 불쾌하지는 않았다. 스스로도 바보 짓 같다는 느낌이 있었으니까.

햇살이 눈부신 느낌에 손바닥으로 눈가를 가리며 주위를 둘러보았다. 관문에 통과한 여덟 명가량의 청년들이 전각 주위에 흩어져 있었는데, 앉거나 서성이거나 혹은 검을 휘둘러 보고 있었다.

다시 백추상을 돌아보니, 그녀는 불안한 표정으로 자신의 위아래를 훑어보고 있었다.

유검은 그녀의 눈동자에 비친 자신에 대한 불신을 읽어내곤 머리를 긁적거렸다.

스스로 생각해 보아도 조금 너무하다 싶긴 했다.

'왜 동전을 던져서 결정하려 했을까? 최소한 그녀에게는 목숨이 달린 문제인데…….'

게다가 중차대한 시험의 관문이 남았는데도, 자신은 전혀 긴장하지 않고 조약돌과 한가한 대화나 나누고 있었으니…….

유검은 입맛을 다셨다. 이런 저런 반성을 해봐도 죄책감이 전혀 들지 않았던 것이다. 심지어 이 자리에서 그녀의 수급을 베어버린다 해도 전혀 죄책감이 들지 않을 것 같았다. 물론 그런 정신 나간 짓은 하시 않을 테지만.

'휴……. 난 인간의 감정을 잃어버린 것일까?'

그런 생각에 유검은 슬픔을 느꼈다.

곧 스스로의 생각을 정정했는데, 슬픔이 느껴지는 것을 보면 그런 것은 아니라는 것을 느낀 것이다.

"우리도 저기 가서 앉아 있어요."

백추상이 탄식하며 유검을 잡아끌었다.

유검은 자신을 내맡기고 조용히 뒤따르다 문득 한 가지 사실을 깨달았다. 자신의 팔꿈치 부위가 그녀의 가슴을 스치는 것을 보면서였다.

그녀 가슴의 부드러운 그 감촉은 참으로 멋지다. 예전의 자신이었다면 눈빛을 반짝이며 최대한 우연을 가장한 채 다시 맛보려 시도할 그런 느낌이다. 그리고 자발적으로 발동되는 상상력은 그 이후에 벌어질 멋진 일들의 장면들을 선사할 것이다.

그것은 남자라면 당연하기 그지없는 본성이었다.

그런데 자신은 그저, 그저 '부드럽다' 라는 단순한 감각뿐이었던 것이다. 그저 솜이불을 만졌을 때 느끼는 부드러움과 다를 바 없는.

'뭐야? 도대체 뭐지?'

생각해 보면 정말 이상했다. 꿈속에서 만난 '화' 의 현신인 백추상을 직접 옆에서 보고 느껴도 이제 별다른 느낌이 들지 않는다. 최소한 간단히 생각해도 이상했다. 그녀는 상당한 미녀다. 매혹적이다. 그런데도 특별한 느낌이 일지 않는 것이다.

유검은 그제야 자신의 내면에서 확실히 무슨 일이 일어나고 있다는 것을 깨달았다.

심지어 다우를 떠올려 보아도 뭔가 특별한 느낌이 없었다.

그냥 잘 있겠지 하는 평범한 생각과 평온한 느낌뿐이었다. 아무런 걱정도 들지 않았고, 간절함도 없었다.

유검은 검을 만지작거렸다.

'……!'

아무런 느낌이 없었다. 그냥 검은 검일 뿐이었다.

좀 더 정확히 말한다면, 검과 함께했던 과거의 추억들에 대한 느낌들이 모두 어디론가 사라져 버린 것이다.

유검은 왜 현실이 꿈과 다를 바 없이 여겨지는지, 또 왜 심각해질 수 없는지에 대한 그 이유를 알았다. 자신의 삶을 보람되게 만들었던 소중한 느낌들이 모두 떨어져 나가 버린 것이다. 허무한 느낌마저도 없었다.

유검은 멍하니 하늘만 바라보다 문득 또 한 가지 사실을 깨달았다.

"이게 뭐야?"

몸이 사라져 있었다.

눈을 통해 바라보면 분명 있지만, 눈을 감고 가만히 자신의 육체를 자각해 보면 아무것도 없었다. 그냥 무한한 공간만이 자각될 뿐이었다.

대개 어떤 느낌이란 것은 육체의 총체적인 반응을 통해 감지된다. 그런데 육체가 사라져 버렸으니 그런 반응이 있을 리 없는 것이다.

"왜 그래요?"

유검의 이상한 행동에 우려를 금치 못하고 있던 백추상이 그를 흔들어 깨웠다.

"내… 내 몸이 사라졌어."

"…예?"

"난 살아 있는 걸까? 아니면 죽은 걸까?"

백추상은 망연자실해 있다가 어이없어하며 쏘아붙였다.

"죽은 사람이 어떻게 말을 해요? 당신은 살아 있어요. 아주 멀쩡해 보이니까 걱정 말아요."

그러면서 내심 다른 걱정을 했다.

'정말 멀쩡해 보이는 걸까? 혹시 멀쩡하기를 내가 바라고 있는 것은 아닐까?'

하지만 유검은 이상한 말을 하는 것을 빼면 아주 정상적으로 보였다. 눈빛도 흐리지 않았고, 안색이 검지도 않았다. 전신에 강한 생명력이 흐르는 것도 느낄 수 있었다.

"그렇군. 난 살아 있는 거군."

유검은 그렇게 대꾸했지만 전혀 실감나지 않았다.

살아 있다는 느낌 또한 육체를 통해 자각된다. 육체가 없는데 무슨 살아 있다는 느낌이 들겠는가?

하지만 그것을 부정할 수는 없었다.

눈으로 보기에도 분명히 있었고, 호흡은 이어지고 있었으며, 심장은 계속 뛰고 있었으니까. 다만 전부 자기와는 상관없는 별개의 것으로 보이기는 했지만.

유검은 별안간 내면 깊은 곳에서 우러나오는 심오한 분노를 느꼈다. 그것은 겉으로 폭발하고 발산해 버리는 그런 감정의 분노가 아니었다. 속불처럼 타 들어가는 고요한 분노였다. 뭐라 표현하기 어려운 심오함이 담긴 이상한 분노였다.

그것은 폭풍 전야처럼 고요했지만 거대하기 그지없었고, 유검의 존재 전체를 뒤흔들었다.

'도대체 내게 무슨 일이 벌어지고 있는 건가? 난 어째서 그 이유를 알지 못하는 거지? 왜?'

내면에서 용(龍)이 깨어났다. 용은 자신의 심장이 비어 있음을 깨닫고 분노했다. 그것이 유검에게 일어난 일이었다.

외부의 현실과 연결된 모든 욕구와 집착이 끊어지면서 자연적으로 일어난 하나의 현상이었다.

유검은 현실보다 더 생생한 하나의 꿈에서 깨어난 뒤 존재의 중심을 자각했다. 그 내면의 중심은 참으로 강력하기 그지없어 도저히 현실 가능하리라 믿기지 않는 능력들이 전혀 힘들임없이 발휘되었다.

그것을 느낄 때마다 유검은 스스로 자각하지 못했지만 계속해서 그 내면의 중심을 향해 들어가고 있었다. 그리고 안으로 계속해서 들어갈 때마다 자신이 지니고 있었던 모든 욕망과 집착들이 버려지고 있었던 것이다.

"으윽—!"

육체가 없다는 것을 자각하는 순간, 모든 것이 뒤흔들리며 극심한 현기증이 찾아왔다. 뭐라 형언하기 힘든 두통과 함께. 뇌 속에서 뭔가 부풀어 오르는 것 같았다.

"괜찮아요?"

백추상이 깜짝 놀라며 비틀거리는 유검을 부축했다.

"아… 음……."

유검은 뭔가 대꾸하려 했지만, 아무런 말도 꺼낼 수 없었다.

자신이 어떤 거대한 공간 속으로 내팽개쳐진 것 같았다. 거대한 바다 위를 둥둥 떠다니고 있는 것 같기도 했고, 모든 게 환상의 껍질을 뒤집어쓴 것 같기도 했다. 수많은 별들과 은하수가 나타났다 사라지고, 밍밍 주변에 수많은 팡점들이 빛을 발하는 것이 보였다.

무한한 생각, 무한한 느낌들이 왔다가 빠져나갔다.

약간의 시간이 흐르자 유검은 시야에 초점을 맞출 수 있었다.

걱정스런 표정으로 자신을 바라보는 아름다운 여인의 얼굴이 보였다. 그 얼굴과 백추상이라는 이름을 연결 짓기에는 제법 시간이 걸렸다.

"미안해."

유검은 불쑥 그렇게 말했다.

그녀는 자신을 위해 저렇게 걱정하고 염려해 주는데, 본인은 정작 그녀의 기분을 공감해 줄 수 없었다. 그래서 그렇게 말한 것이다.

백추상은 돌연한 그 말에 당혹했다.

어쩐지 유검과 연결되어 있던 뭔가가 끊어져 나간 느낌이었다.

그 느낌은 생소한 것으로, 그녀에게 희미한 슬픔을 느끼게 만들었다.

그녀는 항상 익숙해 있던 어떤 고독을 다시 떠올렸다.

혼자라는 고독 속에서 그녀는 야심을 불태웠었다. 할아버지의 유학을 찾아 강호에서 으뜸가는 무인이 되겠다는 그 야심만이 그녀의 고독을 잊게 해줄 유일한 것이었다.

하지만 유검을 만나 자신도 모르게 그 야심을 잊고 있었다. 그와의 어떤 강력한 유대감으로 그녀는 자신이 기댈 언덕을 바랐는지 모른다. 야심이란 끝없이 심신을 지치게 만드는 것이니 그런 심리는 당연했다.

그런데 유검의 미안하다는 그 말 한마디에 애당초 기댈 언덕이란 자신의 환상에 불과했음을 갑자기 깨달은 것이다. 유검은 멀리 떨어진 섬에 불과하다는 느낌을 알아챈 것이다.

그녀의 표정이 어색하게 굳어지는 것을 보며 유검은 연민을 느꼈다. 그녀에게서 풍겨 나오는 그 고독의 느낌은 자신이 질리도록 맛본 그것이지 않은가.

이상하게도 그녀가 느끼는 그 고독이 어떤 느낌인지 생생히 알 것 같았다.

생각해 보면 뭔가 이상했다. 자신의 느낌은 떠올릴 수 없는데, 타인의 느낌은 알 수 있다니? 아니, 타인을 통해 자신의 느낌을 다시 맛보는 것인지도 모른다.

그런 구분은 사실 의미없었다. 어쨌거나 그녀의 느낌은 지금 이 순간 유검 자신의 것이 되었으니까.

백추상은 어색한 얼굴로 유검에게서 떨어졌다. 낯선 땅에 내버려진 강아지 같은 모습이었다.

유검은 생각했다.

'그녀를 위해 내가 해줄 수 있는 게 없을까?

세상이 얼어붙은 듯한 그 고독의 느낌은 그 얼마나 자신을 외롭게 만들었던가. 하지만 한편으로 그것은 검과의 만남을 알게 해준 기회이기도 했다.

뭔가 그녀를 위해 주고 싶은 생각이 들었지만 그것은 실현될 수 없었다. 이상하게도 마음이 협조를 거부했다. 그녀의 고독을 느낀 것도 한순간, 마음은 깊은 고요 속으로 다시 빠져 버린 것이다.

아니, 고요라 할 수 있을까? 단지 느낌이란 감각이 통째로 사라져 버린 것에 불과했다.

느낌없이는 세상의 그 어떤 것도 의미가 없었다.

　유검은 자신이 빠져나올 수 없는 어떤 깊은 수렁에 빠져 버렸다고 생각했다. 절망조차 느낄 수 없는 암흑 속으로.

　한편 관문을 통과한 기재들은 이런 저런 것들을 통해 마음을 가다듬고 있었다. 그들은 오로지 다음 관문을 대비하는 데 모든 신경을 집중시키고 있었기에 유검에게 일어난 조그만 소란에는 눈길조차 돌리지 않았다.

　강호의 찬바람을 알고 있는 그들은 시험의 중대함을 뼈저리게 느끼고 있었던 것이다.

　남궁세가의 무사가 되는 길은 많지 않았다.

　근처 마을의 소작농이나 세가 안의 잡부들 중에서 자질이 눈에 띄어 받아들여지는 경우는 극히 드물었다. 대부분 기존 무사들의 가족이 그 다음 지위를 이어받는 세습제였다.

　그중 무공의 자질이 뛰어난 이들만이 세가에 남을 수 있었고, 나머지는 소작농을 관리하거나 혹은 중원 각지의 남궁세가 사업체에 들어갔다. 개중에는 표국을 열거나 무관을 차리는 이도 있었다.

　이렇게 사람은 넘쳐나는 지경이었지만, 그럼에도 남궁세가는 일이 년에 한 번씩 기재들을 불러 모았다. 고인 물은 썩고 만다는 것을 알고 있기에 계속해서 신선하고 젊은 피를 수혈하는 것이다.

　기존의 무사들 역시 나름대로 자극을 받아 더욱 무공 수련에 맹진하게 되는 효과도 있었다.

　정오 무렵이 되자 오전 관문은 끝이 났다. 수백 명이 도전했지만 관문을 통과한 청년들의 수는 이십여 명에 불과했다. 통과된 이들 이십여 명은 전각 안으로 초청되어 간단한 다과나 점심 식사를 제공받았다.

청년들은 전각 안으로 들어서자 움찔하며 저마다 위축되었다.

발목까지 푹신하게 잠기는 양탄자며 벽에 걸린 수묵화 등이 자아내는 고급스런 분위기 때문이었다.

그들은 대부분 점심 식사를 걸렀다. 긴장 때문에 도저히 음식이 넘어가지 않았던 것이다.

한편 시험관인 당 당주는 그의 직속상관인 서 호법의 집무실에서 오전에 일어났던 일에 대해 정황을 설명하고 있었다.

서 호법은 미간이 좁아 신경질적인 성격의 노인으로 보였다. 그는 어릴 적 가난하게 자라 식탐이 많았다. 이제 대남궁세가의 호법이라는 커다란 지위를 손을 넣은 그는 제법 성공한 인생이라 할 수 있었는데, 그 대가로 바쁘기 그지없는 낮 시간임에도 한 시진에 걸쳐 천천히 산해진미를 즐길 수 있는 특권을 누릴 수 있었다. 그는 이러한 정오의 만찬을 사랑하고 즐겼다. 이 시간만큼은 설령 가주에게라도 방해받고 싶어하지 않았다.

그런데 불행하게도 한 가지 사건으로 인해 그의 소중한 식사 시간은 방해받고 말았다.

당 당주의 보고에 서 호법은 연신 턱수염을 쓰다듬고 눈살을 찌푸렸다. 뭔가 성에 차지 않을 때의 버릇이었다.

당 당주는 서 호법이 자기 말을 믿어주지 않는 기색이자 억울한 표정을 지었다.

"제 말은 사실입니다. 지켜보고 있던 다른 놈들도 많으니 물어보십시오!"

"그들은 뭐가 어떻게 일어났는지 잘 모르겠다고 한결같이 대답하더군."

"어쨌든 그 복면인은 한 수에 저를 쓰러뜨렸고, 은자 다섯 냥을 받고 물러났습니다. 그리고 문제의 그 녀석은… 그 정체불명의 복면인과 대등하게 싸웠습니다. 그뿐입니다. 말도 안 된다고 생각하시겠지만, 어쨌든 제 눈에는 그렇게 보였습니다. 그리고 검기… 그 녀석은 검기를 펼쳤고, 담벼락은 깨끗하게 잘려 버렸습니다. 우연히 벼락이 떨어져 내렸는데 마침 그렇게 보였는지도 모르죠. 어쨌거나 그 일이 일어난 것은 틀림없는 사실입니다."

서 호법은 고개를 설레설레 저었다.

"오늘 오전에는 구름 한 점 없이 맑고 청명했다. 번개가 칠 리 없어."

"비유를 하자면 그렇다는 겁니다. 누가 번개가 쳤다고 했습니까?"

"뭔가? 감히 대드는 건가? 내 말에 불만이 있나?"

"그, 그럴 리가요. 다만……."

결국 당 당주는 자신의 의견을 거두고 말았다.

"휴… 솔직히 잘 모르겠습니다. 왜 그 복면인이 나타난 건지… 정말로 은자를 돌려받기 위해서인지… 또 정말로 검기가 펼쳐진 것인지……."

모르겠다는 그 말에 비로소 서 호법은 만족한 얼굴을 했다. 바로 그가 원하던 답변이었던 것이다.

"잘 들어보게나. 나의 추측으로는 이렇다네. 그 복면인이 단지 한바탕 연극을 펼친 거야. 그는 어제저녁 담벼락에 미리 어떤 특수한 약물로 조작을 해놓은 게 분명해. 그 청년이 검기를 펼치는 척할 때, 그 복면인은 몰래 자기 뒤에 있는 담벼락에 약간의 충격을 주었고… 제기랄,

아마도 망아지처럼 뒷발길질이라도 했겠지. 어쨌든 그 덕분에 자네가 본 대로의 일이 일어난 것이지. 뭐, 길거리 약장수들이 잘 쓰는 눈 속임수지. 그걸 좀 더 정교하게 다듬고, 심오한 무공의 수법이 가미되었다는 게 다를 뿐. 그리고 잘 생각해 보면 그 복면인의 무공이 그렇게 고강하다는 것은 미심쩍어. 자네는 방심했을 때 당했기에 그의 무공을 정확히 알기 어려웠지. 이후에 벌어지는 한바탕 연극을 보고 자신의 착각을 확실히 진실이라 믿으면서 그런 혼란이 인 게야."

귀 기울여 듣고 있던 당 당주의 두 눈이 서서히 커졌다.

"그, 그렇군요!"

그는 마치 커다란 깨달음을 얻은 듯했다.

"그럼 그렇지. 그런 절세고수가 왜 하필 은자를 돌려받으려고… 게다가 검기라니? 허허… 제가 그렇게도 간단한 핵심을 놓치고 있었군요."

그제야 내면에 일고 있던 혼란이 사라지고, 삶의 의미가 되살아나는 것 같았다.

서 호법이 미소 지으며 부드럽게 위로했다.

"괜찮네. 졸지에 당했으니 당황한 것도 무리는 아니지. 평소의 자네라면 단번에 꿰뚫어 보았을 게야."

"못난 모습을 보여 드려 죄송합니다."

당 당주는 감복해 그렇게 소리쳤다.

서 호법은 상관으로서의 위엄과 함께 부하의 모든 것을 포용하는 우아한 미소를 지을 뿐이었다.

"어쨌든 그 청년이 수상쩍어. 그 복면인과 짜고 한바탕 연극을 벌인 데는 분명 이유가 있을 게야. 그의 정체를 밝혀내기 위해서는……."

“속히, 바로 조치를 취하겠습니다.”

“아니, 아니. 쥐를 막다른 골목으로 내몰면 안 되지. 일단 지켜보면서 달아나지 못하도록만 하게. 기다리다 보면 알아서 쥐구멍으로 기어들어 갈 테니까.”

“오……! 과연 깊은 지혜와 안목에서 우러나온 단순 명쾌하기 그지없는 적절한 조치군요.”

아부성 발언이라고 할 수는 없었다. 이 순간 당 당주는 진심으로 그의 직속상관에게 감복해 있었으니까.

서 호법이 빙그레 웃으며 말을 이었다.

“일단 시험을 치러 온 기재들이 동요하고 있는 것 같으니, 밝혀낸 진실을 은밀히 흘리도록 하게나.”

“존명! 받들어 모시겠습니다.”

당 당주는 눈빛을 번쩍였다. 자신의 할 일을 찾은 것이다.

그리고 서 호법은 드디어 보고에서 해방되어 정오의 만찬을 즐길 수 있게 되었다는 사실에 은밀한 기쁨을 느꼈다.

점심 식사 후 한 시진가량의 시간이 지나자 전각 내 삼십여 명의 청년들은 연무장으로 불려졌다. 그들은 해방감을 느꼈다. 고급스러워 보이는 귀빈 접대용 전각은 그들에게는 너무도 낯선 장소였던 것이다.

흙먼지 가득한 연무장으로 들어서자 그들은 마음이 편해졌고, 생기발랄해졌다. 무인에게 있어 대지란 고향이었다. 무공이란 어리광을 얼마든지 받아주는 어머니의 품이었으니까.

연무장에 도착한 청년들은 남궁세가 무사들의 지시에 따라 각자 일장 거리를 두고 삼 열 종대로 모였는데, 유검은 백추상과 함께 맨 뒷자리에 있었다.

"이제 두 번째 관문을 시작하겠다."

당 당주의 말에 청년들은 긴장했다.

"이번에는 그대들의 내공을 시험할 것인데, 특별히 해야만 하는 것은 없다. 단지 지시가 내려지면 운기행공을 시작하면 된다. 긴장하지 말고 평소대로 하면 돼."

내공을 시험한다는 말에 청년들은 저마다 당혹스러움을 금치 못했다.

본래 청년들이 가장 자신없어하는 것이 바로 내공이었다. 젊은 혈기를 지닌 그들이 가만히 앉아서 보이지도 잡히지도 않는 기운을 잡아내어 운기하려는 것은 상당한 인내를 필요로 한다. 그보다는 당장 뭔가 겉으로 드러나는 초식을 연마하는 것을 좋아하기 마련이었다. 이마에 송골송골 땀이 맺히고 숨이 턱에 닿도록 몸을 활기차게 움직이는 것을 좋아하는 것이다. 당연히 운기행공에 정성을 들이는 시간이 많을 리 없었다.

물론 유검이나 백추상 등은 조금 경우가 달랐다. 그들은 어릴 적부터 가부좌를 틀고 앉아 운기행공하는 일에 인이 박혀 있었다. 운기행공이란 단순히 책을 읽고 밥을 먹는 따위의 일상사나 다름없었다. 명문가의 제자들이 손쉽게 높은 경지에 이르는 이유 중의 하나가 바로 그러한 조기 교육에 있는 것이니 그리 특별하다고는 볼 수 없었지만, 어쨌거나 이러한 시험에 상당히 유리한 것은 분명했다.

백추상은 그러한 점들을 잘 알고 있었기에 안심했다.

남궁세가에서 내공을 시험해 본다는 것은, 그 심후함이나 정심함만은 아닐 것이다. 아마도 스스로의 마음을 제어하여 명경지수에 들 수 있는 고도의 집중력을 알아보기 위함이리라 그녀는 확신했다.

본래 검수는 눈과 손이 하나로 일치되어야 하고, 그러기 위해서는 모름지기 태산처럼 무거운 허리와 깃털보다 가벼운 발걸음을 지녀야 하는 법이다. 또한 그에 못지않게 검이라는 날카로운 병기를 다루는 데 있어 무엇보다도 중요한 자질이 바로 흔들림없는 마음 자세와 집중력이었다.

이러한 면모는 일시지간에 형성되지 않는다. 오랜 세월 인내를 통해 점차적으로 일깨워지는 내적인 힘이요, 감각이다. 당연히 어린 시절부터 명가의 가르침을 받아온 자신과 유검이 월등히 유리하다.

당 당주가 말했다.

"이제 곧 있으면 본 가의 서 호법께서 당도하신다. 높은 무공과 고아한 인품을 지니신 어르신이니 혹여 뭔가 물으시거든 예의를 잊지 말고 정중히 대답하도록."

"예, 명심하겠습니다!"

당 당주의 당부에 청년들은 우렁차게 대답했다.

잠시 후에 검은 장포를 걸친 서 호법이 형형한 눈빛을 가진 두 명의 무사를 거느리고 왔다.

그는 온화한 웃음을 머금고 청년들에게 말했다.

"노부는 할 일 없이 본 가의 이런 저런 잡무를 맡고 있는 늙은이라네. 자, 편하게 앉게나. 긴장할 필요는 없어."

편히 앉으라는 그의 말에 청년들은 엉거주춤한 자세로 주위만 두리번거리다 당 당주가 호통을 치자 그제야 바닥에 앉았다.

서 호법은 잠시 유검을 힐끗 보고는 다시 포근한 미소와 함께 입을 열었다.

"본 가는 아무나 안으로 들이지 않지. 일단 이렇게라도 들어온 이상 자네들은 반쯤 이미 우리 식구가 된 게야. 그러니 설령 이번 관문에서 탈락한다 하더라도 본 가에서는 그대들에게 다른 일을 맡길 참이야. 그러다 노력해서 재능이 인정되면 다시 본 가로 들어올 수 있게 되고."

친근한 할아버지처럼 그렇게 말하자 여기저기서 안도의 한숨 소리가 터져 나왔다. 어쨌거나 실패해도 다음 기회는 얼마든지 있다는 말 아닌가.

서 호법은 청년들의 심중을 아는 듯 미소 지으며 확답하듯 말했다.

"알아두게나. 본 가는 무슨 일이 있더라도 결코 그대들을 버리지 않는다는 것을 말일세."

그 말에 청년들은 내심 가슴이 뭉클해졌다.

자신들이 한 것은 아직 아무것도 없는데, 이미 한식구로 여겨주다니!

거친 강호의 찬바람 속에 기댈 곳 없던 청년들이 감격해하는 것도 무리는 아니었다.

그들은 이미 남궁세가의 일원이라는 자각을 가지고, 벌써부터 내심 절대 충성을 맹세하고 있었다.

서 호법은 청년들의 내심을 짐작하고 있기에 빙그레 미소 지으며 화답이라도 하듯 고개를 끄덕여 주었다.

"이제 그대들의 내공을 시험해 보겠네. 알아둬야 할 것은, 이런 시험은 단지 그대들의 특성이 어떤지 알아보고자 함이라는 거네."

서 호법은 천천히 기재들과 하나하나 눈을 마주쳐 가며 말을 이었다.

"본래 본 가의 무공은 나름대로 강렬한 특성이 있어서 적성에 맞지 않으면 큰 성취를 얻기 힘들지. 그래서 미리 알아보려는 것일 뿐이야.

오늘과 내일, 이런 저런 시험이야 치르겠지만 그 결과보다는 오히려 끝나고 나서 그대들과 독대로 이런 저런 대화를 나누게 될 텐데, 그때 그대들의 야망이 어떤지, 또 반드시 하고 싶은 일이 있는지, 그런 의향이 더 크게 반영될 걸세."

기재들은 우렁차게 합창하듯 소리쳤다.

"예, 명심하겠습니다!"

"좋아, 그럼 시작하게!"

청년들은 일제히 두 눈을 감고 운기행공에 들어갔다. 삼십여 명의 청년들이 일제히 가부좌를 틀고 앉아 운기행공에 들어가는 모습은 마치 불제자들이 부처님 앞에서 참선에 들 때처럼 조용하면서도 장엄해 보였다.

비록 목적이 무엇이든 간에 그것을 위해 치열하게 전진해 나가는 젊은이들의 열정은 그 자체로 아름다운 법이다.

한편 유검은 아무 생각 없는 얼굴로 멍하니 있다가 시작하라는 말에 눈을 감았다.

단전을 응시했지만 그곳은 텅 비어 있었다. 비어 있는 것은 단전만이 아니었다. 육체 전체가 사실 어떤 빈 공간이 되어 있었으니까. 또한 아무런 기운도 느낄 수 없었다. 보이지 않는 은은한 빛이 빈 공간을 채우고 있는 듯한 느낌만 있을 뿐이었다.

꿈에서 깨어난 이후 운기행공을 할 수 없게 되어버린 이유가 바로 이것이었다.

유검은 운기행공을 포기하고 생각에 잠겼다.

자신에게 도대체 무슨 일이 일어난 것일까?

꿈속에서 뭔가를 깨달은 것 같은데, 그게 무엇인지 알 수 없었다. 당

시의 상황 자체는 기억나는데, 그때의 느낌은 전혀 떠올릴 수 없었던 것이다.

그리고 깨어난 뒤 뭔가 달라져 있었다. 그것이 무엇인지 정확히 알지는 못했지만 어쨌거나 자신에게 이런 저런 특별한 능력들이 생기는 것을 보고 신기해하고 재미있어했다. 한편으로는 도무지 뭐가 뭔지 알 수가 없어 답답하기도 했다.

그러다 세상의 모든 일이 가끔 신기루처럼 느껴지곤 했는데, 그때마다 과연 꿈과 현실이 다른 점이 무엇일까 하는 의문을 가지기도 했다. 하지만 꿈이든 현실이든 상관없이 열정을 가지고 살아보자고 나름대로 결심했다. 어쨌든 살아 있다는 것은 축복이니까.

나름대로 노력했었다. 비록 망령난 늙은이들에게 협박받는 처지이기는 하지만 낙관적으로 생각했다. 모든 게 잘될 거라 믿었다. 괜히 심각해져 봤자 도움될 것은 없다고 생각했기에, 백추상이 얼마나 초조해하는지 알면서도 그냥 장난 같은 행동이 나왔다. 자신이 사부를 닮아가는 것은 아닐까 하는 생각이 들 정도였다.

그런 것들 모두 나쁘지는 않았다.

뭔가 실재감이 빠져 있어 맛이 없는 느낌은 있었지만 나름대로 즐길 만했다.

그런데 문득 스스로를 돌아보니 느낌이 사라져 있었다.

유검은 그제야 자신이 얼마나 '느낌'을 사랑했는지 깨달았다. 기쁘고 기분 좋은 느낌뿐만 아니라, 설령 아무리 슬프고 고통스러운 느낌이라도, 그것을 느낄 수 있다는 것만으로도 행복했다는 것을 깨달은 것이다.

'느낌' 없는 세상… 그것이 혹시 지옥이 아닐까 유검은 생각했지만,

절망감조차 느낄 수 없어 과연 좋은지 나쁜지 알 수 없었다.

백추상뿐 아니라 다우를 떠올려 봐도 그리움조차 일지 않았다. 지인들을 떠올려 봐도 친밀하게 느껴지던 그 우정의 감각을 느낄 수 없었다. 그저 해와 달이 있듯이 그냥 있구나, 하는 자각뿐이었다.

대개 사람들은 본래 존재하는 행복을 깨닫지 못한다. 눈이 멀고 나서야 얼마나 보는 감각이 소중한지 알게 된다. 미각을 잃고 나서야 먹는 즐거움이 얼마나 큰지 알게 된다. 감옥에 갇혀 자유를 박탈당하고 나서야 지는 저녁노을을 바라보며 산들바람과 함께 한 잔 술을 마시는 행복이 얼마나 큰지 알게 된다.

하지만 '느낌'이라는 것은 그 모두를 합친 것보다 소중했다.

흔히 보고 듣고 냄새 맡고 만져지는 오감(五感)과 생각과 감정 그 모두의 총합을 가슴 깊은 내면에서 감지하는데, 그것을 느낌이라고 말할 수 있다.

모든 감각을 잃더라도 상상을 통해 어떤 느낌을 가질 수는 있다.

그래서 사람들은 누구나 충족되지 못한 그 느낌을 얻기 위해 꿈을 꾼다. 꿈이란 것 자체는 그 느낌을 만족시키기 위한, 그리고 삶의 열정을 불러일으키기 위한 소중한 연료였다.

하지만 느낌이 사라지면 꿈도 사라진다. 아무리 괜찮은 생각을 떠올리고, 뭔가 멋진 상상을 해보아도 아무런 흥분과 느낌이 없다면 돌멩이를 보는 것과 마찬가지인 것이다.

유검은 이러한 지경에 처한 자신을 보고 웃음이 나왔다. 다행히도 웃는 감각은 남아 있는 모양이었다. 웃는다는 느낌이 어떤 것인지 느낄 수는 없지만.

웃을 때는 통쾌함이 있다. 웃고 나면 후련함을 느낀다. 웃는 것 자체만으로도 어떤 고난과 역경도 평화롭게 바라볼 수 있다. 실로 인간은 웃을 수 있다는 것만으로도 위대한 존재인 것이다.

하지만 그런 느낌들은 전혀 없었다. 그저 웃을 뿐이었다.

유검은 느낌이 사라지고 나서야, 인간의 모든 행동의 동기가 바로 느낌에 있다는 것을 알 수 있었다.

사랑에 빠지는 것도, 그 사랑이라는 느낌에 매혹되기 때문에 죽음조차 불사하는 열정이 생겨난다. 서로 싸우는 것도 뭔가 억눌린 것을 터뜨리고 싶은 기분을 느껴서이다. 아무리 냉정하게 일을 처리하여 냉혈동물 소리를 듣는 이라 할지라도, 그는 그렇게 하는 것이 안전하고 옳다는 느낌을 가지고 있는 것이다. 무림인이라면 누구도 부정할 수 없는 의협심이라는 것도 참으로 기분을 양양(揚揚)시켜 주는 위대한 느낌이기에 모두가 칭송해 마지않는 것이다.

하지만 느낌이 사라지면 그 어떤 열정도 생겨나지 않는다. 뭔가 하고 싶은 욕구가 일지 않는다. 그저 숨을 쉬고 움직임만 있을 뿐, 살아있다는 느낌조차 느낄 수 없는 나무토막이 되어버리는 것이다.

유검은 또다시 헛웃음이 나왔다.

흘려들은 도가(道家)의 말들이 떠올라서였다.

일체 세속의 오욕칠정을 버리라고 하지 않는가. 나무토막 같아야 도(道)를 통한다는 말도 있다.

그 결과가 바로 이런 것이란 말인가?

이런 지옥보다 더한 '느낌없는 상태'를 맛보기 위해 사람들은 그렇게도 노력한단 말인가?

불가에서는 공(空)이니 무(無)니 말을 하지만, 이것은 그런 것도 아니었다. 인생무상(人生無常)이라지만 차라리 허망함이라도 느낄 수 있다면 좋을 것이다.

"하하하……."

유검은 기가 막혀 크게 웃고 말았다.

고요함 가운데 그의 웃음소리가 울려 퍼지자 운기행공 중이던 청년들은 잡생각을 몰아내기 위해 안간힘을 썼고, 당 당주와 서 호법은 얼굴을 찌푸렸다.

백추상은 눈을 감은 채 내심 큰일났다고 생각했다.

당 당주가 유검에게로 걸어가 그의 어깨를 잡아 쥐며 말했다.

"조용히 하고 따라 나오게."

유검이 움직이려 하지 않자, 당 당주는 손아귀에 내공을 불어넣으며 잡아끌었다.

순간 당 당주는 자신이 이상해졌음을 깨달았다. 말하자면 손아귀에 여전히 힘은 줄 수 있지만 잡아당기고 싶은 기분이 완전히 사라져 버린 것이다.

잡아당겨야 한다고 생각을 해도, 그 생각은 의지를 가지고 육체에 영향을 미치지 못했다. 당연히 내공도 끌어올려지지 않았다.

"어, 어떻게 된 거지?"

그는 당혹했다.

유검은 그런 그를 멀뚱히 바라보다 천천히 몸을 일으켰다.

"나도 모릅니다."

퉁명스레 대꾸하며 그의 손을 뿌리쳤다.

당 당주는 마혈이 제압된 것이 아님에도 의지가 사라져 버린 듯 그 자리에서 꼼짝할 수 없었다. 움직이려면 움직일 수 있다는 것은 알고 있으면서도 도저히 그럴 기분이 나지 않아서 움직일 수 없다는, 그런 이상한 상태에 처한 것이다.

그는 자신도 모르게 소리쳤다.

"아, 악마의 무공이다!"

유검은 청년들을 가로질러 서 호법에게로 걸어갔다.

형형한 눈빛의 무사들이 검을 뽑으려 하자, 서 호법이 손을 저어 제지시켰다.

서 호법은 청년들이 아직도 운기행공 중에 있는 것을 훑어본 후, 나지막한 목소리로 유검을 꾸짖었다.

"감히 본 가에서 소란을 피울 셈이냐?"

유검은 고개를 저었다.

서 호법이 눈살을 찌푸리며 물었다.

"그럼 왜 나왔지?"

"모르겠습니다. 나도 내가 왜 나왔는지……."

그 대답에 서 호법은 어이가 없었다.

"그럼 제자리로 돌아가!"

그가 호통을 치자 유검은 순순히 고개를 끄덕이며 다시 본래의 자리로 돌아갔다.

당 당주는 그를 제압할 생각을 거두자 다시 움직일 수 있었다.

그는 작은 목소리로 한바탕 욕설을 퍼부으며 서 호법 곁으로 갔고, 운기행공하는 척하며 암암리에 상황을 지켜보던 백추상은 내심 안도의 한숨을 쉬었다. 아직 완전히 절망하긴 이르다며 스스로를 위로했다.

서 호법은 미간을 찌푸리며 생각했다.

'저 녀석은 대문 앞에서 수상한 복면인과 한바탕 연극을 벌였다. 도대체 무슨 속셈이지? 다른 문파에서 보낸 세작(첩자)이라고 보기에는 너무 허술하다. 하지만 그렇다고 아무런 목적이 없다고 보기에는 하는 짓이 너무 이상하지 않은가?

이대로 그냥 넘기기에는 뭔가 미심쩍기 그지없었다.

"이봐!"

서 호법이 유검을 소리쳐 불렀다.

"다시 나와보게."

유검은 아무 생각 없는 얼굴로 고분고분 다시 앞으로 걸어나갔다.

서 호법은 눈빛을 예리하게 빛내며 유검의 모습을 훑어보았다. 수상쩍은 낌새를 찾아보려는 것이었다. 하지만 오랜 강호 활동으로 단련된 예민하기 그지없는 그의 후각으로도 아무런 냄새를 맡을 수 없었다.

그는 자신의 예리한 직감이 녹슬어 버렸나 싶어 내심 한탄했다.

'나도 늙었나 보군. 휴우…….'

그렇게 한숨을 내쉬다 문득 기묘한 점을 깨달았다.

보통 어떤 사람이든 특유의 기질이 느껴지게 마련이다. 독특한 그만의 개성이 있기 마련인데, 그가 내심 불순한 속셈을 가지고 있다면 아무리 숨기려 해도 그의 자연스러운 기질과 조화되지 않는 행동과 표정을 무의식 중에 짓게 된다. 바로 그러한 부자연스러움이 수상쩍은 냄새로 느껴지는 것이다.

무인이라면 특하나 살기(殺氣)에 민감한 것처럼, 서 호법과 같은 강호의 능구렁이는 상대의 속셈을 파악하는 데 특별한 후각을 지니고 있다.

그런 그의 예민한 후각으로도 아무것도 느낄 수 없었다. 아무리 생각해도 수상쩍기 그지없는데 말이다.

이성과 후각 중 어느 것이 옳은가? 둘 중 어떤 정보가 믿을 만한가?

그런 갈등과 번뇌 중 그는 한줄기 번개와 같은 깨달음을 얻었다.

애당초 유검에게는 어떤 기질도, 인간적인 냄새도 나지 않았다는 사실을 알아낸 것이다. 실로 무냄새야말로 가장 수상쩍지 않은가.

새로운 이해와 앎, 그것을 흔히 깨달음이라 말한다. 그리고 대개 그러한 깨달음은 번뇌의 소멸과 함께 희열을 가져다준다. 비록 일시지간에 불과할지라도.

은밀한 희열을 즐기는 자가 흔히 그러하듯 서 호법은 우아한 태도로 유검에게 요청했다.

“듣자 하니 자네의 무공이 참으로 기이막측하다더구먼. 흠… 어리석은 이 노부의 노안(老眼)을 밝혀줄 수 있겠는가? 그렇게 해준다면 참으로 기쁠 텐데 말일세.”

당 당주는 그런 서 호법의 평온한 태도에 놀라움을 금치 못했다. 마땅히 분노에 찬 얼굴로 추상같은 호통이 터져 나올 것이라 짐작했기 때문이다.

‘과연 고매하신 인품을 지니셨군. 가끔 쫀쫀하게 군다는 느낌은 나의 착각이었어.’

그렇게 생각하며 감탄했다.

유검은 무공을 보여달라는 서 호법의 말에 약간 서글퍼졌다. 서글픔을 느낀 것이 아니라, 본래대로라면 그런 느낌을 가졌을 것이라 생각한 것이다.

유검은 어릴 적 무공에 열중할 때 가장 행복했음을 기억한다. 그렇게 순수했던 그 시절, 사악한 사부의 부추김에 무공의 극한 경지까지 가보고 싶은 욕구가 생겨났다. 순진하기만 하던 그 시절 사부의 말을 절대적으로 믿었던 것이다.

그 욕구는 점차 강렬해져 갔다. 불길이 강렬해지면 하얗게 빛을 내듯 결코 실현될 수 없었던 그 욕구는 겉으로 발산할 수 없어 볏짚처럼 속으로 타 들어갔다. 정말로 무상검이라 이름한 저 너머 초월적인 그 무엇을 체험해 보고 싶었던 것이다. 결국 꿈속에서 무상검을 성취하여 신이 되는 체험까지 할 정도였으니까.

결국 환상에 불과한 것일까? 사부의 새빨간 거짓말에 불과한 것일까?

유검은 이제는 다 틀렸다고 생각했다.

그 무상검의 경지가 얼마나 대단한지는 몰라도, 그것을 느끼고 체험할 수 없다면 무슨 소용이 있겠는가 말이다.

이는 마치 천하일색의 미녀를 얻는다 해도, 아무런 욕망도 사랑도 느끼지 못한다면 보통 사람과 다를 게 전혀 없는 것과 같았다. 설령 검으로 산을 두 동강 낼 수 있는 경지를 얻는다 해도 그로 인해 아무것도 느낄 수 없다면 그게 대단할 이유는 전혀 없는 것이다.

유검이 침묵을 지키자 서 호법이 재차 요청했다.

"혹여나 보여주면 곤란한 사정이라도 있는 겐가? 말하자면 마교의 술법을 익혔다던가……."

그 말에 주위 사람들은 깜짝 놀랐다.

마교가 나타난 것은 그들이 태어나기도 전의 일이었다. 전혀 실감할 수 없는 옛이야기에 불과하다. 하지만 과장되어 전해져 온 공포스런 이야기는 어릴 적부터 충분히 듣고 또 들어왔기에 막상 그 이름을 언급하자 사람들은 허를 찔린 듯 움찔한 것이다.

그런 사람들의 반응에 서 호법은 내심 득의만연했다.

실로 내력을 추측하기 힘든 수상한 놈들이 기이한 일을 벌이고 있다면 첫 번째 의심할 만한 곳은 마교가 분명하다. 하지만 서 호법은 유검이 정말로 마교의 첩자라 생각하고 그렇게 말한 것은 아니었다. 그들이 정말로 일을 벌인다면 이런 식으로 어리숙하지는 않을 테니까.

단지 유검을 자극하기 위해서였다. 사람이란 터무니없는 모함을 당하면 자기도 모르게 내심을 드러내곤 하니까.

서 호법은 이 한 수에 자신이 있었다. 유검이 어떻게든 반응을 보일 것이라 생각했다. 하지만 일은 전혀 엉뚱하게 돌아갔다. 그의 터무니없는 소리에 유검이 전혀 반박하지 않았던 것이다.

그냥 멍하니 서 호법의 얼굴만 보고 있었다. 정확히 말하자면 그의 움직이는 입술만 보고 있었다. 무엇을 말했는지 전혀 상관하지도 않고, 그저 아무 생각 없이 있었다. 그 어떤 것에서도 느낌을 가지지 못함을 깨달은 데 대한 충격 때문에 아무런 생각도 떠올릴 수 없었던 것이다.

그런 유검의 태도에 서 호법은 정색을 하고 다시 물었다.

"자네, 정말로 마교와 관련되어 있는가?"

유검은 고개를 끄덕였다. 그것은 아무런 의미도 없는 행동이었다. 설사 서 호법이 그에게 여자냐고 물었어도 고개를 끄덕였을 것이다.

유검의 '고개 끄덕임' 은 장내에 폭탄을 떨어뜨린 것이나 다름없었다.

서 호법의 두 눈이 서서히 커져 갔다. 당 당주와 두 명의 무사는 당혹해하며 검을 뽑아 들었다. 청년들은 웅성거리기 시작했다.

그때 백추상이 벌떡 일어나 소리치며 날렵한 경신술로 앞으로 달려가 유검 앞을 가로막아 섰다.

"이, 이 사람은 정신이 가끔 오락가락하곤 해요. 그러니까 지금 한 말은 그냥 헛소리라구요!"

서 호법이 무뚝뚝한 얼굴로 물었다.

"너도 한패냐?"

백추상은 질색하며 소리쳤다.

"그, 그럴 리가 없잖아요!"

"너도 수상쩍군."

삐이익―!

두 명의 무사 중 한 명이 품속을 더듬거리더니 조그만 피리를 꺼내어 힘껏 불었다. 긴급 상황을 알리는 호출 신호로 남궁세가의 장원 안에서 울렸던 적은 아직 한 번도 없었다.

석마두가 벌떡 일어나 외쳤다.

"그, 그녀는 아닙니다! 남해 보타암의 고명한 제자로……."

"너도 한패?"

서 호법의 퉁명스런 그 한마디에 석마두는 움찔하며 황급히 고개를 저었다.

근처에 있던 남궁세가의 무사들이 안광을 빛내며 몰려오고 있었다.

백추상은 안절부절못하다 유검의 어깨를 잡고 흔들었다.

"이 바보! 왜 그런 행동을 한 거야? 왜!"

유검은 흔들거림 속에 어린아이처럼 웃었다.

"어라? 세상이 흔들리네?"

그리고 그녀의 어깨를 잡고 감탄해 소리쳤다.

"그대의 이 일 초는 훌륭하기 그지없군! 단 한 수로 세상을 뒤흔들었으니 말이오. 내가 낙양을 반으로 쪼갠 것보다 더 위력적이구려!"

황당하기 그지없는 유검의 말에 백추상은 울상이 되어버렸다.

"제발 정신 차려요!"

서 호법이 청년들을 향해 외쳤다.

"그대들 중 또 한패는 없는가?"

청년들은 일제히 부인했다.

"어, 없습니다!"

"그렇다면 십여 장 뒤로 물러서라!"

다들 일어나 우르르 뒤로 물러났다. 석마두는 홀로 남아 망설이다 결국 그들에게로 합류했다.

남궁세가의 무사들이 유검과 백추상을 포위했다.

서 호법이 추상같이 호통 쳤다.

"그대가 마교와 관련있음을 시인하였으니 순순히 포박을 받아라!"

이어 무사들에게 명을 내렸다.

"인정사정 볼 것 없다. 저항하면 즉시 목을 베어버려라!"

그의 명에 따라 몰려온 무사들은 일제히 병장기를 중단으로 겨눈 채 부챗살처럼 퍼져 나갔다. 하나의 동심원 속에서 서로 종횡으로 엇갈리며 중심을 향해 공격해 가는 방식의 검진이었다.

행동에 절도가 있고, 검의 호선은 조화를 일으켰다.

동심원의 중심에 있는 백추상은 마치 해일이 몰려오는 듯한 위압감에 안색이 창백해졌다.

그녀는 자신의 무공에 자신감을 가지고 있었지만, 남궁세가의 정예 무사들의 합공에 버틸 수 있을 것이라 착각할 정도는 아니었다.

다리 힘이 저절로 빠져 그녀는 그 자리에 주저앉으려 했다. 그런데 몸이 아래로 떨어지는 느낌이 없었다. 유검이 그녀의 대추혈 부근의 옷자락을 쥐어 잡고 있었던 것이다. 마치 고양이 목을 쥐고 들어 올린 모습과 같았다.

유검은 공포로 축소된 그녀의 동공을 빤히 바라보며 물었다.

"뭘 두려워하는 거지?"

이때 수십여 개의 도와 검과 창이 찌르고 베어왔다. 말 그대로 도산검림(刀山劍林)이었다. 햇살은 도검에 반짝이고, 그 광점의 움직임은 마치 꽃이 피어나는 것 같았다.

유검은 그녀의 겨드랑이를 껴안으며 우아하게 떠올랐다. 그리고 피어난 광점의 꽃잎들 위로 뛰어다니며 순식간에 검진의 동심원 밖으로 뛰어나가 버렸다.

무사들은 일순간 당황했으나, 다시 검진을 갖추고 유검을 향해 공격해 갔다.

유검은 다시 백추상의 눈을 들여다보고 있었는데, 뭔가 기이한 감각에 눈살을 찌푸렸다.

겉모습으로 보이는 그녀의 육체란 단지 장난감에 불과한 것 같았다. 그녀는 공포를 느끼고 있지만, 그것은 단순한 허상에 불과한 것 같았다.

유검은 다시 물었다.

"왜 두려워하는 거지?"

백추상은 몰려드는 무사들의 공격에 질려 있어 대꾸하지 못했다.

유검은 뭔가 웃긴다고 생각했다.

그녀 내면에 존재하고 살아 있는 무엇은 두려워하는 스스로의 모습을 보고 신기해하며 웃고 있는 것을 본 것이다. 그 존재는 자신이 결코 육체나 마음이 아니며, 결코 소멸될 수 없는 영원한 생명이라는 사실을 자각하고 있었다.

유검은 다시 검을 치켜든 채 몰려오는 무사들로 시선을 향했다. 그리고 그들을 향해 성큼 발걸음을 떼었다.

백추상은 끌려가지 않기 위해 발버둥을 쳤다.

위이잉—

위압스런 파공성과 함께 수십여 개의 도검이 유검의 전신을 향해 밀어닥쳤다. 남궁세가의 정예 무사답게 쓸데없이 뒈져라, 따위의 욕설을 퍼붓지는 않았다.

유검은 검을 뽑아 들었다. 그의 눈에 그들의 공격은 느릿한 동작으로 보였다. 왜 그들이 빨리 움직이지 않는지 의아해하며 검을 휘둘렀다.

다른 이들의 눈에는 유검이 오히려 느긋하게 움직이는 것처럼 보였다. 하지만 기이하게도 한 동작과 다음 동작 사이가 연결되지 않았다.

치치칭, 꽹과리 울리는 듯한 소리와 함께 무사들은 일제히 검을 떨어뜨리며 손목을 움켜쥐었다. 억지로 비명성을 참는 그들의 얼굴은 고통으로 일그러져 있었다.

장내에 침묵이 흘렀다.

어느 누구도 유검이 무슨 수법으로 이런 상황을 만들어내었는지 알아본 이는 없었다. 마치 서로 짜고 연극을 하고 있는 것처럼 보일 정도였다.

“흠…….”

유검은 주위를 돌아보며 고개를 갸웃거렸다. 자신이 저렇게 만들었다는 느낌이 들지 않았던 것이다. 그저 유검이라는 이름을 가진 하나의 육체가 다른 이들과 함께 어울려 놀고 있는 것을 언덕 위에서 지켜보고 있었던 것 같았다.

“흥—! 과연 믿는 한 수가 있었군.”

서 호법은 코웃음을 치며, 손수 보검을 뽑아 들고 유검에게로 다가왔다.

주위는 어느새 남궁세가의 무사들이 구름처럼 몰려와 있었다.

유검은 그 모습을 멍하니 바라보다 갑자기 정신이 들었다.

"어라? 내가 뭔 짓을 한 거지?"

백추상은 어이없는 얼굴로 멍하니 유검을 돌아보았다.

"뭔 짓?"

두려움은 분노로, 그리고 그것은 또다시 체념으로 바뀌었다.

"하아… 맘대로 해요. 어차피 여기서 살아난다 해도 난 며칠 못 갈 테니까."

그녀는 이미 일이 틀어졌다고 생각했다.

이런 상황에서 남궁혁을 만나 어쩌고저쩌고할 가능성은 전무하다. 그렇다면 해약을 얻는다는 것은 불가능한 것이다.

그녀는 자기도 모르게 눈물을 흘렸다. 이렇게 되고 만 자신의 처지가 너무 기가 막혔던 것이다.

유검은 연극 대사를 읊조리는 듯한 그녀의 말투가 꽤나 재밌다고 생각했다.

유검은 구름처럼 몰려온 군웅들을 보며 중얼거렸다.

"후회해도 별수는… 없겠지?"

백추상은 여전히 무표정한 얼굴로 눈물을 흘리며 고개를 끄덕였다.

유검은 일이 거창하게 커지고 일을 예측할 수 없게 되자 비로소 뭔가 후련하고 시원스런 느낌이 드는 것 같았다.

그는 스스로를 항상 정파인으로 생각해 왔다. 최소한 양심도 모르는 나쁜 놈은 아니라고 생각했다. 하지만 진짜 나쁜 놈이 되어보는 게 오히려 더 재밌지 않을까 하는 생각이 문득 들었다. 자기에게는 물론 그럴 만한 능력이 있다.

유검은 크게 웃으며 소리쳤다.

"좋아! 그럼 무림 사상 최대의 마두나 되어보자!"

백추상은 자신의 운명을 자포자기하고 있었지만, 그런 황당한 유검의 말에는 여전히 기가 막힐 수밖에 없었다.

서 호법이 유검에게 보검을 겨누며 소리쳤다.

"그대는 마교에서 어떤 위치에 있소?"

"교주라면?"

서 호법을 비롯 모든 사람들이 흠칫했다.

이에 유검이 크게 소리쳤다.

"남궁세가는 오늘부로 본좌가 접수하겠다. 불만있으면……."

'덤벼!' 라고 소리치려다 너무 천박한 느낌이 들어 말끝을 흐렸다.

'뭔가 좀 더 자극적이고 마두다운 포악한 말투가 있을 텐데…….'

감히 남궁세가를 접수하겠다는 광오한 말에 서 호법이 대노하여 소리쳤다.

"불만있으면 어쩌겠다는 것이냐?"

유검은 왼손을 귓가로 올렸다가 쭉 내뻗었다.

퍼엉―!

무형의 장력에 서 호법의 신형은 훌훌 뒤로 날아올랐다.

이야기 속에서나 들어보았던 장풍을 보게 되자 사람들의 두 눈이 휘둥그레졌다.

군중들 중의 누군가가 소리쳤다.

"쳐라!"

그 말에 홀린 듯 군웅들은 유검을 향해 달려들었다. 아니, 달려들기 위해 병장기를 꼬나 물고 막 발걸음을 떼려고 했다.

이때 그들 앞으로 흙구름이 뭉개뭉개 피어올랐다. 그 현상은 수십여 장에 걸쳐 일어났다. 유검이 검기를 펼친 것이다.

흙먼지가 가라앉기도 전에 유검이 그들을 향해 걸어갔다.

유검이 검을 치켜세우며 소리쳤다.

"바람의 주인으로 명한다. 가라!"

낯간지러운 소리와 함께 삼십여 장 너머 한 전각을 향해 검을 쭉 뻗었다. 검에서 맹렬한 검풍이 뻗어나갔고, 전각이 모래성처럼 우르르 무너져 내렸다.

백추상은 입을 딱 벌렸다.

"미, 미쳤어!"

군웅들은 난데없는 천재지변에 정신을 차리지 못했다.

"대체 뭔 일이야!"

"뜨그랄, 저 미친놈이 그랬다는 거야 뭐야?"

"흥, 우연에 불과해!"

남궁세가의 무사라는 자부심도 날아가 버렸는지 쌍욕이 난무했다.

"나 참, 못 알아보는군."

유검은 투덜거리며 군웅들 틈으로 걸어 들어갔다. 군웅들은 자기도 모르게 주춤 뒤로 물러섰다.

유검이 뒷짐을 지고 멈춰 서자 군웅들은 모욕을 느끼고 일제히 공격해 갔다. 남궁세가의 이렇게 많은 무사들이 겨우 한 사람을 두려워하다니 말도 안 된다고 생각한 것이다.

유검은 그들을 향해 검기를 발출하려다 포기했다. 그들의 생명을 빼앗는 게 꺼려졌던 것이다.

"후… 나쁜 놈 되기도 힘들군. 생각보다는……."

두 발을 대지에 뿌리박고 서서 날아오는 검을 소맷자락으로 휘감으며 어깨를 떨치자 강맹한 진력이 주위를 휘감았다. 이에 지진이 일어난 것처럼 사람들은 중심을 잡지 못하고 우르르 쓰러지거나 뒤로 튕겨나갔다. 유검의 일거수일투족에 군웅들은 바람에 휘날리는 나뭇잎이 되고 말았다.

주위는 삽시간에 난장판이 되었다.

누군가 크게 소리쳤다.

"후퇴하라!"

군웅들은 그 말을 기다렸다는 듯이 썰물처럼 물러나 버렸다.

어느새 주위는 텅텅 비고 말았다.

유검은 눈살을 찌푸렸다.

이런 방식은 뭔가 마두처럼 보이지는 않았던 것이다.

곧 고개 저으며 중얼거렸다.

"아니지, 아무리 마두라도 최소한 목적이 있어서 살상하는 거야. 난 아무런 목적도 없이 이런 짓을 했으니까 오히려 더 나쁜 놈이라 할 수 있지."

어쨌거나 나쁜 짓, 후회할 만한 짓을 했다는 사실에 만족했다. 그제야 느낌이 조금씩 돌아오는 것 같았다.

유검은 백추상에게 돌아가며 중얼거렸다.

"그렇군. 난 본래 나쁜 놈이었는데 너무 착하게 살려 하니까 벌받은 거였어."

그리고 멍하니 있는 백추상을 보며 생각했다.

'꽤 예쁘군. 난 양심도 없는 나쁜 놈이니까 그냥 으슥한 곳으로 데려가서 재미를 보지. 그리고 장난감처럼 버리는 거지. 흐음… 처음 만나서 나보고 결코 그럴 일은 없을 거라 말했었지? 후회하게 될 거다.'

그렇게 결심했지만 막상 행동으로 옮기려 하니 뭔가 꺼림칙했다.

'안 돼. 망설이지 말자. 또다시 착하게 살려 하면 벌받을 테니까.'

그렇게 결심하곤 행동하려는데, 갑자기 그녀가 유검의 멱살을 잡고 흔들며 소리쳤다.

"미쳤어요? 도대체 왜 그러는 거예요! 왜!"

"난 나쁜 놈이니까."

"……?"

"그러니까 이런 짓도 할 수 있지."

유검은 그녀의 허리를 낚아채며 단숨에 입을 맞추었다. 그녀는 놀랐지만 반항하지는 않았다. 거친 손길이 예민한 가슴을 주무르자 움찔하기는 했지만, 역시 반항하지는 않았다.

수동적인 그녀의 태도에 유검은 좀 더 다정하고 부드럽게 대해주고 싶은 충동이 일었다.

하지만 그래서야 나쁜 놈이라 할 수 없지 않은가.

한편으로 이런 희롱은 그저 대화를 나누는 것과 다를 바 없는 것처럼 평범하게 느껴졌다. 갑자기 그녀의 가슴을 만지고 입을 맞춘다고 해서 나쁜 짓이라는 느낌은 들지 않았다.

"하아……."

유검은 한숨을 내쉬었다.

"아무리 생각해 봐도… 난 미친 것 같아."

그렇게 중얼거리며 물러서자 백추상이 오히려 그의 목을 끌어당겼다.

“이봐요, 전 당신이 미쳤는지 아닌지는 관심없어요. 잠시 놀라긴 했지만, 며칠 내로 전 죽고 말 텐데 그게 무슨 상관이겠어요. 그리고 전…….”

유검의 눈을 똑바로 쳐다보며 그녀가 말했다.

“전… 처녀로 죽고 싶지 않아요!”

유검은 흠칫했다. 그녀가 무엇을 요구하는지 깨달은 것이다.

“근데… 지금 당장은 곤란해. 남궁세가를 접수한다고 했으니 다들 기다릴 거거든.”

“그게 중요해요? 스스로 나쁜 놈이라고 했잖아요. 기다리든 말든 무슨 상관이에요. 했던 말을 멋대로 번복하는 게 진짜 나쁜 놈이잖아요!”

“그렇긴 한데…….”

“어서 아무도 없는 곳으로 가요. 제발…….”

유검은 멍하니 하늘을 바라보았다.

별 시답잖은 이유로 운명에 한번 반항하기 시작하자 일들이 이상하게 변해가는 것 같았다. 세상은 저 나름대로의 흐름이 있어서 그것에 반항하면 멋대로 휘저어져 버리는 것 같았다.

'될 대로 되라!'

그렇게 생각했다.

결국 중요한 것은 나쁜 놈이 되고 말고가 아님을 깨달았다.

그냥 기분 내키는 대로, 지금 이 순간 원하는 것을 해보고 싶은 것이다. 일체 강호의 도의니 뭐니 그런 구속을 벗어나 그저 뭔가 예측하기 어려운 가슴 뛸 만한 그런 일을 경험하고픈 것이다. 그리고 자기에게는 그럴 만한 능력이 있다.

“좋아!”

유검이 고개를 크게 끄덕이며 말했다.
"대신 약속해 주라."
"뭘요?"
"함께 미치기로. 그게 더 재밌거든."
백추상이 처음으로 웃음을 터뜨리며 말했다.
"지금 제가 제정신이라고 생각하세요?"

무림 정복 포기 선언

무림 정복 포기 선언

"그 말을 나보고 믿으란 말이냐?"

거대한 전각 안, 서 호법이 붕대를 감은 모습으로 보고를 올리자, 태사의에 앉은 한 노인은 연신 혀를 찼다. 남궁세가의 만인지상(萬人之上) 일인지하(一人之下) 태상장로가 바로 그였다. 가주의 외삼촌뻘이기도 했다.

서 호법이 말했다.

"그 일을 본 것은 비단 저뿐만 아닙니다. 맹세코 그 일이 사실이라고 장담할 수 있습니다."

"하지만 마교의 교주가 나타나서… 장풍과 검기를 쓰고, 홀로 본 가의 무사들을 물리쳤다니… 또 전각을 무너뜨린 것도 그의 짓일 수 있다니… 정말 믿기 어렵군."

노인은 깊이 숙고해 보더니 옆에 시립해 선 호위무사에게 물었다.

“가주께서는?”

“오진에 찾아오신 무당파의 손님과 환담을 나누고 계십니다. 일체 방해하지 말라는 엄명이 계셨습니다만……”

“그래도 지금의 일을 보고하지 않을 수는 없지.”

노인은 서 호법에게로 시선을 돌리며 말했다.

“그대가 가보게.”

“존명!”

서 호법이 떠나자 노인이 좌중을 둘러보며 명을 내렸다.

“일단 일급 비상사태에 준하여 경비 태세를 갖추도록. 그리고 당주 급 이상 모두 불러오게.”

그들은 아주 오랫동안 오지 않는 손님을 기다려야 함을 그 순간에는 아무도 깨달을 수 없었다.

유검은 백추상을 안은 채 전각 사이를 훨훨 날아다니고 있었다. 어느 누구도 그 행적을 눈치챌 수는 없었다.

백추상은 바람의 압력에 숨도 쉬기 어려웠다.

“어디로 가는 거죠?”

힘들여 그렇게 묻자 유검은 신형을 하늘로 쭉 뽑아 올렸다.

까마득한 상공에 이르러 아래를 내려보자 백추상은 오금이 저려왔다. 전신이 짜릿할 정도로 흥분되었다.

유검이 말했다.

“일단 남궁혁이 있을 만한 곳을 찾아보자구. 해약을 원하지 않았나?”

자연스런 하대였다.

"하, 하지만 일단……."

그녀는 유검의 단단한 가슴에 얼굴을 묻고 있었는데, 잔뜩 흥분되어 있었다. 지금 이 순간 누가 해약을 준대도 눈에 들어오지 않을 정도였다.

그녀는 할아버지의 유학을 찾아 검도의 고수가 되겠다는 꿈에 일체 모든 감정을 억누르며 한 길을 걸어왔다. 그러나 일단 목숨이 며칠 남지 않았다고 생각되자 억눌러 왔던 욕구들이 일시에 풀려났고 그것은 모두 유검에게로 향해 있었다.

유검은 아래를 둘러보다 눈빛을 빛냈다.

절벽 아래 때 아닌 안개가 짙게 깔려 있는 지역이 있었다. 아무래도 무슨 절진이 펼쳐져 있는 것 같았다.

"저기로 가보자."

말과 함께 그의 신형은 쏜살처럼 안개 낀 곳을 향해 쏘아져 갔다. 안개에 접근하자 예상대로 자신을 밀어내는 무형의 압력을 느꼈다. 유검이 검을 뽑아 검기를 뿌려대자, 압력에 틈이 생겨났다. 유검은 그 사이로 빨려 들어갔다.

땅에 착지하고 주위를 둘러본 순간 유검은 고개를 갸웃거렸다. 별다른 것이 전혀 보이지 않았다. 기화이초도 없었고, 그저 널따란 초원 위에 작은 오두막집 한 채만 덩그러니 놓여 있었다.

유검은 혹시나 하고 그 오두막집으로 들어갔다. 안으로 들어가 살펴보곤 실망을 금치 못했다. 그저 평범한 모옥에 불과했으며, 게다가 주인 역시 보이지 않았다.

"이제 더 이상은……."

백추상이 달아오른 얼굴로 유검의 가슴으로 손을 집어넣으며 그의 귓가에 대고 뜨거운 숨을 불어넣었다. 예전 같은 또래의 소녀들이 저희들끼리 나누는 이야기를 들은 적이 있는데 절로 기억이 나서 그대로 따라 하고 있는 것이다.

유검은 일단 남궁혁을 찾는 것은 포기하고, 그녀의 요구에 응하기 시작했다. 굳이 물리치려면 그럴 수도 있겠지만 그럴 이유는 없었다. 미친놈이 되기로 했는데 다우에게 양심의 가책을 느끼는 것은 이상한 것이다.

무엇보다 마음이 이성의 말을 들으려 하지 않았다. 그 어떤 속박도 거부했다. 그것이 비록 사랑이라 할지라도.

백추상이 침대 위로 무너지고, 유검은 그녀의 경장 차림의 바지를 벗겨내었다. 손길이 매끄러운 허벅지를 지나 고의 속으로 들어가자 그녀는 짤막한 비명 소리를 토해내었다.

유검 역시 흥분되어 있었다.

그녀의 목에 입을 맞추고 나서 옷을 벗기 위해 상체를 일으킨 순간 유검은 비명을 지르지 않을 수 없었다.

"사, 사부―!"

언제 다가왔는지 현풍이 쪼그려 앉아 멀뚱히 쳐다보고 있었다.

"아, 난 신경 쓰지 말고 하던 것 계속해."

그제야 백추상 역시 다른 사람이 있는 것을 깨닫고 황급히 자기 몸을 가렸다.

유검은 뒷목이 뻐근해졌다. 머리 속이 지글지글 끓어오르는 것 같았다. 누구라도 이런 상황이 되면 그런 증세를 느낄 것이다.

"어째서 이런 곳에 있는 겁니까?"

유검의 한탄스런 질문에 현풍은 뜨악해하며 되물었다.

"나야말로 궁금하구나. 네가 어떻게 여기 있는지 말이다."

그 사정을 어찌 한두 마디로 끝낼 수 있으랴.

"그보다 눈이나 좀 돌려요. 옷을 못 입고 있잖습니까."

"흐음… 그참 신기하군. 내가 무슨 눈알신공이라도 익혔단 말이냐? 쏘아보면 상대가 옷을 입지 못하게 되는."

"휴… 그게 아니란 것 알잖습니까."

"아니란 것은 아는군. 눈은 그저 창문에 불과해. 저 처자는 스스로 받아들인 생각의 고리 때문에 자유롭지 못할 뿐이지."

자유롭지 못하다는 그 말에 유검은 갑자기 커다란 충격을 받았다.

'도대체 누가 자유롭지 못한 걸까?

그녀에 대한 의문이 아니었다. 스스로에 대한 질문이었다.

'나는 느낌없는 상태에 있다. 이런 저런 황당한 짓을 하면 나름대로 재밌기는 하지만, 별다른 감흥은 없다. 마치 느낌없는 상태에 구속되어 있는 듯하다. 감옥에 갇혀 있는 것 같다. 풀려나고 싶다. 그런데 누가 이 감옥에 갇혀 있는 걸까? 누가 자유롭지 못한 걸까? 누가 느낌이 없다고 말하는 걸까?

유검은 깊이 숙고해 보다 고개를 갸웃거리며 사부에게 여쭈었다.

"나는 왜 자유롭지 못한 걸까요?"

현풍은 별소리 다 듣는다는 듯 멀뚱한 얼굴로 대꾸했다.

"네가 언제 자유롭지 않은 적이 있었더냐. 너의 본래 성품은 자유롭지 않은 적이 없었다."

"…예?"

"아, 그러고 보니… 그들이 이야기하는 게 혹시 너일지도 모르겠군. 따라오너라."

현풍은 휘적휘적 소매를 저으며 뒤도 돌아보지 않고 나가 버렸다.

유검은 머리를 긁적거리더 백추싱에게로 시선을 돌렸다.

그녀는 침상 위에서 이제야 막 바지를 입으려 하고 있었는데, 유검과 눈길이 마주치자 눈알을 부라렸다.

"뭘 보는 거예요!"

유검은 찔끔해서 고개를 돌렸다.

'조금 전까지 저 바지를 벗긴 것은 난데… 근데 지금은 보지도 못하는군. 이런 내가 자유롭지 않은 적이 없다고?'

아마도 사부가 노망이 나서 아무렇게나 말했다고 생각했다. 하지만 한편으로는 가슴 한구석에서 그 말에 공감하고 있었다.

백추상이 옷을 다 입자 부랴부랴 그녀와 함께 모옥을 나와 사부의 뒤를 쫓았다. 갑자기 그의 모습이 보이지 않았다.

유검은 그제야 진 속에 또 진이 펼쳐져 있음을 깨달았다.

멀뚱히 서 있으니 허공에서 손이 불쑥 튀어나와 유검을 끌어당겼다. 백추상도 함께 끌려갔다.

초원이 사라지고 천 길 낭떠러지가 나타났다.

현풍이 말했다.

"상념의 힘으로 만들어진 환상일 뿐이다. 하지만 그것을 실제라고 믿으면 정말로 떨어져 죽고 말지."

그리고 낭떠러지 너머 허공을 향해 발걸음을 떼었다.

지켜보던 백추상은 그가 금방 추락해 버릴 것 같은 느낌에 어깨를 움츠렸다. 환영은 그만큼 사실적이었던 것이다. 유검이 뒤를 이어 걷고 나서도 백추상은 쉽사리 발걸음을 떼지 못했다.

'검랑은 본래 허공을 날아다니는 능력이 있었어. 그러니까 아무렇지

도 않게 할 수 있는 거지. 하지만 난…….'

아무리 봐도 환상처럼 보이지 않았다. 환상이라고 생각하는데도 실제처럼 느껴졌다.

갑자기 유검이 그녀의 소맷자락을 끌어당겼다.

"끼아악―!"

그녀는 비명을 질렀다. 갑자기 몸이 쑥 아래로 추락했던 것이다.

유검은 그녀가 제풀에 주저앉으며 비명을 지르는 것을 보고 우스웠다. 환상이라고 말해 줬는데도 그 말을 믿지 않고 혼자 망상 속에서 허우적대다니.

유검이 손을 잡고 끌어 올려주자 그제야 백추상은 환상에서 깨어났다. 이번에는 땡볕이 내리쬐는 사막이었다.

유검이 백추상을 보고 웃음을 금치 못하자, 현풍이 퉁명스레 쏘아붙였다.

"웃지 마라. 너 역시 같은 짓을 하고 있으니까."

그 말에 유검은 주위를 두리번거렸다.

환상에 마음을 주지 않으면 그것은 아무런 위력을 발휘하지 못한다는 것을 알고 있었다.

유검은 의아했다.

'나는 분명히 환상에 휘말리지 않은 것 같은데, 왜 그런 말씀을 하신 걸까? 설마 하니 나는 멀쩡하다고 믿는 환상에 빠져 있다는 걸까? 실제는 그녀처럼 허우적대고 있고?'

이런 저런 의문 속에 현풍의 뒤를 쫓아 걸어갔다.

진을 벗어나자 조그만 동혈이 나타났다.

현풍이 돌연 진지하게 안색을 굳히고 말했다.

"오늘의 일을 잘 기억해 두거라. 벗어났다 싶어도 또 다른 진, 또 다른 환상 속에 있을지 모른다는 것을 의심해라."

유검은 두리번거렸다.

동혈의 벽을 만져 보니 약간의 습기를 머금고 있었는데 딱딱했다. 아무리 봐도 진짜 벽 같았다.

"설마 이것도 환상인가요?"

유검의 질문에 현풍은 대답 않고 빙긋 웃기만 했다.

현풍은 안으로 계속 걸어 들어갔다.

하나의 석문이 나타났다. 현풍이 문고리를 몇 번 두들기자 석문이 우르릉 소리와 함께 열렸다. 환한 햇살이 눈을 부시게 했다.

현풍과 유검 등이 나오자, 석문을 지키고 서 있던 두 명의 무사의 두 눈이 휘둥그레졌다.

"어어……!"

"호, 혼자 들어가셨는데 어째서……!"

현풍이 고개를 주억거리며 대꾸했다.

"수고들 하네."

그리고는 잘 다듬어진 정원수를 따라 놓여진 오솔길을 걸어갔다.

유검은 주위에 세워진 전각들을 보고 의아해했다.

"혹시……."

"그래, 다시 밖으로 나온 거다. 본래는 그 석문을 통해 안으로 들어가게 되어 있지."

유검은 기가 막혔다. 진 속의 진 속으로 들어가 도대체 어떤 곳이 나올까 궁금하기 그지없었는데, 알고 보니 그곳이 최종 목적지였던 것이다.

"그럼 그 오두막집의 주인은 누굽니까?"

"아마도 네가 찾던 인물일 테지. 지금 그를 만나러 가는 거다."

유검은 더 이상 질문하지 않았다.

회랑을 따라 전각 안으로 들어섰다. 아주 조용한 곳이었다. 심지어 호위무사의 모습마저 보이지 않았고, 가끔 시녀들이 시선을 아래로 하고 조용히 찻잔을 들고 나를 뿐이었다.

끼이익—

현풍이 대청으로 통하는 문을 열어젖혔다.

안을 들여다본 순간 유검은 뜨악해지지 않을 수 없었다. 대청 안에는 생각보다 많은 사람들이 있었는데, 모두 의외의 인물들이었던 것이다.

가장 먼저 눈에 들어온 것은 남궁세가의 가주였다. 오랜만에 보았지만 한눈에 그를 알아볼 수 있었다. 그의 장엄한 기도, 정숙한 태도, 검의 명수만이 가질 수 있는 우아한 자신감 등이 배어 나오는 그의 탈속한 모습을 어떻게 잊겠는가.

하지만 그것 때문에 놀란 것은 아니었다.

사천당문의 전대 가주인 복면인과 촌로 차림의 늙은이 진성, 요염한 미녀 냉설매, 팽천화 등이 거대한 탁자를 놓고 함께 모여 있었던 것이다.

그 외에 고뇌에 찬 모습의 청포노인과 서 호법이 있었다.

유검이 출현하자 모두 놀랐지만, 그 모두를 합쳐도 서 호법의 경악을 따라갈 수는 없었다.

"너, 너, 너……!"

남궁가주가 태연한 얼굴로 서 호법에게 물었다.

"혹시 그대가 말한 마교의 교주가 저 녀석인가?"

서 호법은 말문이 막혀 뭐라 내답하시도 못하고, 고개만 황급히 끄덕였다.

남궁가주가 유검을 보고 물었다.

"그래, 본 가를 접수하겠다고?"

웃지도 않고 화를 내지도 않았다. 그저 고요한 모습으로 안부 인사를 건네듯 그렇게 물었다.

"크하하하하핫—!"

참을 수 없다는 듯 팽천화가 광소를 터뜨렸고, 진성과 냉설매 등도 미소를 감추지 못했다. 은근히 자랑스러워하는 태도이기도 했다. 그리고 청포노인의 얼굴은 더욱 고뇌로 일그러졌다.

유검은 멀뚱히 눈알만 굴렸다.

자기가 그런 미친 소리를 내뱉은 것은 사실이다. 이제 와서 그런 말한 적이 없다고 잡아뗄 수는 없었다. 하지만 지금 이 자리에서 그것을 시인하면 어떻게 될까?

그렇다. 싸워보자!

그렇게 외치고 싶은 충동을 전혀 안 느꼈다면 거짓말일 것이다.

어쩌면 그렇게 해버렸을지도 몰랐다. 현풍이 털썩 자리에 앉으며,

"뭐, 그럴 수도 있지. 그게 무슨 대수라고……."

라는 시큰둥한 소리만 하지 않았다면.

서 호법이 대노해 소리쳤다.

"감히 그런 말을 하다니! 일개 무당파의 장로가 감히, 감히 본 가의 가주님께서 계신 이 자리에 그런 황언을 내뱉을 수 있……."

"그만 하게!"

고요하던 남궁가주가 오히려 그에게 호통을 쳤다.

그는 곧 자리에서 일어나 현풍을 향해 포권을 취하며 사과했다.

"결례를 용서해 주십시오. 눈이 있어도 볼 줄을 모르는 어리석음 때문에 어르신네께 죄를 지었습니다."

그는 서 호법의 언행을 자기의 결례인 양 그렇게 사과했다. 일가의 가주다운 풍모였다.

서 호법은 어째서? 라는 얼굴로 일그러져 있었지만, 감히 항변하지 못하고 고개를 떨구었다.

유검 역시 의아하기는 마찬가지였다.

그는 제멋대로 편하게 앉아 휘휘 손바람을 부치고 있는 현풍을 보며 생각했다.

'어르신네? 손님에게 의례히 하는 존칭치고는 너무 과하군. 그나저나 사부님은 무슨 배짱으로 이러시는 걸까? 이 자리에 있는 사람들 대부분 사부님보다 배분이 훨씬 높을 텐데 말이야.'

본래 자유로운 성품임은 알고 있었지만, 그래도 이런 식의 행동은 좀 과하다고 생각했다.

"눈이 있어도 볼 줄을 모른다라……."

현풍은 주위를 돌아보곤 웃으며 대꾸했다.

"이 자리에 과연 제대로 보는 이 몇 이나 되는가?"

유검은 어색한 웃음을 계속 유지하면서, 몰래 손가락으로 현풍의 등을 찔렀다. 아무리 생각해도 좀 과한 언사인 듯싶어서였다.

현풍이 버럭 화를 내었다.

"뭐냐? 할 말 있으면 직접 입으로 하지 않고!"

유검은 좌중의 시선이 모두 자기에게로 향하자 할 수 없이 입을 열었다.

"아… 그 뭐랄까, 강호의 선배들에게 좀 더 예의를 차리는 게 아무래도 본 무당파의 위신을 살리는 길이 아닐까 생각되어서……."

현풍이 뜨악한 얼굴로 대꾸했다.

"남궁세가를 접수하겠노라던 놈이 할 말은 아니군."

"……."

"혹시 나보고 네게 예의를 차려달란 말이냐?"

"그, 그럴 리가요. 무슨 말씀을……."

유검은 현풍이 영 말귀를 못 알아듣는다고 생각했다. 설마 하니 현풍이 그들보다 배분이 훨씬 높다는 것은 상상하지 못했던 것이다.

백추상이 유검의 소맷자락을 끌어당겼다. 그녀는 턱짓으로 진성을 가리키며 간절한 눈빛을 보냈다.

유검이 진성에게로 시선을 향하자, 말을 꺼내기도 전에 그가 뭔가를 던졌다. 받아보니 조그만 알약이었다.

그것을 그녀에게 건네주었다.

"이게……."

백추상이 혹시나 하는 얼굴로 조심스럽게 입을 열자, 진성이 퉁명스럽게 쏘아붙였다.

"가짜라고 생각되면 먹지 말던가."

"그, 그게 아니라……."

백추상이 다소 난처해하며 울상을 짓자 장내의 분위기가 어색해졌다. 이때 현풍이 마치 제 집에 있는 양 길게 기지개를 켜고 나서 고뇌에 찬 얼굴을 하고 있는 청포노인에게 말을 건넸다.

"아참, 자네 처소로 가보았지만 없었어."

청포노인은 더욱 얼굴을 찌푸리며 길게 탄식했다.

"그렇습니까? 그렇군요. 하아……."

새파랗게 젊은 중년인이 노인을 향해 하대하고, 또 노인은 그를 공경하는 모습은 쉽게 볼 수 있는 게 아니다. 물론 이것을 의아하게 여기는 이는 유검과 백추상, 그리고 서 호법뿐이었다.

청포노인이 고개를 절레절레 저으며 말했다.

"그게 없다면 역시 한천검을 재현하기는……."

진성과 팽천화 등이 험악한 얼굴로 그를 쏘아보았다.

복면인이 퉁명스럽게 말했다.

"흥, 잘도 핑곗거리를 만들어내는군."

꽝―!

갑자기 남궁가주가 탁자를 내려치며 호통 쳤다.

"말씀이 지나치시군요! 저의 삼촌께서 거짓말을 하고 있다는 겁니까?"

복면인이 비웃으며 맞받아쳤다.

"너야말로 선배에게 대하는 말투가 형편없군. 남궁세가 홀로 우리들과 싸워보겠다는 말이냐?"

남궁가주도 만만치 않았다.

"언제 우리가 혼자라고 했소이까? 그대들이 도전해 온다면, 어르신께서 얌전히 보고만 계시리라 생각하오?"

그는 그러면서 현풍을 가리켰다.

그러자 복면인은 아무 소리 못하고 침음성만 삼켰다.

유검은 내심 희한하다고 생각했다.

'뭔지는 몰라도 사부가 엄청 인정받잖아? 덕분에 내가 한 미친 소리

도 어영부영 넘어가고 말야.’

현풍이 웃으며 손사래를 쳤다.

“자자, 그만 없던 일로 넘어가게. 내가 재밌는 옛날이야기를 해줄 테니까 말이야.”

서 호법은 기가 막혔다. 속에서 열불이 날 지경이었다.

‘무슨 여기 있는 사람들이 네 옛날이야기나 들으려고 온 줄 아느냐? 모두 무림에서 한가락 하는 분들인데 말이다! 또 가주님은 왜 저 새파랗게 젊은 놈에게 쩔쩔매시는 건가? 뭐라 말도 못하고 미치겠군.’

그런데 현풍이 옛날이야기를 해주겠다고 하자, 금방 혈전이라도 벌인 양 할 때도 여유를 가지고 있던 그들이 오히려 얼굴이 잔뜩 굳어졌다.

유검은 사부가 옛날이야기를 해주겠노라니 흥미가 일었다.

현풍이 찻잔을 들어 목을 축이고 나서 입을 열었다.

“그리 오래전 이야기는 아니네. 다들 알다시피 말일세.”

좌중은 아주 조용했다.

“흠… 그는 그야말로 무공에 관한 한 천인(天人)의 경지에 이른 사람이었지. 뭐, 그건 설명하지 않아도 알지?”

대꾸하는 사람은 없었다. 복면인과 진성 등이 유검을 힐끗 보고 미묘하게 눈살을 찌푸렸을 뿐이었다.

현풍이 말을 이었다.

“근데 그는 자신의 성취를 대단하게 여기지 않았네. 그야말로 바람을 타고 하늘을 날고 산을 허무는 경천동지의 무공을 지녔지만, 그 모두가 마음의 힘이라는 것을 알고 있었지.”

서 호법은 힐끔 유검을 훔쳐보았다.

그 역시 유검의 무공을 보았었기에 정말 그런 사람이 있었을지도 모른다고 생각했다. 다만 마음의 힘이라는 말에는 조금 의아해했다.

무공에 있어 가장 기본적인 진기만 하더라도 단전에 모든 웅념이 집중되고, 그조차 사라졌을 때 형성되는 것이 아닌가. 그의 말대로라면 그 진기도 역시 마음의 힘인 것이다.

하지만 진성 등은 물론 남궁가주까지 그 말을 이해한다는 듯 고개를 주억거렸다.

현풍이 말했다.

"그는 마음이 이 세상과 우주를 창조했다고도 했네. 그러면서 그는 그 마음 너머의 것을 원했지. 마지막 경지를 알고 싶어했어."

좌중은 묵묵부답이었다. 마음이 이 세상과 우주를 창조했다는 말도 전혀 이해할 수 없거니와 또한 그 너머의 경지가 있다는 것도 믿기 힘들었던 것이다. 이해의 영역 밖의 이야기였다.

유검 역시 그들과 마찬가지 심정이었다.

'그럼 그 마지막 경지에 이르면 이 세상이나 우주를 소멸시킬 수도 있단 말인가? 사부보다 더 황당한 소릴 하는 사람도 있었군.'

그리고 사부가 말하는 그자가 바로 복면인과 진성 등이 그렇게도 두려워하는 '그분' 임을 눈치챘다.

어이없어하는데 사부의 말이 들려왔다.

"그는 그 마지막 경지를 무상검이라 불렀지."

유검은 입을 쩍 벌렸다.

"어……!"

사람들의 시선이 자기에게로 향하자, 유검은 어색하게 웃으며 고개를 도리도리 저었다. 뭔가 말하려 한 것은 아니라는 의미였다.

한편 사부에 대해 분노가 치밀었다.

'그럼, 그런 황당한 경지에 오르라며 날 부추겼단 말인가?

"흐음… 그는 그 마지막 경지에 오르는 방법을 알고 있었네. 하지만 그럴 수 없었다네. 왜냐면……."

말하다 말고 현풍은 한숨을 내쉬었다.

"이 말은 의미가 없겠군. 그 다음 이야기로 넘어가지. 자네들이 관심있어하는 그의 죽음과 출생에 대한 이야기로."

복면인과 진성 등은 마른침을 꿀꺽 삼켰다.

그들은 '그분'은 어떤 빛의 존재로 계시면서 유검에게 가끔 들어가서 현신한 게 아닌가 하는 생각을 가지고 있었다. 그와 같은 경지에 오른 이가 다시 윤회의 반복을 하리라고는 믿기 어려웠던 것이다.

현풍이 말했다.

"그는 한 가지 선택을 했다네. 그리고 그것에 관해 오랜 시간 숙고해 보았지. 그리고 마침내 결심을 했다네. 다시 반로환동하기로."

진성 등이 흥분을 감추지 못하고 벌떡 일어섰다.

"그, 그럼 돌아가신 게 아니었군요!"

"돌아가신다는 게 뭘 의미하는가?"

"그, 그야… 우리가 아는 죽음 말입죠. 육체는 흙으로 돌아가고 혼은 하늘로……."

현풍이 그 말에 웃었다.

"말했잖은가? 반로환동했다고. 근데 보통의 반로환동이 아니야. 그는 아예 어린아이로 되돌아갔지. 모든 기억까지 봉인시키고 말이야. 말하자면 살아 있는 몸으로 윤회를 한 거지. 재탄생한 걸세."

그 말에 좌중은 믿기 힘들어했다. 유검 역시 그와 같은 일이 있을 수 있을까 의아해했다.

팽천화가 물었다.

"도대체 왜 그런 일을 하신 겁니까?"

"음… 다시 평범한 인간의 생활을 체험해 보고 싶어서였지. 도정(道情)은 은밀한 것이거든. 연애 한번 못해보고선 도를 논할 자격이 없는 걸세."

"……."

"마지막 경지를 위해서는 마음을 소멸시켜야 하지. 근데 마음은 스스로 자멸할 수가 없어. 우주와 하나가 되더라도 어떻게든 살아남으려 하지. 오직 사랑만이 그것에 대한 유일한 길이 될 수 있다네."

도사 차림의 중년인이 근엄한 노인들 앞에서 사랑 타령을 하고, 다들 그것에 의아해하면서 고개를 끄덕이는 모습은 참으로 보기 힘든 진귀한 장면이라 할 수 있었다.

유검은 내심 웃었다.

'그럼 무상검을 성취하기 위해서는 기루에 가야겠군.'

물론 현풍이 말하는 사랑이란 다른 것을 의미한다는 것은 알고 있었지만, 그래도 근엄하고 나이 든 검도의 고수가 무상검의 경지를 깨닫기 위해 기루로 우르르 몰려가는 모습을 상상해 보니 꽤나 우스웠다.

'그러고 보니 연애는 나도 한가락 했지. 뭐, 꿈속이긴 했지만. 아니, 현실도 아직 나쁜 것은 아니지?'

사매는 물론, 다우와 백추상… 다들 한미모 하는 데다 각각 저마다의 품성과 향기가 있다.

어느 쪽을 선택해야 하느냐 따위의 고뇌는 사실 사치스러울 정도였다.

현풍은 계속 사랑 타령을 하고, 진성 등은 그의 행적을 묻고 싶은 마음을 애써 침으며 그의 말을 경청했다. 혹시라도 삐쳐서 말을 멈추면 곤란하기 때문이었다.

이때 남궁가주가 구세주 역할을 했다.

"근데 어린아이로 다시 태어났다면… 누가 보살폈습니까?"

현풍은 잠시 침묵하더니 긴 한숨과 함께 다시 입을 열었다.

"그는 조그만 농가에 맡겨졌다. 그리고 다섯 살가량 되었을 때 그는 엄마와 함께 시장을 구경하러 왔다가 엄마를 잃게 되었지. 미리 정해진 각본이었어. 그리고 한 늙은이에게 납치되어 산중으로 끌려갔다네. 물론 그가 선택하고 원했던 것들이지."

유검은 희한하다고 생각했다. 자신의 어릴 적 이야기와 비슷했던 것이다.

"그는 어릴 적부터 천부적으로 검에 대한 재능이 있었어. 뭐, 당연한 이야기겠지. 아무리 기억을 봉인시켰다 해도 검에 대한 감각은 남아 있었을 테니까. 그렇게 무럭무럭 자라나 이제는 청년이 되었다네. 그리고 근래 들어 각성을 한 모양이야."

현풍의 말이 이어지자 진성 등의 얼굴이 창백해져 갔다.

"그리곤 갑자기 산을 내려가 버렸다길래 찾아다녔는데… 마침 남궁세가에서 연락이 온 거지."

그러면서 눈길을 청포노인에게로 두었다. 노인의 이름은 남궁혁이었다.

"자네들의 행적을 알고 있더군. 흐음… 신농산장의 일은 너무했지. 하여간 그대들이 올 것을 짐작하곤 내게 연락을 보낸 거야."

진성과 팽천화 등의 얼굴 표정은 납덩이처럼 무거워져 있었다.

복면인이 더듬거리며 물었다.

"호, 혹시… 그 산의 이름이……."

현풍이 뜨악해하며 말했다.

"정말 몰라서 묻는 건가? 더 궁금한 게 있으면 당사자에게 직접 물어보게나."

그러면서 유검을 가리켰다.

순간 장내는 쥐 죽은 듯 조용해졌다.

유검은 떨떠름해하고 있었다. 그는 현풍의 말을 이해할 수가 없었다.

'뭐야? 그 황당한 놈이 바로 나라고 말하는 건가?'

현풍은 할 말을 다 했다는 듯 편안한 얼굴로 의자에 기대어 앉았고, 나머지는 모두 침묵만 지켰다. 어떤 말도 꺼낼 수 없었다. 그들은 머리 속이 텅 비어버려 어떤 생각도 떠올릴 수 없었던 것이다.

정적 속에 현풍이 유검을 불렀다.

"검아."

"아… 예, 사부님."

유검이 정신을 차리고 대답했다.

"네 인생은 네 것이다만… 그래도 행여나 무림 정복한다면서 날뛰진 말거라."

그 말에 유검은 찔끔했다. 그래 볼까 하는 생각도 해보았던 것이다.

"않겠노라면… 제 말을 믿으시겠습니까?"

"믿고 말고는 없다. 네가 정 그렇게 하고 싶다면 누가 말리겠느냐? 나도 뼈마디가 낡아서 옛날 같지가 않아. 그저 잔소리나 할 뿐이지."

늙었다는 말에 유검은 피식 웃었다.

하지만 남궁가주와 진성 등은 진지하기 그지없었다.

남궁가주는 징밀로 진지했나.

만약 정말로 유검이 무림 정복이라도 하겠노라 마음먹는다면, 아마도 복면인과 진성 등은 모두 그의 뜻에 따를 것이다. 그리고 그들이 자기 문파에 미치는 영향을 생각해 보면… 심지어 삼촌인 남궁혁이 유검의 뜻에 따르기로 결심한다면 가주인 그로서는 정말 괴롭기 그지없을 것이다.

가장 위험한 것은 물론 유검의 능력이었다.

어쩌면 오늘 남궁세가는 무림에서 사라질지도 모르는 중대한 순간이었으니 당연히 긴장하지 않을 수 없었다.

가만히 있을 수 없다고 생각한 남궁가주는 부드럽게 말을 건넸다.

"현제, 잘 생각해 보게나. 나의 아들 녀석은 자네를 우상으로 여길 만큼 존경하고 있다네. 그런데 그와 같은 짓을 하면 얼마나 실망하겠는가?"

갑자기 진성 등의 얼굴이 험악해졌다. 현제란 호칭은 남궁가주 입장에서 볼 때 아주 극존중한 것이지만 그들의 입장에서는 다른 것이다.

남궁가주는 자신의 실수를 금방 깨달았지만, 그렇다고 어르신네 따위로 다시 부를 수는 없었다. 아무리 이성으로는 그래야 한다고 말해도 그것에 맹렬한 거부감이 일었던 것이다.

한편 유검은 이 모든 일들이 현실 같지가 않았다. 일이 어떻게 돌아가는지 영문을 알 수 없을 정도였다.

"하여간……."

너무도 진지한 그들의 태도에 유검이 떨떠름한 얼굴로 입을 열었다.

"무, 무림 정복 따위는 않겠습니다. 그, 그럴 리 없잖아요, 아무리 그래도……."

무림의 노강호들을 앞에 두고, 한 청년이 무림 정복을 않겠다고 선언한다. 강호 역사상 처음 있는 일일 것이다.

지켜만 보고 있던 서 호법은 이제 놀랄 기력도 없었다. 오히려 내심 정말 우스운 일이라고 생각했다.

유검은 어색하기 그지없어 백추상에게로 화제를 돌렸다.

"아, 약은 먹었어?"

백추상이 멍한 얼굴로 고개를 끄덕였다. 말귀를 알아들어서가 아니라 묻기에 단순히 반작용으로 고개를 끄덕인 것에 불과했다.

이때 밖에서 조용한 목소리가 울려 퍼졌다.

"손님들께서 찾아오셨습니다. 현풍 어르신께서 찾으셨다고 해서……."

남궁가주가 물었다.

"누구시던가?"

"소림사의 굉무 대협과 무당파의 서문 대협, 그리고 한 소저 분, 이렇게 세 분이십니다."

유검은 즉시 다우를 떠올렸다. 함께 있을 것이 분명하다고 생각했다.

만약 백추상과 함께 있는 모습을 보면 어떻게 생각할까?

남궁가주는 그들이 유검과 친분이 있음을 알고 있었다.

"이리로 모셔라."

유검은 야단났다고 생각했다.

"일단!"

좌중에게 포권을 취하며 부탁했다.

"부디 저는 여기 오지 않은 걸로 해주십시오."

그리고 현풍에게 예를 올렸다.

"잠시 자리를 떠나겠습니다. 나중에 다시 찾아뵈올 테니……."

다시 좌중에게 포권을 취해 보였다.

"갑자기 떠난다 해서 너무 무례하다 여기지 말아주십시오."

끼이익—

문이 열리며 일행이 들어옴과 동시에 유검의 모습은 바람처럼 사라졌다. 물론 백추상의 모습도 보이지 않았다.

기가 막힌 경신술에 사람들은 침음성을 감추지 못했다.

굉무와 서문평, 다우가 들어와 좌중에게 공손히 예를 표했다.

남궁가주는 웃으며 반겼고, 진성과 복면인, 팽천화 등은 넋이 나간 얼굴로 멍하니 천장만 바라보고 있었다.

현풍이 혀를 찼다.

"냉수가 필요하겠군. 누가 쟤들 좀 깨워."

나는 누구인가?

유검은 백추상을 데리고 창문 밖으로 나와 한 전각의 후미진 구석으로 갔다. 정원수들로 우거져 있어 사람들의 시선이 미치지 않는 곳이었다.

그곳에서 백추상을 놓아주고, 유검은 나무에 기대어 털썩 주저앉아 숨을 거칠게 몰아쉬었다. 다우를 핑계 삼아 도망쳐 나왔지만, 사실은 충격적인 현풍의 이야기에 정신이 혼란스럽기 그지없어 그 자리에 있기 힘들었던 것이다.

'사부의 이야기가 사실일까?'

도무지 믿기지가 않았다.

만약 사실이라면 자신은 왜 그런 선택을 한 것일까? 무상검을 성취하기 위해서? 그게 그렇게도 중요한 것일까? 스스로의 기억을 봉인시키고 어린아이로 돌아갈 만큼?

한편 백추상 역시 혼란스럽기는 마찬가지였다. 아니, 실감나지 않는다는 편이 더 옳았다. 유검은 여진히 자기와 비슷한 또래의 젊은 오빠로 보였다. 생각하는 것이나 행동, 말투 등도 노인의 것으로 보이지 않았다.

'그나저나 난 어떻게 해야 하지? 오체복지라도 해야 하나?

백추상은 요모조모 생각해 보다 유검에게로 다가가 조용히 그를 불렀다.

"저기……."

유검이 망연한 시선으로 자신을 돌아보자 백추상은 자기도 모르게 불쑥 내뱉고 말았다.

"아까 하던 것 마저 하실래요?"

말을 끝내고 나서야 자신의 말이 무엇을 의미하는지 깨닫고, 백추상은 얼굴이 시뻘게지고 말았다.

유검은 눈을 껌뻑거리다 주위를 두리번거렸다. 그리고 더듬거리며 고개를 끄덕였다.

"뭐… 그, 그럴까?"

백추상은 가슴이 마구 두근거려 왔다. 자기가 무슨 큰일날 짓을 하는 느낌에 흥분이 되었던 것이다.

"조, 좋아요."

그녀의 대답이 끝나기도 전에 유검은 그녀의 가느다란 손목을 잡고 휙 끌어당겼다.

그녀를 거칠게 끌어안고 입을 맞추는데 낯선 소리가 들려왔다.

아삭—

힐끔 눈길을 위로 들어보니 한 소녀가 창가에 턱을 괴고 앉아 사과를 베어 먹으며 아래를 내려다보고 있었다. 남궁혜였다.

유검이 눈을 부라렸지만, 그녀는 별다른 반응 없이 그냥 무심한 눈길로 약장수 구경하듯 내려다보기만 했다.

백추상은 아무것도 눈치채지 못하고 입맞춤의 감미로움에 도취되어 있었다.

'휴우… 나랑은 인연이 없나? 어째서 꼭 방해를 받는 거지?'

아쉽기는 하지만 한편으로는 잘됐다는 생각도 들었다. 다우에게 미안해하지 않아도 되니까.

백추상에게서 떨어지려는데, 그녀의 두 팔이 자신의 목을 휘감고 있어 쉽지 않았다. 그녀는 아주 적극적으로 그 다음을 원하고 있었다.

아삭—

사과 베어 먹는 소리가 꽤나 귀에 거슬렸다.

'예의도 없군. 이럴 때는 그냥 모른 척 들어가 버려야 하는 것 아닌가?'

남의 장원에서 연애 놀음에 빠진 사람의 투덜거림치고는 꽤나 뻔뻔스런 생각이었다.

이때 백추상이 오른발을 바짓가랑이 사이로 밀어 넣으며 몸을 밀착해 왔다. 자기는 몸이 달아 있는데 왜 다음으로 넘어가지 않느냐는 무언의 시위이기도 했다.

유검은 생각했다.

'좋아. 보고 싶으면 봐라. 구경료는 받지 않을 테니까.'

백추상의 가냘픈 허리를 껴안으며 풀밭 위로 눕혔다. 그리고 생각보다 풍만한 그녀의 가슴을 더듬어가는데 툭 뭔가 머리를 때렸다.

남궁혜가 먹고 있던 사과를 내던진 것이다.

"……."

유검은 이번 한 번민 침기로 했다. 결국 스스로 부끄러워 물러가리라 생각했던 것이다.

다시 그녀의 귓불을 살짝 깨물며 사랑의 행위에 몰입해 들어갔다.

쏴아아―

갑자기 차가운 냉수가 정확히 머리와 어깨 쪽으로 쏟아져 내렸다. 흔히 아줌마들은 교접하는 개를 보면 떼어놓기 위해 물을 붓곤 한다. 마치 그런 꼴을 당한 것이다.

백추상도 눈치를 챘다.

유검이 고개를 들어보니 남궁혜가 꽃병을 거꾸로 든 채 아래를 내려다보고 있었다.

유검이 화난 기색으로 소리쳤다.

"버르장머리라곤 전혀 없군! 양심이 조금이라도 있다면 못 본 척해 줘야 하는 것 아니냐? 이런 경우 어떻게 해야 된다고 배우지도 못했냐?"

"안 배웠어."

"그런 걸 가르쳐 줘야 꼭 아나? 그냥 알아야지!"

남궁혜는 그 말은 무시하고, 불만스런 얼굴로 투덜거렸다.

"근데 왜 여기 있는 거지? 시험이 다 끝난 것도 아니잖아. 너야 붙든 말든 상관없지만, 왜 언니를 꼬셔서 방해하는 거지? 언니가 합격해서 본 가에 들어오는 것을 왜 막난 말이야."

남궁혜는 연무장에서 있었던 일을 아직 모르고 있는 모양이었다.

유검이 한마디 하려는데, 백추상이 그의 소맷자락을 잡아당기며 눈짓으로 다른 곳으로 가자고 했다.

유검은 고개를 끄덕였지만, 그전에 빚을 해결하려 했다.

찌익—

손끝을 팅기자 날카로운 지풍이 남궁혜의 머리띠를 잘랐다.

머리가 풀어헤쳐져 귀신 모양이 된 그녀를 보고 만족한 미소를 띠며 한마디 했다. 그녀는 꽤나 놀랐는지 눈만 멍하니 뜨고 있었다.

"강호에는 나처럼 마음이 넓은 사람만 있는 게 아니야. 앞으로는 조심하는 게 좋을걸?"

"얼른 가요!"

백추상은 그녀의 정체를 어느 정도 짐작하고 있었기에 어서 자리를 떠나려 했다.

유검이 고개를 끄덕이며 돌아서는데, 남궁혜가 창문을 훌쩍 넘어 뛰어내렸다.

"멈춰! 도망치는 거야!"

유검은 눈살을 찌푸렸다.

"도망친다라… 그 말은 가히 듣기 좋지가 않군."

백추상이 재촉했다.

"그냥 가요."

"그래그래, 어린아이랑 싸우면 내가 바보 되지."

돌아서는데 남궁혜가 비웃었다.

"겁쟁이! 바보, 멍텅구리! 여자 말이라면 그저 끔뻑 죽는 거지? 넌 줏대도 없어?"

그 말에 유검은 기가 막혀 백추상에게 하소연했다.

"후아… 저 말을 듣고도 그냥 가란 말이야? 아무래도 저 말버릇은 고쳐 줘야겠어! 너도 물벼락을 맞았잖아."

"그래서 무공으로 상대도 안 되는 저 아이를 어쩌겠다는 거죠? 그대가 상관할 일은 아니에요."

"하지만……!"

백추상은 더 이상 듣기 싫다는 듯 유검의 옷자락을 쥐어 잡고 반대편으로 끌고 갔다.

남궁혜가 훌쩍 몸을 날려 길을 가로막아 섰다.

유검이 그 보란 듯 말했다.

"봐! 저런 애들은 쓴맛을 보지 않으면 상황을 이해 못한다구. 마치 우리가 자기를 두려워해서 도망치는 걸로 이해한단 말이다."

남궁혜가 조그만 피리를 꺼내 보이며 말했다.

"내가 이걸 불면 본 가의 호위무사들이 우르르 달려올걸?"

백추상이 한숨 쉬며 먼저 나섰다.

"어쩌자는 거죠? 호위무사들이 모두 달려들어도 이분의 상대가 안 되요."

이주 당연한 소리였기에 유검은 고개를 끄덕이며 맞장구쳤다.

"그건 그래."

남궁혜가 기가 찬 듯 입을 딱 벌렸다.

"하—! 그게 지금 말이 된다고 생각하세요?"

유검이 한마디 끼어들었다.

"말이 되고 말고 간에, 그냥 사실이야."

남궁혜가 화를 냈다.

"넌 빠져!"

그리고 백추상에게 애원하듯 말했다.

"언니, 잘 생각해 봐요. 언니가 본 가에 들어오면, 잘생긴 남자들이 우르르 지천에 있다구요. 정 마음에 드는 사람이 없으면, 제 오라버니를 소개시켜 드릴게요. 엄청난 미공자라구요!"

백추상이 한숨 쉬며 대꾸했다.

"휴… 동생 마음은 잘 알겠어. 날 위해 그런 거였구나. 하지만……."

"제 진심을 알아주시니 고마워요. 부디 자신의 가치를 떨어뜨리지 마세요."

남궁혜는 힐끗 유검을 보고 나서 다시 강조하듯 그녀에게 간청했다.

"제발 스스로를 타락시키지 마세요! 기회는 아직 많다구요!"

유검의 얼굴이 일그러졌다.

"무슨… 뜻이지?"

남궁혜가 그를 돌아보며 어린아이 어르듯 말했다.

"걱정 마. 너도 예쁜 소저를 소개시켜 줄 테니까. 정 아무도 상대 안 해주면 나도 가끔 놀아줄 테니까 말야. 물론 나쁜 짓은 절대 안 되지만!"

그리고 다가와 백추상의 옷자락을 잡으며 간절한 눈빛으로 말했다.

"언니, 제 진심을 아시겠죠?"

백추상이 고개를 끄덕이며 말했다.

"응, 내게 도박을 건 것 말이지?"

"……."

남궁혜의 두 눈이 동그래졌다. 아무 말도 하지 못했다.

그 모습을 보자 유검은 통쾌해졌다. 백추상이 고분고분 말상대만 한다고 생각했는데, 알고 보니 태연한 얼굴로 그녀를 놀리고 있었던 것이다.

백추상이 최후의 일격을 날렸다.

"그리고 난 그걸 니쁜 짓이라고 생각 안 해. 너도 좀 더 크면 알게 될 거야."

말문이 막혀 멍하니 있는 남궁혜를 내버려 두고, 유검과 백추상은 유람하듯 천천히 걸어갔다.

둘은 사람들의 시선을 피해 정원수 안으로 들어갔다. 조그만 인공 호수가 나타나자 백추상이 근처 바위에 앉았다.

바람이 불어와 시원하기 그지없었고, 해는 점점 서산마루로 저물어 가며 붉은 낙조를 드리우고 있었다.

유검이 부드럽게 그녀의 머리카락을 쓸어가며 좀 전의 일을 계속하려는 뜻을 내비쳤다.

백추상이 살짝 고개를 저으며 입을 열었다.

"오는 동안 생각해 봤는데……."

"……?"

"이건… 아닌 것 같아요."

그리고 유검의 눈을 바라보며 물었다.

"절 사랑하세요?"

그 말에 유검은 입을 열 수가 없었다.

과연 사랑한다고 말할 수 있을까? 그녀와 같은 미녀와 함께 시간을 보내는 것은 물론 즐거운 일이다. 하지만 즐겁다고 해서 과연 그녀를 사랑하는 것일까?

그런데 도대체 무엇이 사랑일까?

단순한 성적인 욕구만은 아닐 것이다.

헤어지면 가슴 아픈 무엇?

어린아이는 재밌는 장난감을 발견하면 그것을 좋아하게 된다. 그런 장난감을 잃어버려도 아이는 울음을 터뜨린다.

어쩌면 그녀에 대한 감정도 그런 식은 아닐까?

유검은 내심 한숨을 내쉬었다.

사랑이란 가슴으로 자연히 알게 되는 무엇일 것이다. 그것에 관해 이런 저런 생각을 해본다는 것 자체가, 이미 사랑이 아니란 것을 증명하고 있는 게 아닌가.

어쩌면 자신은 여태껏 진짜 사랑을 한번도 못해본 것은 아닐까 하는 의문도 들었다.

유검은 자신을 속일 수 없었기에, 무거운 얼굴로 그녀의 질문에 고개를 저었다.

백추상은 입술을 깨물었다.

예상했던 대답이었지만, 막상 확인하고 나니 가슴이 아파왔던 것이다.

자신은 그를 사랑하고 있는 걸까?

그녀는 자신도 모르겠다고 생각했다.

그녀는 자신이 원하는 것은 단순한 육체적 욕구의 만족이 아니라는 것을 알고 있었다. 닫혀진 감정의 문이 열린 순간, 그녀는 자신의 영혼을 어루만져 줄 사랑을 원하고 있음을 알았다. 하지만 정작 그 문을 열어젖힌 상대는 자신을 사랑하지 않는다.

못 본 척하려 했지만, 그럴 수 없었다. 어쩔 수 없는 사실인 것이다.

백추상은 지는 낙조를 바라보며 조금 가라앉은 목소리로 말했다.

"만약 원하신다면… 절 가지셔도 좋아요."

그녀는 자신이 왜 그런 소리를 했는지 이해할 수 없었다.

어쩌면 단순한 육체적 관계일지라도 그와 연결되고 싶은 마음도 있는 것일까? 그가 원하기만 한다면…….

유검은 아무런 대꾸도 할 수 없었다.

불어오는 미풍에 그녀의 귀밑머리가 살랑이고 있었다. 옆에서 바라본 그녀의 모습은 참으로 아름다웠다. 사랑스러웠다. 하지만 그 감성에 푹 빠져들 수는 없었다. 오로지 그녀만을 원하고 바라보는 그런 감정을 가질 수 없었다.

그녀가 사랑을 원하지 않고 그저 함께 장난치듯 육체적 관계를 요구했다면 편하고 재밌게 즐길 수 있을 것이다. 하지만 지금은 그럴 수 없었다. 그녀에게 상처 주고 싶지는 않았던 것이다.

백추상은 망연히 낙조만 바라보다 천천히 신형을 일으켰다.

그녀는 자신이 참 웃긴다고 생각했다. 목숨이 며칠 남지 않았다고 생각했을 때는 이런 갈등이 없었다. 그저 유검과 함께 이런 저런 미친 짓을 하다가 죽으면 그뿐이라고 생각했다. 그때가 오히려 행복했다.

그런데 이제 해약을 얻고 나자 보다 더 많은 것을 바라게 되었고, 다시 불행해졌다.

그녀는 천천히 걷기 시작했다. 호수를 등지고 그냥 걷기 시작했다.

백추상은 자신이 지금 무슨 짓을 하고 있는지 알 수 없다고 생각했다. 좀 전에는 가능했던 것이 지금은 왜 불가능하단 말인가?

죽음을 각오했을 때는 오직 자신의 행복만 생각했다. 유검이 자신을 사랑하든 말든 상관없었다. 그의 정체가 무엇인지도 상관없었다. 오직 자신의 감정에 솔직했고, 기쁨을 따랐다. 그게 지금은 왜 안 되는 걸까?

그녀는 걸음을 멈춰 섰다.

품속을 만지작거렸다. 진성에게 얻은 해약이 만져졌다. 유검에게는 복용했다며 고개를 끄덕였지만, 상황이 그런데 복용할 여가가 없었던 것이다.

그녀는 충동적으로 해약을 꺼내 저 멀리 던져 버렸다.

그리고 유검을 향해 돌아섰다.

"저는……!"

격정에 차서 자신의 감정을 토로하려는 순간, 그녀는 유검의 모습이 보이지 않는다는 것을 깨달았다.

그녀는 망연히 그 자리에 서서 허탈해했다.

목숨조차 도외시하고 유검에게 자신의 감정을 토로하려 했는데, 그는 이미 떠나 버린 것이다.

괜히 혼자서 심각해졌다가 다시 들떠서는 목숨이 달린 해약까지 내던져 버리고…….

어릿광대가 된 자신의 모습에 그녀는 울고 말았다.

"나는 왜 항상 이렇지? 언제까지 이런 바보 짓을 해야 하는 거지?"

그 자리에 주저앉아 펑펑 눈물을 쏟았다.

한바탕 울고 나니 속이 조금 후련해지는 것 같았다.

그녀는 붉은 하늘 위로 유검의 얼굴을 그리며 소리쳤다.

"이 바보! 너 따위는 죽어버려!"

하고 싶은 말을 쏟아내자 속이 더 후련한 것 같았다. 그리고 돌아서는데 유검이 어정쩡한 모습으로 서 있었다.

그녀의 두 눈이 동그래졌다.

"아마도……."

유검이 곤혹스런 얼굴로 더듬거리며 말했다.

"이게 필요할 듯해서……."

그의 손바닥에는 해약이 놓여져 있었다. 그녀가 내던졌을 때, 강아지처럼 달려가 힘들여 찾아낸 해약이었다.

"이 바보… 누가 그딴 걸……!"

백추상은 그것에 눈길조차 주지 않았다. 그저 그의 품속으로 뛰어들어 갔다. 전력으로.

유검은 그녀를 안은 채 비틀거리며 뒤로 물러났는데, 손에 들고 있던 해약을 놓치지 않으려고 허공을 허우적거렸다.

그리고 더듬거리며 입을 열었다.

"내가 온 것은 단지……."

백추상이 그의 품속을 파고들며 머리를 저었다.

"말하지 말아요. 그냥… 그냥 이렇게……!"

유검은 머뭇거리다 탄식하며 조용히 그녀를 안았다. 가슴팍이 뜨뜻해져 왔다. 그녀가 눈물을 흘리고 있는 모양이다.

유검은 가슴이 저려왔다. 자신은 왜 이렇게도 아름답고 순수한 소녀를 사랑할 수 없는 걸까?

저녁노을이 장엄한 황금빛으로 물들며 호숫가에 기다란 하나의 그림자를 만들어내고 있었다.

"으응……."

남궁혜는 우거진 나뭇가지 사이로 몸을 숨기고 쪼그려 앉아 그 모습을 구경하고 있었는데 뭔가 이해할 수 없다는 듯 아미를 잔뜩 찌푸리고 있었다.

그녀는 거리를 두고 유검과 백추상의 뒤를 쫓아왔다. 그리고 쭉 지켜보았는데 둘이 옥신각신하는 행동을 이해할 수 없었다.

한 가지는 깨달을 수 있었다. 천축에서 온 삼촌에게서 망원경을 받기는 틀린 것 같다는 것을.

"저런 게 재밌는 걸까?"

남궁혜는 낙조 속에 하나의 그림자가 되어 있는 둘의 모습을 멍하니 바라보다 발길을 돌렸다. 어쩐지 가슴이 공허해지고 외롭다는 느낌이 들었다.

이때 우르르 호위무사들이 몰려왔다. 다들 엄중한 기색이었지만, 행동에 절도가 있었고 다급해 보이지는 않았다.

남궁혜는 손바닥에 놓인 피리를 보고 고개를 갸웃거렸다.

"내가 이걸 불었었나?"

호위무사들은 남궁혜를 보고 묵례를 올리고는 그냥 지나쳐 갔다. 그리고 유검 앞에 당도하자 일제히 부복했다.

유검이 사람의 눈길을 피해 이곳으로 왔다고는 하지만, 남궁세가 안에서 기척을 완전히 숨길 수는 없었다. 다만 호위무사들은 그를 보면서도 미리 언질을 받았는지 접근하지 않고 그저 상부에 보고만 했을 뿐이었던 것이다.

남궁세가의 태상장로가 유검 앞으로 다가가 정중히 포권을 취하며 말했다.

"어르신과 가주께서 기다리고 계십니다."

남궁혜는 본 가의 어르신이 직접 한낱 청년에게 찾아와 공손히 예를 표하는 것을 보고 두 눈이 동그래졌다.

"뭔 일이람?"

유검은 부복해 있는 무사들과 태상장로를 멍하니 바라보다 고개를 끄덕였다. 언제까지고 현실에서 도망칠 수만은 없으며, 어떻게든 일을 마무리 지어야만 한다는 것을 이해했던 것이다.

그다지 내키는 일은 아니지만, 인생에 있어 한번쯤은 진지해져도 좋을 듯싶었다.

태상장로의 뒤를 따라가며 유검은 생각했다.

'사부의 말씀이 사실일까? 늙은 노친네들이 그토록 두려워하던 그분이 정말로 나였단 말인가? 그렇다면 그는 지금의 나와 전혀 다른 사람이었을까? 내가 정말로 그렇게도 냉혹한 사람이었을까? 일단 양보해서 그것이 사실이라 쳐도, 그렇다면 지금의 나는 어떻게 되는 거지? 가짜란 말인가?

생각이 복잡하고 혼란스럽기는 했지만, 그것이 번뇌가 되어 괴롭지는 않았다. 뭐, 그래서 어쨌단 거지? 라는 식으로, 아무래도 상관없다는 기분이었던 것이다.

하지만 그럼에도 자신의 정체성에 대해 깊은 의문이 들지 않을 수 없었다. 도대체 나는 누구란 말인가?

복도를 따라 거대한 대청에 이르자, 남궁가주를 비롯한 일단의 사람들이 기다리고 있었다. 굉무와 서문평, 다우도 함께 있었다.

분위기는 엄숙하기 그지없었는데, 유검이 백추상과 함께 도착하자 남궁가주가 몇 마디 의례적인 인사말을 하고 나서 태상장로 등 식솔들을 데리고 나가 버렸다.

시립해 있던 남궁혁, 진성, 복면인 등이 오체복지했고 유검은 태사의로 올라가 앉았다. 괭무 등은 대청 한쪽 구석에 어색하게 서 있었고, 따라온 백추상은 안내를 받지 못해 멀뚱히 서 있다가 곧 다우를 발견하곤 종종걸음으로 그곳으로 갔다.

현풍은 창문가에 기대어 앉아 바깥 구경을 하며 술잔을 기울이고 있었는데, 안에서 벌어지는 일에 그다지 관심없는 태도였다.

오체복지해 있는 진성 등을 보고 서문평이 조그맣게 투덜거렸다.

"이거… 우리도 저렇게 해야 하나?"

괭무가 힐끗 유검을 훔쳐보곤 대꾸했다.

"꿇으라면 그때 가서 생각해 보자."

서문평이 얼굴을 찌푸렸다.

"넌 그럴 마음도 있다는 거군. 도대체 왜 그래야 하는 거지? 남들이 한다고 따라 해야 하나?"

다우가 그의 소맷자락을 끌어당기며 물었다.

"무슨 일이야? 저 사람들은 왜 저러는 거지? 오라버니에게 무슨 잘못을 저질렀어? 그래서 용서받으려는 거야?"

서문평은 잘 모르겠다는 얼굴로 어깨만 으쓱거렸다.

진성이 머리를 조아리며 말했다.

"감히 존안을 알아뵙지 못하고 무례를 저지르고 말았사옵니다. 용서를 바라옵는 것은 아니옵고, 다만 다시 어르신을 뵈온 것에 한량없이 기쁨을 금치 못하고 있사오니 그 진정만은 알아주시옵소서."

그의 얼굴은 뜻밖에도 평온하기 그지없었다.

두려움은 갈등이 있을 때 생겨난다. 생사여탈을 완전히 맡겨 버렸을 때, 완전히 복종했을 때는 오히려 마음이 편한 것이다.

유검은 침묵했다.

일단의 늙은이들이 오체복지가 무지 어색한 것은 그만두고라도, 도 대체 무슨 이야기를 헤야만 한단 말인기? 게디기 모치럼 만난 지인들 은 자기를 보고 난감해하고 있는 상황에.

유검은 그들이 도무지 이해되지 않았다. 누군가에게 저렇게 절대 복 종하는 태도는 도무지 납득되지 않는 것이다. 강호의 무인이라면 죽고 사는 것에 그다지 얽매이지 않는다. 명예를 더 중요시 여긴다. 저렇게 오체복지할 바에야 차라리 스스로 혀를 깨물고 죽으려 할 것이다.

유검은 드디어 입을 열어 조금 만만해 보이는 냉설매에게 물었다.

"왜 내게 그렇게 복종하려는 겁니까? 이유야 어찌 되었든, 지금은 단지 일개 청년에 불과한데요."

냉설매가 공손히 대답했다.

"이렇게 복종하는 것이 행복하기 때문입니다."

"……?!"

유검은 그녀의 대답에 충격을 받았다. 전혀 뜻밖의 대답이었던 것이 다. 자기에게 절대 복종하는 것은 두려움 때문이라고 생각했는데, 오 히려 행복하기 때문이라니…….

유검은 깊은 숙고에 들어갔고, 대청 안은 정적에 잠겼다.

침중한 분위기 속에 짧지 않는 시간이 흐른 후, 다우가 백추상에게 조그맣게 말을 걸어 물었다.

"아참, 오라버니랑 함께 있었어요? 함께 들어왔잖아요."

백추상은 일시 할 말을 찾지 못했다.

"그게… 음……."

유검의 귀가 쫑긋거렸다.

다우에 관한 일 역시 무척이나 신경 쓰이는 일이었기에 깊은 숙고

중에서도 그녀의 목소리는 크게 들려왔던 것이다.

다우가 그녀의 옷에 묻은 풀잎을 떼어내며 말했다.

"근데… 어디서 구르셨어요? 옷 여기저기 묻어 있어요. 흙도 묻어 있고……."

백추상이 당혹해하며 얼굴을 붉혔다.

"아, 아니. 그게……."

다우의 눈길이 그녀를 넘어 유검에게로 향했다. 정확히 말하자면 유검의 옷에 묻은 흙먼지와 풀잎으로 시선이 갔다.

"아……!"

다우는 자그만 감탄사를 터뜨렸다. 뭔가 이해하고 충격을 받은 얼굴이었다.

그녀는 주위를 두리번거렸다. 갑자기 모든 게 낯설어 보였다.

"나… 나 갈래요."

다우가 휙 돌아서자 백추상이 다급히 그녀의 옷자락을 잡고 말렸다.

"자, 잠깐만……!"

둘이 옥신각신하자 서문평이 입맛을 다시며 투덜거렸다.

"이 상황은 조금… 그렇군."

그리고 유검을 향해 소리쳤다.

"임마! 딴청 부리지 말고 와서 어떻게든 해보라구! 네 일이잖아!"

굉무는 그를 말리지 못했다. 그는 현풍으로부터 유검의 정체에 대해 들은 바가 있었다. 외경스럽기도 하지만, 그래도 지인으로서의 친근감은 남아 있어 어떻게 처신해야 할지 고민스러웠다.

유검은 자신이 어떻게 해야 할지 곤혹스럽기 그지없었다. 이런 저런 변명을 늘어놓으며 달래야 하나?

문득 냉설매의 말이 떠올랐다.

'복종하면 행복하다?'

유검은 애써 울음을 참고 있는 다우의 얼굴을 보고 결심했다.

'좋아, 오늘 하루만 그렇게 해보자. 딱 자정까지만! 설마 날 죽이기야 하겠나? …아니, 죽으라면 최소한 죽은 척이라도 해보자.'

그렇게 정하고 나자 갑자기 마음이 편안해졌다. 모든 짐을 내려놓은 기분이었다.

유검은 벌떡 일어나 오체복지해 있는 진성 등에게 외쳤다.

"곰곰이 생각해 봤지만, 그대들은 각자 돌아가는 게 좋겠소이다. 그렇게 복종하고 싶으면 다른 사람을 찾아봐요. 나는 다른 사람의 발밑에 머리를 조아릴 테니까!"

그리고는 다우에게로 가서 정말로 발밑에 머리를 조아리며 넙죽 절을 올렸다.

금방이라도 울 듯한 그녀의 얼굴이 당혹으로 바뀌었다.

"왜, 왜 그러는 거야?"

유검이 외쳤다.

"네게 절대 복종하겠다! 최소한 오늘 하루는 무조건 네 말에 복종하겠어!"

말을 하고 나니 등줄기로 식은땀이 주르르 흘렀다. 육체와 마음이 반항이라도 하는지 부르르 전율이 일었다.

다우가 그 말을 이해하는 데 약간의 시간이 걸렸다. 곧 묘한 눈빛을 지으며 물었다.

"정말… 로?"

"물론!"

그 모습을 지켜보던 서문평은 뜨악해졌다.

"도대체 또 무슨 짓을 하는 거지?"

한편 광무의 얼굴도 묘하게 일그러졌다. 유검의 태도가 마치 부처님께 귀의할 때와 비슷하다고 느낀 것이다.

"즉심즉불이런가……."

그렇게 중얼거렸다.

다우가 새침한 얼굴로 말했다.

"좋아, 그럼 조금 전에 언니랑 무슨 일이 있었는지 말해 봐."

"네가 생각하는 그런 상황은 없었어. 그럴 뻔하긴 했지만."

"내가 생각하는 그런 상황이란 게 뭔데?"

"그러니까……."

"잠깐!"

다우가 유검의 말문을 막고 다시 말했다.

"내게 정말로 진실을 말하는지 내가 어떻게 알아? 우선 그것부터 시험해 봐야겠어. 하기 싫음 안 해도 돼."

"어떤 시험이든!"

"좋아, 그럼 따라오라구."

다우는 대청을 나섰고, 유검이 그 뒤를 따랐다.

현풍은 그 모습을 보고 술잔을 들어 보이며 히죽 웃었다.

밖에는 많은 사람들이 있었다. 안에서 어떤 결말이 날지 궁금했던 차에 갑자기 다우와 유검이 나오자 그들은 호기심 어린 눈으로 지켜보았다.

다우가 이십여 장 밖 인공 호수 가운데 자리한 가산(假山)을 가리키며 말했다.

"지기, 저 호수 안에 있는 산 보이지?"

"응."

"발가벗고 저길 돌고 와. 그럼 믿어줄게."

황당하기 그지없는 그녀의 명에 유검의 얼굴이 창백해졌다.

다우는 미소를 지으며 유검의 표정을 음미했다. 그가 도저히 들어줄 수 없는 요청을 함으로써 곤란해하는 모습을 보고 싶었던 것이다.

'안 돼! 절대 그런 미친 짓은 할 수 없어!'

속으로 그렇게 절규하면서 손은 옷자락으로 가져갔다. 부르르 몸이 떨렸다. 자신의 행동에 극렬하게 반대하고 있는 것이다.

이렇게 많은 사람들 앞에서 그런 짓을 했다간······.

상상만으로도 전신이 미친 듯 가려워져 왔다.

유검은 당장 그만두고 그녀의 마음을 달리 달래볼까 갈등했다. 하지만 문제는 그녀가 아닌, 자신에게 있다는 것을 알았기에 다시 마음을 다져먹었다. 무조건 순복하기로.

천상천하 유아독존 격의 자유로운 성격을 가진 유검으로서는 대단한 모험이 아닐 수 없었다.

유검은 옷을 훌훌 벗어 던졌다. 여기저기서 뜻 모를 감탄사가 연신 터져 나왔다.

다른 사람들의 눈을 의식하자 가슴 깊은 곳에서 스멀스멀 간지러운 뭔가가 올라왔다. 근육이 발작하며 전신이 퉁겨 올랐고, 여기저기 내면에서 번개가 치며 전율이 일었다. 느낌없는 상태라 알았건만, 그래도 수치심만은 남아 있었던 모양이다.

이상하게도 웃음이 나오려 해서 유검은 이를 꽉 깨물었다. 그리고 인공 호수를 향해 미친 듯 달려갔다.

실제로 미친 짓이라는 것은 알고 있었다. 하지만 한편으로는 묘한 통쾌함을 느꼈다. 최소한 지금 이 순간만은 느낌없는 상태가 아니었다.

유검이 가산을 한 바퀴 돌고 올 동안, 다우는 멍하니 보고만 있었다. 얼마나 놀랐는지 아무 생각도 할 수 없었던 것이다.

뒤따라 나온 진성이 그 모습을 보고 탄식해 마지않았다.

"하아… 그 고아하고 기품이 넘치시던 분이……."

그는 얼마나 실망했는지 노안(老眼)에 눈물이 어릴 정도였다.

전대 사천당문의 가주였던 복면인이 갈라진 목소리로 중얼거렸다.

"그분은… 죽었다."

굉무가 서문평의 소맷자락을 끌며 말했다.

"자리를… 비켜주자."

둘은 다른 곳으로 발걸음을 옮겼고, 남궁가주를 비롯하여 다른 사람들도 어색한 얼굴로 헛기침을 하며 천천히 자리에서 벗어났다. 백추상 역시 충격을 받은 얼굴로 서문평의 뒤를 따라갔다. 사랑하는 이가 다른 여인에게 절대 복종하는 모습은 묘하게 가슴을 두들겼다. 왜 그 대상이 내가 아닐까 하는 슬픔과 함께.

순식간에 사람들이 썰물처럼 빠져나가고, 멍한 얼굴로 있는 다우와 그녀 앞에 머리를 조아린 유검만이 남았다.

다우가 중얼거렸다.

"왜… 난 그냥… 언니랑 잘되어도 나는 상관없는데……."

날은 계속 어두워져 가고 있었다.

옷을 챙겨 입은 유검은 다우와 함께 남궁세가에서 천천히 걸어나왔다. 당연한 이야기지만 이느 누구도 둘을 가로막지는 않았다. 호위무사들도 경원시하며 그저 지켜보기만 했다.

둘은 아무런 목적지도 없이 막연히 오솔길을 따라 걸어 내려왔다. 밤하늘 위로 별들이 하나둘씩 모습을 드러내고 있었다.

다우가 불쑥 말했다.

"업어줘!"

"옙!"

유검은 지체없이 허리를 내려 그녀를 업었다.

다우는 그의 넓은 등에서 묘한 안도감을 느꼈다. 그리고 은밀한 기쁨을 느꼈다. 반신반의했는데 정말로 유검이 자기 말을 무조건 들어주고 있는 것이다.

근래 이런 저런 일들로 유검이 대단한 신분을 가지고 있다는 것을 알게 되자, 오히려 멀어진 감이 있었다. 그러던 차에 이런 엉뚱한 일을 겪게 되자 지극한 친밀감이 들었다.

다우는 와락 유검의 목을 껴안았다. 행복감에 가슴이 부풀어 올라 뭐라도 하지 않으면 안 될 것 같았다.

그러다 빙긋 미소 지었는데, 유검이 발가벗고 뛰던 모습을 떠올려서였다.

졸졸졸…….

개울이 나타나자 다우는 폴짝 뛰어내렸다. 그리고 신발을 벗고 물에 발을 담갔다.

"씻어줘!"

다우의 그 말에 유검은 지체없이 개울 속으로 들어가서는 그녀의 조그만 발을 정성껏 씻기 시작했다.

간질이는 느낌에 다우는 키득키득 웃었다.

유검은 자기도 모르게 미소 짓고 말았다. 사랑스런 느낌이 밀려와서였다. 또한 이상한 충만감이 들었다.

누군가에게 이렇게 무조건적으로 헌신하고 사랑하는 것이 이리도 마음이 편하고 행복할 줄은 꿈에도 생각 못해본 일이었다.

유검은 생각했다.

'그랬군. 그들은 나를 대상으로… 그래서 그렇게……'

어쩐지 이해가 될 것 같았다.

스님들이 부처님께 귀의하는 것, 부모님이 헌신적으로 자식을 보살피는 것, 죽음조차 갈라놓을 수 없는 연인들의 사랑, 그 모든 것이 이러한 사랑과 행복으로 귀결되는 게 아닐까 생각했다.

문제는 단지 완전히 자기를 내맡길 수 있느냐일 것이다.

"근데……."

다우가 턱을 괴고 초롱초롱한 눈을 빛내며 물었다.

"오늘까지만이야?"

당연히 복종 기간에 관해서였다.

유검이 대답하기도 전에 다우가 황급히 고개를 저었다.

"아냐. 나 지금 너무 행복해. 그러니까 괜찮아."

연극이라도 상관없었다. 살아오면서 누군가로부터 이렇게 무조건적으로 헌신과 사랑을 받아보기는 처음이었다. 항상 자신은 보잘것없는 계집아이일 뿐이라고 생각했는데 난생처음 자신이 무척이나 사랑스럽고 가치있게 느껴진 것이다.

너무 행복해서 눈물이 날 지경이었다.

우는 모습을 보이고 싶지 않아 천천히 개울가 풀밭으로 몸을 뉘었
다. 별빛이 이렇게도 눈이 부시다는 것을 처음 느껴보고는 팔뚝으로
눈을 가렸다.

유검은 그녀의 종아리를 주무르며 마른침을 삼켰다. 여체에 대한 갈
망 때문이 아니었다. 조금 전 그녀의 말에 충동적으로 평생 그대를 위
해 살겠노라 말할 뻔했던 자신의 마음을 떠올리면서였다.

그녀는 자신의 감정을 감추지 않았다.

그녀가 기뻐하면 자신도 기뻤고, 그녀가 슬퍼하면 가슴이 미어졌다.
그녀를 위해 한평생을 보내는 것이 정말 행복할 것 같았다.

다만 그렇게 맹세하고 나면, 두 번 다시는 마음을 거둘 수 없을 것
같았다. 한평생 그녀에게로 향한 사랑에 눈이 멀어 아무것도 보이지
않을 것 같았다.

자신을 붙잡고 있는 마음의 뿌리가 사랑의 광풍에 뒤흔들리고 있었
다.

유검의 손이 그녀의 무릎을 지나 허벅지로 올라갔다. 다우는 움찔했
지만 말리지 않았다. 손길은 허리를 지나 가슴을 거쳐 그녀의 두 뺨에
이르렀다.

유검은 허리를 굽힌 채 그녀의 눈물 머금은 두 눈을 바라보며 멍하
니 있었다. 눈을 통해 바라본 그녀의 영혼은 참으로 아름답기 그지없
어 심금을 울리고 있었던 것이다.

"난……."

입을 열다 문득 떠오른 생각에 유검은 흠칫했다.

그녀가 자신을 배신한다 하더라도 견딜 수 있다. 하지만 언젠가는
죽음이 갈라놓을 것이다. 세상에 불멸이란 없으니까.

그녀를 잃었을 때의 고통을 떠올리자 유검은 충격을 받았다. 가슴이 뒤흔들렸다.

'내가 그런 고통을 감내할 수 있을까?'

오늘 오후까지만 하더라도 다우를 떠올리지도 않았던 주제에 지금은 쓸데없이 먼 미래의 일을 미리 걱정하며 고통에 휩싸인다.

유검은 그런 자신을 바라보며 비웃었다.

그러자 다시 싸늘하게 가슴이 닫혀 버렸다. 냉정하기 그지없는 눈이 스스로를 지켜보는 것 같았다. 오후에 있었던 것처럼 느낌이 사라졌다.

다우를 보아도 좀 전의 그 사랑스럽던 느낌이 사라지고, 그저 하나의 움직이는 사물처럼 보였다.

'이건……!'

유검은 좀 전보다 더 큰 충격을 받았다.

도대체 자신의 감정을 믿을 수 없었다. 정말 그녀를 사랑하기는 하는 것일까? 하는 의문이 일 정도였다.

다우가 손을 뻗어 유검의 두 뺨을 어루만지며 입을 열었다.

"말 안 해도 돼. 아무런 맹세도 필요없다구. 난 정말로… 지금 이걸로도 충분한걸?"

유검의 눈빛이 흔들렸다. 그녀의 부드러운 말에 가슴이 뭉클해졌던 것이다.

문득 꿈속에서의 일이 떠올랐다. 지금 이 순간 속에 사는 것이야말로 가장 값진 것이라는 깨달음.

"나는……!"

유검은 부르르 몸을 떨며 외쳤다.

"너를 지키고 보호하겠어! 네가 행복해할 때 나는 미소 지을 것이며,

네가 기쁨에 넘칠 때 나는……!"

유검은 더 이상 자신의 감정을 통제하지 않았다. 지켜보던 냉정한 눈을 단칼에 베어버린 것이다.

"알았어."

유검이 격심한 갈등 끝에 그렇게 외쳤음에도 그녀는 별 이야기 아니군, 하는 식으로 아무 생각 없는 얼굴로 고개를 끄덕였다.

그녀로서는 항상 그렇게 생각하고 있었기에 별다른 내용이 아니었던 것이다. 상대가 기뻐할 때 자기는 더 기쁘다. 그녀로서는 당연한 일인 것이다.

"이해를 못했나 본데, 오늘처럼 나는 무조건적으로 네 말을 따르기로……."

"좋아, 그럼 어깨 좀 주물러 줘."

그러면서 다우는 돌아누웠다.

그녀의 어깨를 주무르며 유검은 눈을 말똥거렸다. 왠지 바보가 된 것 같았다.

그녀는 자신의 사랑과 감정을 추호도 의심하지 않고 있다. 자기 혼자 북 치고 장구 치며 난리였던 것이다.

유검은 그녀가 자기와는 다른 세계에 살고 있다는 것을 깨달았다. 스스로의 감정에 솔직한 것을 전혀 부끄럽게 여기지 않는 기이한, 그러나 순수한 세계에 살고 있는 것이다.

"아얏!"

다우가 비명을 질렀다.

"쳇, 좀 살살 주물러 줘. 누구랑은 달라서 내 뼈는 쇠로 만들어지지 않았단 말야."

"그, 그래……."

유검은 그녀의 몸이 부드럽고 연약하기 그지없다는 것을 새삼 인식했다. 무인에게 있어 약함은 곧 악(惡)이자 부끄러워해야 할 수치이다. 하지만 그녀의 세계에서 연약함의 의미는 전혀 달랐다.

무인이라면 이런 식으로 남의 손에 몸을 맡기지 않는다. 아무리 친한 사이일지라도 한순간 마음을 잘못 먹으면 공격당할 수 있다는 경계심 때문이었다.

다우는 무방비 상태로 등을 드러내었는데, 일말의 경계심도 없는 태도였다. 당연하게 여겼지만, 그녀 입장이 되어 생각해 보니 다르게 느껴졌다. 그녀는 자신의 연약함을 알고 있었고, 그 때문에 오히려 안전하다는 것을 알고 있는 것이다.

평소의 행동을 보면 심지어 성적인 폭력에 대해서도 무방비스런 모습이었다. 아마도 자라온 환경 탓이리라. 일류의 기녀가 되기를 꿈꾸어온 그녀였으니까.

별 의미 없이 돌아누운 그녀의 행동에 유검은 혼자 연신 감탄하고 또 감탄했다.

"근데……."

유검은 다시 입을 황급히 닫았다.

이런 저런 생각을 하다, 무심코 그녀가 처녀인지 아닌지 물어보려 했던 것이다.

'처녀면 어떻고 아니면 어떤가? 나도 참 웃기는 놈이군.'

다우가 갑자기 돌아누웠다. 덕분에 유검의 손이 가슴에 닿았지만, 그녀는 모른 척 시침을 떼었다.

"왜?"

유검은 그녀의 가슴에서 손을 떼어야 하나 말아야 하나 고민하며 물었다.

"근데… 기녀가 될 거야? 진삼원은 꼬마고……."

"응."

당연한 듯 고개를 끄덕였다.

"배운 게 그것뿐인걸? 아, 맞다. 너도 내 단골이 되어줄 거지? 물론 넌 특별히… 더 잘해줄게. 히히……."

유검은 머리가 띵해졌다. 설마 하면서 물었는데, 당연하다는 듯 그렇게 말하다니…….

쿵쾅거리는 가슴을 진정시키며 조심스레 물었다.

"저기… 날 좋아하지 않는 건가?"

"아니, 좋아해, 아주 많이!"

다우는 두 팔을 활짝 펴며 그렇게 말했다.

유검은 혼란스럽기 그지없었다.

"아얏!"

다우가 비명을 질렀다.

"쳇, 너무 세게 쥐지 마! 여자의 가슴은 민감하다구!"

"아… 미, 미안."

다우는 내심 생각했다.

'혹시 내게 청혼하려는……?'

곧 고개를 저었다.

유검의 서찰 한 통에 그녀를 찾아왔던 수많은 사람들을 떠올렸다. 모두 대단한 사람들이었다. 아무리 생각해 봐도 일개 수습기녀인 자기가 유검과 혼례를 치른다는 것은 말도 안 되는 소리라고 생각했다.

그녀는 지금 이런 시간을 보낼 수 있다는 것만으로도 충분히 행복했다. 더 이상을 요구하면 벌받을 것이라 생각했다. 물론 유검이 다른 여인을 만나 행복하게 살면 가슴은 아프겠지만 그것은 그때의 일이다. 그녀는 어릴 적부터 남자에게 정을 주면 안 된다는 소리는 귀에 딱지가 앉도록 들어왔었다. 남자란 어차피 욕망을 채우고 나면 나 몰라라 하는 게 본래의 성정이라 들어왔다. 그러므로 유검 역시 언젠가는 자신을 떠날 것이라 확신하고 있었고, 그때의 고통은 이미 각오하고 있었다.

이런 저런 이유로 다우는 자기가 다른 남자와 자게 되면 유검이 괴로워할 것이라는 것을 생각하지 못했다.

사실 그녀가 보아온 남녀 관계란 기녀와 기둥서방이거나, 혹은 부자와 첩으로 들어간 기녀의 관계였다. 그러므로 정식 혼례를 치른 정실부인이란 오히려 두려워해야 할 대상이었기에 자기가 그런 처지가 된다는 것은 꿈꿔보지도 않았던 것이다.

한편 유검은 눈만 껌뻑거리고 있었다.

다우가 다른 남자와 희희낙락하는 모습이 떠오르자 얼른 지웠다.

조금 전에도 헛된 망상을 미리 떠올려 보곤 쓸데없이 괴로워했지 않은가. 무조건 그녀의 말에 복종하기로 다시 마음을 잡았다.

"혹시……."

다우가 조심스레 입을 열었다.

"응?"

"아, 아냐. 오라버니에게 그런 부탁을 할 수는 없지."

"뭔데? 말해 봐, 뭐든지 들어줄 테니까."

확신에 찬 유검의 말에 다우는 조금 용기를 얻었다. 머뭇거리다 조심스럽게 운을 떼었다.

“아까 날 지켜주겠다고 했잖아.”

“응, 물론이지.”

“그럼… 그거 되어줄래?”

“그거라니?”

“있잖아. 나쁜 사람이 와서 껄떡대거나 하면 오라버니가 그 녀석을 혼내주고 그러는 거…….”

“…기둥서방?”

“설마!”

다우의 두 눈이 동그래졌다.

“오라버니는 할 일도 많을 텐데 항상 기루에 있을 수는 없을 것 아냐. 그러니까 가끔 시간날 때 잠시 들러서 얼굴만 보이면 될 거야. 와서… 나도 보구. 히히…….”

유검은 그게 기둥서방과 무엇이 다른지 헷갈렸지만, 일단 고개를 끄덕였다.

“그래. 네가 원한다면…….”

“고마워!”

다우는 두 팔로 와락 유검의 목을 껴안았다. 정말 기뻐하는 모습이었다.

그리고 안도의 한숨을 내쉬며 말을 이었다.

“하아… 본래 이 일이라는 게 든든한 후원자가 없으면 이래저래 고달프거든. 아참, 만약 안 오게 되면 미리 말해 줘. 그때는 새로 기둥서방이란 걸 만들어야 하니까 말야.”

유검은 시무룩한 얼굴로 고개만 끄덕였다.

선택

다음날, 유검과 다우는 항주로 향했다. 낙양보다는 항주가 보다 더 큰 꿈을 펼칠 수 있을 것 같다는 다우의 의견을 따라서였다.

여행을 시작하며 둘은 곧 문제점을 깨달았다. 항주까지의 노잣돈이 부족한 것이다.

세상 사람들의 구 할 이상은 바로 이 은자 때문에 항상 고민한다. 가난한 자들은 가난한 대로, 부자들은 부유한 대로 각자 은자에 대한 갈망과 욕구가 있다. 생존을 위해서든, 권력을 위해서든 은자란 더 나은 삶을 위한 절대적인 수단인 것이다. 어떤 이는 은자란 그저 쇠붙이에 불과하다고 말하면서도 그 영향력에서 벗어날 수 없어 무력감을 느끼곤 한다.

유검은 여태까지 은자에 대해 고민을 해본 적은 거의 없었다. 은자의 노예가 되지 않는 일 할 중의 하나였다. 부자 친구가 있는 덕분이기도 하고, 한편으로는 능력을 가지고 있기 때문이기도 했다. 여차하면 평판이 좋지 않은 부잣집을 털어버리면 그만이니까.

하지만 이제는 걱정해야만 했다. 최소한 고민하는 척해야만 했다. 다우가 이대로 항주까지 갈 수 있을까라며 우울해 있었기 때문이다.

"내 생각에는……."

관도를 따라 걸으며 유검이 입을 열었다. 나름대로 고민해서 내놓은 생각이란 것을 강조하기 위해 아주 신중한 얼굴로.

"은자를 조금 빌리면 어떨까? 본 파의 속가제자들이 강호에 많이 있거든. 물론 공짜는 아니야. 나중에 갚아줘야지."

다우가 멀뚱히 유검을 돌아보며 되물었다.

"혹시 내 출신이 어딘지 잊어버린 것 아냐?"

그녀는 사신가 백화원 소속이었다. 일급 살수 집단인 흑루가 함께 소속되어 있는.

"남궁세가로 들어간 것만도 내 수명의 절반은 줄었을 거야. 근데 또 무당파 사람들 있는 곳으로 가서 은자를 빌려?"

그렇게 말하고 나서 다우는 멍하니 유검을 바라보다 깜짝 놀란 얼굴을 했다.

"어머!"

그녀는 정말 놀랐는지 손바닥으로 자신의 입을 틀어막아 비명이 나오려는 것을 막았다.

"맞아, 그러고 보니 오라버닌… 무당파 사람이었구나!"

유검은 뭐라 할 말이 없어 머리만 긁적거렸다.

다우는 풀이 죽어 어깨를 축 늘어뜨렸다.

"난 왜 이리 멍청할까. 여태까지 그것도 생각 못하다니……."

그녀는 터벅터벅 힘없는 발걸음으로 관도 옆 나무 그늘로 들어가 기대어 앉았다.

다우는 턱을 괴고 힘없이 중얼거렸다.

"어제 했던 부탁 취소할게. 무당파 협객이 기루 일에 참견하다니… 말도 안 되는 부탁이었어."

유검은 아무 말 없이 그녀 옆에 가 쭈그리고 앉았다. 그까짓 것 상관없노라며 위로하지는 않았다. 어차피 유검 생각에 그녀가 기녀가 되려는 것 자체부터가 말도 안 되는 소리였으니까.

다우는 아미를 찌푸리며 고민에 잠겨 있었다.

관도를 지나는 사람들은 힐끗 한번씩 다우를 돌아보았다.

그녀는 이제 열여섯을 지나 은은히 여인의 향기를 드러내고 있었다. 아직 얼굴에는 소녀다운 천진난만함이 남아 있지만, 이제 막 성숙을 시작한 몸매와 가냘픈 허리의 고운 자태는 뭇 남성의 시선을 끌기에 충분했다.

그런 그녀 옆에 있는 것만으로도 유검은 그저 행복했다. 앞날의 걱정으로 지금의 이 순간을 놓치고 싶지는 않았다.

하지만 한편으로는 내심 껄끄러운 느낌도 없지는 않았다. 현풍 사부의 말이 가끔 뇌리로 떠올라서였다. 그 이야기를 듣고 난 후 자신이 어쩐지 부쩍 늙은 느낌이 들었던 것이다.

그 이야기대로라면 자신은 아마도 백여 세는 훌쩍 넘겼을지 모른다. 그런 늙은이가 열여섯 살 소녀와…….

유검은 입맛을 다셨다.

'나 참, 그래서 어쩌라고?'

투덜거리고 있는데, 저 멀리서 먼지구름을 일으키며 말 한 필이 달려왔다. 흙먼지를 일으키며 쏜살같이 지나쳤다.

"무슨 일인지 몰라도 꽤나 급한 모양이군."

유검이 손바람으로 흙먼지를 털어내는데, 갑자기 말이 멈춰 섰다. 그리고 뒤돌아서 달려와 유검 앞에 멈춰 섰다.

말 위의 이십대 초반의 미청년이 반가운 기색으로 소리쳤다.

"여기 계셨군요!"

날카로운 검미에 우아한 기품을 지닌 미청년, 그는 남궁세가의 소가주 남궁무룡이었다.

그는 얼른 말에서 뛰어내려 유검에게로 와 포권을 취했다.

"마침 저는 폐관 중이었던 터라 유 형이 오셨다는 전갈을 뒤늦게 받았습니다."

그리고 의아한 듯 고개를 갸웃거렸다.

"근데 무슨 일이 있었던 겁니까? 아무도 제게 상세한 이야기를 전해 주려 하지 않더군요. 동생이 말해 주지 않았더라면 유 형이 오신 것도 몰랐을 겁니다."

유검이 너털웃음을 지었다.

"평소 말이 없다고 생각했는데, 언제 수다쟁이가 된 건가?"

남궁무룡은 단아한 그의 기품에 어울리지 않게 소년처럼 쑥스러운 듯 얼굴을 붉혔다.

그가 다우를 보고 물었다.

"근데 여기 아름다운 소저 분은……?"

"응? 아, 소개할게. 여기는……."

유검이 돌아보니 그녀는 본래의 위치에 있지 않았다. 어느새 자신의 등 뒤에 숨어 있었다.

'사람을 부끄러워하다니 별일이군.'

그녀는 유검의 귀에 대고 조그맣게 속삭였다.

"설마 백화원 출신이니 뭐니 말하진 않을 거죠?"

유검은 그녀가 자신을 너무 무시한다고 생각했다. 설마 하니 남궁세가의 소가주에게 사신가의 백화원 출신이란 것을 말하겠는가? 그런 식으로 말할 정도로 자기가 어리석지 않다고 생각했다.

유검이 말했다.

"소개하지. 여기는 천하제일의 기녀(妓女)가 되기를 꿈꾸는 소저라네."

남궁무룡이 감탄해 소리쳤다.

"오, 천하제일의 기녀(奇女)라고요! 그참 대단하군요!"

"아니, 그 기녀(奇女)가 아니라… 윽!"

유검은 말하다 말고 비명을 질렀다. 다우가 등 뒤에서 허리를 꼬집었던 것이다.

돌아보니 다우가 아미를 치켜세운 채 무섭게 노려보고 있었다.

'뭐지? 내게는 자랑스러운 듯 그렇게 말해 놓고는, 이 녀석 앞에서는 요조숙녀가 되고 싶은 건가?'

남궁무룡이 말했다.

"일단 이렇게 만났는데 그냥 헤어질 수는 없습니다. 제가 저 앞 마을로 가서 주점에 미리 요리와 술을 시켜놓겠습니다. 그리고 마차를 보낼 테니 여기서 기다리고 계십시오."

유검이 고개를 끄덕이자 그는 말을 타고 달려갔다. 동경하던 사람을 만난 흥분으로 잔뜩 들떠 있는 모습이었다.

다우는 멍하니 멀어져 가는 그의 모습을 바라보고 있었다.

유검이 그녀의 옆구리를 슬쩍 찌르며 물었다.

"너 혹시… 저 녀석에게 마음이 있는 거 아냐? 그렇지?"

다우는 얼굴을 붉히며 몸 둘 바를 몰라 했다.

"누, 누가……!"

극구 부정하려다 곧 그녀는 한숨을 내쉬며 고개를 저었다.

"나, 나도 잘 모르겠어요. 왠지… 가슴이 두근거리고, 막 얼굴이 달아올라요. 자꾸만 부끄럽고… 달아나고 싶고 그래요. 근데 막상 가버리니까 다시 보고 싶어져요. 왜 이렇죠?"

유검이 멀뚱히 대꾸했다.

"흔히 그런 걸 사랑에 빠졌다고 표현하던데……."

다우의 두 눈이 몽롱해졌다.

"사랑… 이런 게… 사랑?"

멍하니 있다가 그녀는 갑자기 유검의 품속으로 뛰어들었다.

"으랏차!"

다우는 유검의 목을 껴안으며 행복한 미소로 중얼거렸다.

"아… 오라버니가 그 사람이라면 얼마나 좋을까!"

유검은 그녀의 머리를 쓰다듬어 주며 생각했다.

어쩌면 다우는 자기를 가족으로 생각하는 것은 아닐까? 친오라버니처럼… 아니면 흔히 어린 소녀들이 밤에 잘 때 안고 자는 인형의 역할일지도 모른다. 내심을 마음껏 털어놓을 수 있는.

유검은 슬쩍 오른손으로 그녀의 가슴을 어루만졌다. 그녀는 전혀 거부하지 않고 자신을 내맡겼다. 기분이 좋은 듯 편안한 미소까지 머금었다.

그것을 보고 유검이 물었다.

"만약 그 녀석이 이렇게 가슴을 만지면 어떡할 거지?"

그녀의 얼굴이 확 붉어졌다.

"어멋! 그, 그렇게 부끄러운 말을 하면 어떡해! 나 참……."

유검은 곤혹스러웠다. 도무지 그녀의 정신 세계를 이해할 수 없다고 느꼈다.

하지만 별다른 질투심을 일으키지 않는 자신 역시 보통 사람의 관점에서 보자면 아주 이상하다는 것은 깨닫지 못했다.

이각의 시간이 흐르기도 전에 마차가 왔다. 멀지 않은 곳에 마을이 있는 모양이었다. 유검과 다우는 마차에 올라탔다.

마차는 얼마 지나지 않아 마을에 도착했고, 그곳의 주점으로 안내되었다. 주점 근처로 사람들이 몰려와 있었다. 한 청년이 엄청난 은자를 내놓고 주점을 통째로 사버렸다는 소문이 퍼져서였다.

인파를 뚫고 주점 안으로 들어서자, 사원들이 이층으로 음식을 나르며 분주히 움직이고 있었다. 주방 안에서는 도마 두드리는 소리, 지지고 볶는 소리로 요란했다.

"어영차!"

장정한 대한이 묵직해 보이는 술 단지를 등에 지고 안으로 들어왔다. 아직 개봉을 하지 않았는데도 정신이 아득해질 정도로 진한 술 향기가 주위를 진동시켰다.

바깥에서 침 넘어가는 소리가 요란했다.

이때 요리상을 진두지휘하던 사십대 정도로 보이는 염소수염의 중년인이 유검과 다우를 발견하고는 서둘러 달려왔다.

"어이쿠, 어서 오십시오! 나리께서는 잠시 다녀오신다며 위층에서 기다려 달라고 하셨습니다.”

그리고 힐끗 디우를 훔쳐보았다.

이런 촌마을에서 그만한 미녀를 볼 기회란 거의 없었으니 신기하기 그지없었던 것이다.

하지만 그는 내심 고개를 저었다.

‘저렇게 가냘프셔서야… 여자라면 그저 살집이 통통해야 안는 맛이 있지. 그리고 엉덩이가 펑퍼짐해야 애도 잘 낳고 말야. 내 마누라처럼.’

약간 소란스런 분위기 속에 유검은 다우와 함께 위층으로 올라갔다. 왔다 갔다 하는 사원들 뒤로 이층 가운데 탁자에 벌써 몇 가지 요리들이 놓여져 있고, 그 주위로 담을 쌓듯 술 단지들이 놓여져 있었다.

유검은 조금 우습다고 생각했다.

‘술도 잘 못 마시면서……’

남궁무룡이 아주 강호의 호걸들 흉내를 내기로 작정을 한 것 같다고 생각했다.

유검은 일단 탁자 근처로 가서 앉았다. 다우는 유검 바로 곁에 앉았는데, 힐끗 일층으로 향하는 계단을 훔쳐보며 남궁무룡이 언제 올까 기대하고 있는 눈빛이었다.

창문은 환히 트여져 있었다. 이런 시골에서 비싼 창호지로 창문을 바를 리 없다. 겨울이 오면 나무판자로 창문을 가려 바람이나 겨우 막을 정도로 보였다.

바닥 역시 나무였는데, 술 냄새로 찌들어 있었다. 사람들이 걸어다닐 때마다 삐이걱 하는 소리가 났다.

유검은 이런 시골스런 분위기가 싫지 않았다. 바깥에서는 여전히 웅성거리는 소리가 들려왔고, 창문을 통해 부드러운 바람이 들어와 땀을 식혀주었다. 한가로운 분위기 속에 탁자에는 조금 조잡해 보이는 요리와 함께 술이 있다. 그리고 지인(知人)을 기다린다.

주점 안이 약간 어두웠기에 창문 밖은 아주 환해 보였다. 눈이 부신 느낌이었다. 어쩐지 마음이 평화로웠다.

이때 아래층에서 고함 소리가 들려왔다.

"뭐야! 감히 우리 산서이걸(山西二傑)에게 의논도 않고 여길 팔아버려?"

"모처럼 귀인을 모시고 왔는데 무슨 날벼락이야!"

"제길, 어떤 놈이 여기를 샀는지 상판대기라도 봐야겠다!"

주인장의 애원 속에 두 명의 대한이 이층으로 쿵쿵거리며 올라왔다.

청감도를 맨 대한이 유검을 삿대질하며 소리쳤다.

"어이, 미안하지만 여길 나가줘야겠어. 엄청 귀하신 분이 오셔서 말이야."

"말이 안 통하는 친구로 보이진 않는군. 괜히 여자 앞이라고 허세 부리진 말라구."

여차하면 휘두르겠다는 듯 등 뒤의 청감도를 뽑아 들려는 모습이었다.

이때 날카로운 눈매의 흑삼사내가 뒤따라 올라와 조용히 말했다.

"됐네. 그냥 저 구석에서 조용히 마시도록 하지."

산서이걸은 황송한 태도로 허리를 굽혔다.

"가, 감히 그럴 수야……."

흑삼사내가 조용히 대꾸했다.

"시끄러운 것은 질색이야."

산서이걸은 아무런 대꾸도 못하고 그저 허리만 굽실거렸다.

유검은 자기가 한마디 대꾸도 하기 전에 일이 해결된 양 하자 조금 우습다고 생각했다. 그들이 한자리를 차지하고 조용히 있자 시비 걸 생각은 없었다. 사건을 일으키는 것이 귀찮아서였다.

그런데 돌아보니 다우가 부들부들 떨고 있었다. 한껏 고개를 숙여 얼굴을 드러내려 하지 않았다.

"왜 그러지? 어디 아파?"

다우는 아무런 말도 못하고 떨면서 고개만 저었다.

이때 자리한 흑삼사내가 품속에서 한 장의 초상화를 꺼내놓았다.

"술을 마시기 전에 바로 본론으로 들어가지. 너희들이 할 일은 이 계집아이를 찾는 것이다. 그년이 여기로 향했다는 정보가 마지막이었어. 사람은 얼마든지 동원해도 좋다. 은자는 충분히 나눠줄 테니까."

산서이걸은 감탄사를 터뜨렸다.

"오… 꽤나 예쁘장하군요. 이 정도면 어딜 가든 눈에 띄죠. 장담하건대 삼 일만 주십시오. 반드시 찾아내겠습니다!"

유검은 초상화의 모습을 힐끗 훔쳐보곤 검미를 찌푸렸다. 초상화에 그려진 아름다운 소녀의 모습은 바로 다우였던 것이다.

흑삼사내와 유검의 눈이 마주쳤다.

"……."

"……."

묘한 침묵이 오갔다.

그러다 흑삼사내의 눈길이 다우에게로 향했다. 그의 눈빛이 예리해지더니 안광을 빛냈다.

"하하… 이거 참, 운이 좋군."

흑삼사내가 몸을 일으켰다.

걸어오는 그를 향해 유검이 물었다.

"백화원? 흑루? 어느 쪽인가?"

흑삼사내가 빈정거리며 말했다.

"흥, 그년의 정체를 알면서도 데리고 다녔단 거군. 하긴 꽤나 얼굴이 반반하긴 하지. 그동안 재미를 본 값은 치러야 할 거다. 아주 비싸게."

"왜 찾는 거지?"

"네게 알려줄 이유는 없다."

"하긴… 나도 예의상 물어본 것뿐이다."

차앙—

산서이걸이 청감도를 꺼내 들었다. 그들은 여유만만이었다. 유검을 아주 만만하게 본 것이다.

흑삼사내는 품속에서 괴이하게 생긴 두 개의 비수를 꺼내 들며 히죽 웃었다.

"오늘은 행운이 따르는군. 아침에 제비도 보고 말이다. 그러니 일단 선수를 양보하지."

유검은 그를 거들떠보지 않고, 벌벌 떨고 있는 다우의 등을 두들겨 주며 탄식하듯 말했다.

"하아… 널 보니 내가 참 한심하게 느껴진다. 내가 그렇게도 못 미덥나? 저런 녀석 하나 나타났다고 벌벌 떨다니……."

산서이걸이 호통 쳤다.

"감히 어르신이 말하는데 한눈을 팔다니!"

당장에라도 달려들 듯했지만, 흑삼사내의 명 없이 함부로 움직이지는 않았다.

유검이 흑삼사내에게 말했다.

"근데 내가 누군지는 아나?"

흑삼사내가 피식 웃으며 대꾸했다.

"알 필요를 느끼지 않는다."

"알아두는 게 좋을 거야. 무림 정복은 않겠다고 약속했지만, 뭐 너희 사신가를 멸문시키는 정도야 괜찮지 않을까 생각 중이니까."

"……?!"

유검의 광오한 말에 이층의 주루는 싸늘한 침묵에 싸였다.

흑삼사내가 갑자기 광소를 터뜨렸다.

"정말로, 정말로 오늘 운수대통이군! 내 평생 그런 말을 들을 날이 오리라곤 생각도 못했거든!"

그리곤 턱짓으로 산서이걸에게 공격 명령을 내렸다.

뒤에서 아무런 반응이 없었다.

다시 연이어 턱짓을 했다. 여전히 반응이 없었다.

돌아보는데,

스르르— 쿵!

산서이걸이 달려들려는 모양새 그대로 바닥에 쓰러졌다.

그리고 남궁무룡이 나타났다.

"어서 와라."

"예, 늦어서 죄송합니다."

흑삼사내는 흠칫하며 뒤로 물러났다.

남궁무룡이 등 뒤에 메고 있는 보검의 손잡이에 수놓아진 청룡을 보고 그 정체를 파악한 것이다.

"남궁… 세가? 본 루의 일에 간섭하겠다는 건가?"

남궁무룡이 형형한 안광을 빛내며 싸늘히 말했다.

"본 가의 손님이시다."

그 말은 빚을 모두 떠안겠다는 뜻이었다. 다시 말해 모든 은원의 책임을 지겠다는 의미와 같았다.

흑삼사내의 얼굴이 일그러졌다.

그는 창문을 향해 몸을 날리며 두 개의 비수를 던졌다. 하나는 남궁무룡에게로, 하나는 유검에게로.

팅―

남궁무룡은 검의 손잡이로 가볍게 비수를 튕겨내었고, 유검은 손바닥으로 그것을 낚아챘다.

"점잖지 못한 손님이로군."

쉬익―

유검이 날린 비수는 흑삼사내가 날렸을 때보다 두 배는 빠른 속도로 날아갔다.

"큭―!"

짧막한 비명 소리가 흘러나왔지만, 흑삼사내는 핏방울만 남긴 채 벌써 신형을 감추었다.

남궁무룡이 유검에게 다가오며 호탕하게 웃었다.

"정말 형님답습니다. '알아두는 게 좋을 거야. 무림 정복은 않겠다고 약속했지만, 뭐 너희 사신가를 멸문시키는 정도야 괜찮지 않을까 생각 중이니까' 라니… 하하하!"

"진심이라네."

유검이 시큰둥하게 대꾸하자, 남궁무룡은 머쓱해졌다.

"그 녀석은 가버렸으니까, 이젠 안심해도 돼."

유검이 다우를 다독거려 주자, 그녀는 주르르 눈물을 흘렸다.

"날… 날 끝까지 쫓을 거야. 분명 내가 배신했다고 생각한 거야. 흑루 아저씨도 나 때문에 죽은 거라고… 난… 난……."

뭔가 한마디 더 해주려다 유검은 입을 다물었다. 공포에 질려 있어 어떤 말도 소용없다는 것을 깨달은 것이다.

유검은 몸을 일으키며 남궁무룡에게 말했다.

"부탁해."

"…예?"

"토닥거려 주라고."

"예? 아… 예."

남궁무룡은 영문을 몰랐지만 유검의 부탁대로 다우에게 다가가 말을 걸었다.

"저… 소저……."

우물쭈물하는 모습을 보고 유검은 소맷자락을 저어 잠력을 뿜어냈다. 남궁무룡은 어어 하면서 다우에게로 넘어졌다. 결과적으로 그녀를 안는 모습이 되었다. 떨리던 다우의 몸이 거짓말처럼 가라앉았다.

그 모습을 보고 유검은 일층으로 물러났다.

"내가 미친 것은 알았지만… 점점 심해지는군."

주점의 일층은 조용했다. 사람들은 모두 물러나 있었다. 산서이걸이 나타나면서 혹시나 불똥이 튀지 않을까 해서 다들 피해 버린 것이다. 주인장과 점소이들마저 모습이 보이지 않았다.

그런데 점점이 그림자들이 나타나며 주위를 포진하기 시작했다. 은밀하기 그지없는 행동들이었다.

복면인들 사이로 어깨에 붕대를 감고 있는 흑삼사내가 천천히 걸어

나왔다.

"흥, 내가 혼자였을 거라 생각했다면 큰 오산이지."

유검이 그의 등 뒤를 보며 허리를 굽혔다.

"어서 오십시오."

현풍이 느긋한 걸음걸이로 주점 안으로 들어서고 있었다.

"남궁무룡 그놈이 맛있는 술이 있다고 급전을 날리더군. 부랴부랴 달려왔지."

굉무가 옆에서 한마디 거들었다.

"난 어쩔 수 없이 끌려왔을 뿐이라네. 아미타불……."

"난 그냥 심심해서……."

서문평이 어깨를 으쓱거리며 그렇게 말했다.

흑삼사내는 졸지에 포위당한 형국이 되었다. 하지만 아직 숫자의 우세를 믿고 있었기에 당황하지는 않았다.

"아직 본 루의 무서움을……."

한마디 허세를 부리려는데, 현풍이 탁자 위의 젓가락 통을 아무렇게나 집어 들고 허공을 향해 뿌렸다.

쿠쿵— 쿠쿠쿵—

복면인들이 바닥으로 쓰러졌다. 저항의 기미조차 내지 못하고 단번에 마혈을 제압당한 것이다.

흑삼사내의 두 눈이 커졌다. 현풍이 어마어마한 고수라는 것을 그때야 눈치챈 것이다.

유검이 손을 쭉 뻗었다. 흑삼사내는 막강한 흡입력에 이끌려 스스로 멱살을 유검의 손에 쥐어주었다. 주위를 휘감는 압력에 그는 손가락 하나 까딱일 수 없었다.

흑삼사내의 입이 쩍 벌어졌다. 그는 그제야 유검의 진정한 무위에 대해 일별한 것이다.

"도, 도대체 정체가 뭐냐?"

"그건 처음부터 물었어야 하지 않나? 사실 나도 답하기 어려운 문제지만."

그리고 그를 쏘아보며 협박했다.

"가서 전해라. 다우에 대해 관심을 끊으라고 말이다. 만약 그 아이에게 무슨 일이 생긴다면… 흑루를 멸문시켜 주겠다."

유검은 그를 멱살 쥔 채로 밖으로 나갔다.

그를 내려놓고 검을 뽑아 들었다. 그리고 이십여 장 밖에 있는 집채만한 바위를 향해 검을 쭉 뻗었다.

쏴아앙—

위력을 돋보이게 하기 위해 일부러 검풍도 함께 일으켰기에, 검이 향한 방향으로 길게 구덩이가 파이며 흙먼지가 파도처럼 일었다. 그리고 천둥이 치는 듯한 파공성도 함께 울렸는데, 심금을 떨리게 만들었다.

이십여 장 밖에 있던 바위는 마치 수십여 개의 벽력탄을 맞은 듯 산산조각나서 사방으로 폭파되었다.

흑삼사내는 땅바닥에 철퍼덕 주저앉은 모습이었는데, 벌어진 입을 다물지 못했다.

유검은 이 정도면 위협이 되었으리라 생각하고 주점으로 돌아왔다.

그것을 보고 서문평이 투덜거렸다.

"완전히 어린아이 겁주는 식이군. 도대체 기품이라곤 눈을 씻고 봐도 없으니……."

이때 이층으로 올라간 현풍의 호통 소리가 들려왔다.

"벌건 대낮에 이게 무슨 짓들이냐!"

유검은 움찔했다.

'설마……!'

후다닥 이층으로 올라가 보니 상상했던 일은 없었다. 다만 다우가 술 단지를 통째로 들고 벌컥 들이키고 있었고, 옆에서 남궁무룡이 난감한 얼굴로 말리는지 거드는지 모를 자세로 서 있었다.

현풍이 그 모습을 보고 재차 혀를 차며 말했다.

"아까운 술을 그렇게 마구 흘리며 마시다니……! 세상 무서운 줄을 모르는 도다!"

다우가 마시는 술 절반 이상은 옷이 받아먹고 있었다.

"아하하하!"

다우가 술 단지를 던지고는, 두 손을 번쩍 치켜들었다.

"난 끝났어! 끝났다구! 만세!"

눈동자가 돌아가는 것을 보니 완전히 취한 게 틀림없었다. 그러면서도 또 다른 술 단지를 집어 들기 위해 비틀거리며 몸을 일으켰다.

"소저……."

남궁무룡이 말리자 다우는 그를 올려다보며 헤헤 웃었다.

"히야, 너 잘생겼다. 나랑 잘래? 앗, 아니지. 첫날밤은 오라버니랑 하기로 약속했지, 참."

중인들의 시선이 유검에게로 향했다.

유검은 입맛을 다시며 고개를 저었다.

"그런 약속 한 적 없어."

현풍이 호통 쳤다.

"어쨌거나 말려라! 저 아까운 술을 다 버릴 셈이냐!"

"…옙!"

유검이 급히 달려가 다우를 부축했다.

"앗! 오라버니다!"

취했으면서도 용케 유검은 알아본 모양이었다.

"에잇!"

다우가 가볍게 찰싹 유검의 뺨을 때렸다.

"날 버릴 땐 언제고 왜 온 거야!"

"언제 버렸다고……."

"하여간 도와주라. 좀 전에 술이 있었는데, 이젠 안 보여어……."

"안 돼. 술은 그만 마셔."

"싫어! 마실래! 내일 죽을지도 모르는데, 오늘 열심히 마셔야지. 안
그래?"

"넌 안 죽어. 그러니까 그만 마셔."

현풍이 옆에서 보고는 탄식했다.

"에휴… 술 취한 사람과 꼬박꼬박 말대꾸하는 놈 보면 왜 그리 한심
해 보이던지……."

유검은 머쓱해져서 다우를 부축해 일층으로 내려갔다.

현풍이 자리에 앉으며 소리쳤다.

"에잇! 저 녀석은 내버려 두고, 일단 우리끼리 마시자."

유검은 다우를 안고 주점 후원으로 갔다. 그중 아무 객실에 들어갔
다. 그리고 침상에 다우를 올려놓고 나서 길게 한숨을 내쉬었다.

"다우는 나를 친오라버니처럼 여긴다. 가족의 정을 받아보지 못했으
니… 하지만 남녀 간의 사랑은 아니다. 적당한 배필을 찾아서……."

혼자서 시부렁거리고 있는데 다우가 신음 소리를 내며 뒤척였다.

"더, 더워!"

술을 단숨에 그렇게 마셔댔으니 덥지 않을 수 없을 것이다.

그녀는 옷을 벗으려고 했지만, 너무 취해서인지 시도는 자꾸만 실패로 끝났다.

유검은 주위를 두리번거려 벽에 걸린 수건을 찾았다. 하나는 차 주전자의 물로 적셔두고 하나는 눈을 가렸다. 그리고 더듬거리며 그녀가 옷을 벗으려는 것을 도와주었다.

'이건… 무슨 옷이지? 대충 벗기자.'

대충 벗겨진 것 같자, 유검은 차로 적셔진 수건으로 그녀의 몸을 닦아주었다. 그제야 다우는 조금 안정이 된 것 같았다.

이때 밖에서 기척이 들려왔다.

"들어가도 되겠습니까?"

남궁무룡의 목소리였다.

유검은 황급히 이불을 올려 다우의 몸을 덮어주고 나서 눈 가리개를 풀었다.

"들어와라."

남궁무룡은 들어서자마자 사과부터 했다.

"죄송합니다. 어쩐지 저분들도 불러야 할 듯해서……."

"상관없어. 원수는 항상 외나무다리에서 만나는 법이니까."

유검의 그 말은 전혀 어울리지 않는 비유였지만, 묘하게도 고개가 끄덕여졌다.

남궁무룡의 양손에는 술 주전자와 안주가 들려져 있었다. 그는 그것을 탁자 위에 내려놓고 나서 입을 열었다.

"오랜만에 형님을 만나뵙게 되어 정말로 반갑기 그지없습니다."

보통 사람은 오랜만에 지인을 만나면 으레 입에 발린 소리를 한다. 심중이야 어떻든 간에. 하지만 그의 말은 항상 진심이라는 것을 알고 있었다. 그가 반갑다면 그건 정말로 반가운 것이다.

유검은 미소를 지으며 그와 함께 술잔을 나눴다. 이런 저런 이야기를 하다 그가 물었다.

"아참, 어제 무슨 일이 있었던 것입니까? 물어봐도 모두 난감한 기색만 띨 뿐 대답을 안 해주더군요."

유검은 입맛을 다시며 아무런 대답도 할 수 없었다. 발가벗고 호수를 돌았다는 이야기를 하기에는 지금의 정신 상태는 너무 멀쩡했던 것이다. 최소한 스스로 멀쩡하다고 착각하고 있었다.

'어제는 왜 그랬을까? 지금 생각해 보면 정말로 미친 짓인데……'

어쩌면 자기 속에 광인이 들어 있을지도 모른다고 생각했다.

유검은 화제를 돌려 다우를 가리키며 물었다.

"아참, 저 아이를 어떻게 생각하나?"

"그야 아름답고… 참 귀여운 소저 분이시죠. 형님과 정말 잘 어울립니다."

유검은 고개를 저었다.

"아니, 난 저 아이의 오라버니나 다름없어. 남녀 간의 정은 아니지."

그리고 남궁무룡을 뚫어지게 바라보며 진지하게 말했다.

"저 녀석은 네가 마음에 든 모양이다. 이성으로서!"

남궁무룡이 진지하게 대꾸했다. 본래부터 항상 진지한 얼굴이었으니, 평상시와 다를 바 없는 태도로 대꾸했다는 표현이 더 적절할 것이다.

"저도 마음에 듭니다. 한 여인이 저의 눈에 들어오긴 처음이었죠. 그런데……."

"그런데?"

"그녀는 형님을 친오라버니처럼, 가족처럼 여긴다고 했습니다. 근데 형님은 그녀를 어떻게 생각하는지 말씀하지 않으셨군요."

"……."

유검은 한순간 할 말을 잃었다.

슬프긴 하지만 그는 알고 있었다. 다우를 연인처럼 사랑할 수도 있고, 가족의 정을 줄 수도 있다. 아니면 그냥 친구처럼 부담없는 친근한 관계가 될 수도 있다. 모두 자기가 선택할 수 있는 것이다.

그러니 딱히 어떻게 생각하고 있다고 말할 수 없었다.

유검은 자신은 결코 사랑의 노예가 될 수 없다는 것을 그제야 깨달았다. 왕처럼 사랑을 나누어줄 수는 있어도, 사랑의 목줄에 걸린 노예가 될 수는 결코 없다는 것을. 그렇다고 자기가 다우에게 줄 수 있는 사랑이 거짓인 것은 결코 아니다.

남궁무룡이 말했다.

"여인은 본래 수동적이라 들었습니다. 스스로의 결정보다는 남자의 의지에 순응하지요, 보통……."

"흠……."

"게다가 제가 볼 때 그녀는 형님을 사랑하고 있습니다. 하지만 너무도 가까이 있어 오히려 깨닫지 못하고 있는 것 같습니다. 우리가 항시 마시는 공기의 소중함을 느끼지 못하듯이요. 그녀가 제게 보이는 관심은 가끔 맛보지 못한 음식을 보면 느끼는 호기심과 같다고 봅니다. 하지만 항상 밥보다 중요한 것은 없는 법이지요."

　말을 하면서도 남궁무룡은 뭔가 기이함을 느꼈다.

　올 적에는 상호남이나 무공에 관한 담소를 나눌 깃으로 기대했는데, 뜻밖에도 남녀 관계에 대해서라니… 게다가 자신이 충고하고 있는 입장이라니?

　유검이 고개를 끄덕이며 말했다.

　"결국 나의 선택이란 말이군."

　남궁무룡은 드디어 복잡한 문제가 해결되었을 때의 후련함을 느끼며 맞장구쳤다.

　"그렇지요! 그겁니다!"

　유검은 내심 생각했다.

　'선택이라… 만약 동전으로 결정하면 욕먹겠지?

　아직 완전히 미친 것은 아니었는지, 그 이야기를 입 밖으로 내지는 않았다. 동전으로 결정한다는 이야기를 들으면 아무리 점잖은 남궁무룡일지라도 광분해서 도대체 사랑을 뭘로 보냐며 소리칠지 모른다.

　유검이 눈을 감고 숙고에 들어가자 남궁무룡은 내심 탄식했다.

　'처음 형님의 검술을 본 순간 나는 가슴이 뒤흔들리는 충격을 받았다. 형님의 무공에 대한 열정은 나를 불태우게 만들었지. 그런데 지금은 겨우 여자 문제로…….'

　곧 그는 다르게 생각했다.

　'아니지. 이제… 가정을 꾸릴 때도 되셨지.'

　가정을 꾸려 안정이 되면 유검이 옛날의 형님으로 돌아올지 모른다는 기대가 일었다. 그렇다면 적극적으로 도와줘야겠다고 생각했다.

　"형님!"

　남궁무룡이 벌떡 일어서 입을 여는데,

“으응…….”

다우가 몸부림을 쳤다. 이불이 흘러내리며 그녀의 나신이 모습을 드러내었다. 창문으로 들어온 햇살로 그녀의 나신에 음영이 드리워졌다. 그녀의 굴곡진 몸매를 따라 빛의 율동은 정적 속에 파묻혔다.

남궁무룡은 자연적인 본능에 충격적인 아름다움의 감성이 함께하자 한순간 얼어붙고 말았다.

깊은 고요 속에서 남궁무룡은 심장이 불타는 듯한 갈증을 느꼈다. 가슴속에서 사랑의 불길이 타오르기 시작한 것이다. 사랑은 언제나 그렇다. 항상 우연적이고 돌발적인 것이다.

유검은 혀를 차며 이불을 올려주었다.

“이 녀석, 몸부림이 심하군.”

그것을 보고 남궁무룡은 충격을 받았다.

‘어떻게… 어떻게 그런 모습을 보고도 저렇게 태연할 수 있는 거지?

그는 유검이 그녀를 사랑하는 게 아니라고 확신했다. 그렇다면 남은 길은 단 하나뿐이다.

“형님!”

남궁무룡이 갈라진 목소리로, 하지만 진지하고 열정적으로 말했다.

“그녀를 제게 주십시오! 제가 반드시 행복하게 만들어주겠습니다!”

돌연한 그의 행동에 유검은 깜짝 놀랐다.

쉽게 대답하지 못하고, 유검은 술잔을 들어 입 안으로 털어 넣었다. 화끈한 느낌이 식도를 타고 흘렀다.

‘그래. 뜨뜻미지근한 나보다는…….’

승낙을 위해 고개를 끄덕이며 말했다.

"안 돼."

나지막한 목소리였다.

그래서였는지, 자신이 내놓은 말이 무엇이었는지 깨닫는 데는 조금 시간이 걸렸다.

"어라?"

남궁무룡이 분통을 터뜨렸다.

"왜 안 된다는 겁니까? 좀 전에도 말씀하셨잖습니까? 그녀가 마음에 두고 있는 것은 나라고!"

유검은 자기도 모르게 딸꾹질을 했다.

"그게……."

남궁무룡이 침상 가로 걸어가며 소리쳤다.

"오늘 당장 그녀를 데리고 가겠습니다! 더 이상 형님에게 맡겨둘 수는 없어요!"

차앙—

유검이 검을 뽑아 그의 길을 가로막았다.

"그만둬."

남궁무룡이 눈빛을 빛내며 도전적으로 말했다.

"미리 말씀드리지만, 예전의 제가 아닙니다."

"그래도 넌 내 상대가 안 된다."

"그렇다면 시험해 보시겠습니까?"

쉬이익—

남궁무룡이 한 걸음 물러서며 보검을 뽑아 들었는데, 검집에서 나오는 소리가 마치 독사의 휘파람 소리 같았다.

방 안에 싸늘한 살기가 감도는데,

“으응… 목말라……..”

다우가 잠에서 깨어나 비틀거리며 몸을 일으켰다. 이불은 흘러내리고 당연히 두 남자의 시선이 집중되었다.

“…….”

다우는 여전히 취한 눈으로 방 안을 두리번거렸다.

그러다 사람이 있는 것을 깨닫고 앗! 하며 이불로 몸을 가렸다. 그 외중에 중심을 잃어 비틀거리며 침상 모서리에 머리를 박았다.

“아야… 아파라.”

또다시 이불이 흘러내리고 그녀는 침상에서 굴러 떨어졌다. 몇 번 꿈틀하더니 다시 엎드려 잠에 빠져들었다.

남궁무룡은 그 모습을 보고 너무 귀여워 견딜 수 없을 것 같은 기분이 되었다. 그냥 가냘픈 그녀의 몸을 꼭 안아주고 싶을 뿐이었다.

유검이 손을 뻗어 그녀를 일으키려는데, 보검이 길을 가로막았다.

“제가 하겠습니다!”

남궁무룡이 단호히 소리쳤다.

유검은 소맷자락으로 보검을 휘감으며 허공을 격하고 진력을 일으켰다. 다우의 신형은 보이지 않는 손에 의해 다시 침상 위로 올려지고, 이불까지 덮혀졌다.

“이러면 아무 문제 없지.”

남궁무룡은 자신의 보검이 아무런 힘도 못쓰고 유검에게 제압당한 것과 또 허공섭물 신공에 깜짝 놀랐다.

그는 힘으로는 안 된다는 것을 깨닫고 한발 양보해서 말했다.

“그렇다면 그녀의 결정에 따르도록 하죠. 누구를 선택할지.”

“좋아, 그렇게 하자.”

유검도 찬성했다.

둘은 서로 검을 다시 집어넣었다. 그리고 그녀가 깨어닐 때까지 묵묵히 술잔을 기울였다.

고요함 속에서 유검은 잠들어 있는 다우를 힐끗 보고 뭔가 서글픈 느낌이 들었다.

어떤 때는 헌신적으로 사랑했다가, 어떤 때는 그녀의 존재 자체를 아예 까맣게 잊어버린다. 그게 진짜 사랑이라고 할 수 있는 것인가?

도대체 자기의 마음은 어디 있는 걸까? 물거품처럼 일어났다가 다시 가라앉는다. 영원하지 않다. 혹시 단순한 허상에 불과한 것은 아닐까?

문득 현풍 사부의 말이 떠올랐다.

"그는 마음이 이 세상과 우주를 창조했다고도 했네. 그러면서 그는 그 마음 너머의 것을 원했지. 마지막 경지를 알고 싶어했어."

"그는 그 마지막 경지를 무상검이라 불렀지."

사부의 말을 믿는다면, 그란 바로 자기다. 자기가 그런 소리를 했다는 것이다. 그러고 보니 불가에서도 그와 비슷한 소리를 하는 것을 들은 적이 있는 것 같았다.

사실 유검은 그것이 무엇을 의미하는지 알 것 같았다.

간단히 운기행공으로 무아지경에 빠지면, 세상이 모두 사라진다. 하다못해 깊은 잠에 빠져도 세상은 존재하지 않는다. 그렇게 주관적인 인식의 세계에서는 그 말이 이해되었다. 하지만 다시 눈을 뜨면 세상은 다시 나타난다. 뭔가 실재성이 느껴지지 않았다.

하지만 한편으로는 마음의 힘에 대해 납득하고 있었다.

천지간에 가득한 것이 '기(氣)'라고 말한다. 인간은 의식적인 마음으로 그것을 강력하게 모아 쓸 수 있는 지혜를 발달시켰고, 그리하여 내공(內功)을 이용한 무공이 탄생했다. 여러 가지 체계들은 그저 마음을 하나로 집중시킬 수 있는 여러 가지 방편일 따름이다.

어떤 상황이든 마음만 하나로 강력하게 집중할 수 있다면 무엇이든 가능하다. 이미 스스로 그것을 알고 있지 않은가. 전설에나 나올 법한 그런 무공들이 자기는 별다른 노력 없이도 손쉽게 펼쳐졌으니까.

그렇다면 그 대단한 마음의 능력 너머, 도대체 무엇이 있는 것일까? 보다 실제적인 의미에서 초월이 가능한 것일까? 바람이 되어 세상 어디든 갈 수 있고 무엇이든 가능한, 그야말로 어떤 제한도 없는 그런 위대한 성취가 가능한 것일까? 상상만 해도 가슴 뛰는 그런 경지가 과연 존재한단 말인가? 바로 스스로 신이 되는!

유검은 자기가 꿈에서 그러한 성취를 맛본 것 같다고 생각했다. 어쩌면 현실에서도 그것이 불가능하지는 않을 것 같았다.

막연하기 그지없는 무상검의 경지가 어쩐지 손에 잡힐 듯한 느낌이 들었다. 갈증이 밀려왔다. 세상의 그 무엇으로도 풀 수 없는 갈증임을 알았기에 그것은 속으로, 속으로 타 들어갔다.

'하지만 뭘 어떻게 해야 하지? 마음을 소멸시켜야 한다고? 스님들처럼 참선이라도 하란 말인가? 하지만 목석처럼 가만히 앉아 마음이 없는 상태로 있어봤자 도대체 무슨 소용이 있다는 건가?'

사부의 말이 떠올랐다. 반로환동의 이유에 대한.

"음… 다시 평범한 인간의 생활을 체험해 보고 싶어서였지. 도정(道情)은 은밀한 것이거든. 연애 한번 못해보고선 도를 논할 자격이 없는 걸세."

"마지막 경지를 위해서는 마음을 소멸시켜야 하지. 근데 마음은 스스로 자멸할 수가 없어. 우주와 하나가 되더라도 어떻게든 살아남으려 하지. 오직 사랑만이 그것에 대한 유일한 길이 될 수 있다네."

유검은 실소했다.

'사랑? 웃기는군……'

말이 되고 안 되고를 떠나, 자신은 어차피 사랑할 자격도 없는 놈이 아닌가 생각했다. 무상검의 성취를 위해 사랑에 빠진다면, 그것은 단순한 욕심이지 그것이 어떻게 사랑이라 말할 수 있을까?

문득 한 가지 의심이 들었다. 그 의심은 마음을 싸늘하게 만들었는데, 자기의 감정을 극단적으로 불신하게 되었다.

그것은 스스로 무상검의 성취를 위해 다우나 다른 여인들을 사랑하는 척 연기한 것은 아닌가 하는 의심이었다. 진정 사랑해 본 적은 단 한 번도 없었던 게 아닌가 하는 의심이었다. 사랑이라는 감정을 단순한 수단으로 이용했던 것은 아닌가 하는 의심이었다.

'설마……!'

내면 한구석에서 그 의심이 맞다고 소리치고 있었다.

'아냐! 그럴 리가 없어!'

유검의 시선이 다우를 향했다.

'지금도 그녀를 사랑하니까, 이렇게……'

이때 내면에서 또 다른 목소리가 들려왔다.

'만약 무상검의 경지와 사랑 둘 중 하나를 선택하라면?'

'그야 당연히……'

유검은 스스로 내놓은 대답에 소름이 끼쳤다. 무상검의 경지를 위해서라면 사랑 따위는 헌신짝처럼 버릴 수 있다는 대답이었던 것이다.

유검은 망연자실해졌다.

'나는 내가 상상했던 것보다 더 나쁜 놈이었어!'

한참 후 유검은 실소를 흘렸다.

무의식 중에 이미 알고 있던 사실을 다시 확인해 본 것뿐이라는 것을 깨달았던 것이다. 그 깨달음은 꽤나 서글픈 것이었다.

'그래. 내가 정말로 원하는 것은 무상검의 경지다. 그것을 위해 얼마든지 그녀를 이용할 수 있어. 사랑에 빠진 척 연기할 수 있지. 그게 진짜라는 착각은 이제 그만두자. 무공을 익히기 위해 검술을 연마하는 것처럼, 단순한 실험에 불과해. 그것으로 정말 무상검의 경지에 이를 수 있는지 한번 해보는 모험. 그녀의 마음? 양심의 가책? 지옥에 간다고? 그래서… 뭘 어쩌라구? 흥, 지옥의 염라대왕조차 단숨에 베어버릴 수 있는 경지에 이를 수 있다면 무슨 상관이랴.'

하늘을 속일 수는 있어도 스스로를 속이지는 못하는 법, 가슴이 아무리 아프더라도 그것이 자신의 진실이었다. 그럴듯하게 미화시켜 포장할 수는 있겠지만, 그것은 단순한 자기기만에 불과하다. 그녀를 이용한다는 사실 자체는 변하지 않으니까.

언제나 그렇다. 자신의 진실을 보는 것은 항상 괴로운 것이다.

유검은 술잔을 홀짝거리며 남궁무룡에게로 시선을 돌렸다.

그는 조용히 눈을 감고 침잠해 있었다.

순수한 놈이다. 저 녀석은 자기 마음을 속이지 않는다. 그녀를 사랑한다면, 정말로 사랑하는 것이다.

유검은 피식 웃었다.

'미안하지만, 착한 놈 연기는 끝났다. 내게는 그녀가 필요해.'

그녀를 사랑하면서 그런 자신의 마음과 감정을 지켜볼 것이다. 사랑의 감정이 어떻게 무상검의 성취에 도움이 되는지 이해하기를 계속할 것이다. 그녀는 도구다. 어쩌면 그녀가 강간당하더라도 그저 지켜만 보고 있을지도 모른다. 단순히 괴로워하는 자기 마음을 보다 깊이 살펴보기 위해서.

유검은 웃을 수밖에 없었는데, 다시 생각해 봐도 자기는 정말로 나쁜 놈이었던 것이다.

"크하하하하—"

돌연 앙천광소를 터뜨렸다.

남궁무룡은 흠칫했고, 다우가 그 웃음소리에 잠에서 깨어 소리쳤다.

"시끄러!"

퍽—

그녀가 날린 베개가 유검의 머리를 때리고 떨어졌다.

조용해지자 다우는 다시 잠에 빠져들었고, 유검은 머리가 비스듬히 꺾인 채 생각했다.

'눈치챈 걸까? 꿈속에서?

그녀를 도구로 쓰는 것은 다시 고려해 봐야겠다고 생각했다. 세상에 여자가 그녀 하나만 있는 것도 아니니까. 솔직히 나이도 너무 차이나고…….

탄식하며 술잔을 기울이려는데, 술 주전자는 이미 비어 있었다.

유검은 멀뚱히 빈 술 주전자를 바라보다 벌떡 일어나 방에서 나가 버렸다.

남궁무룡은 검미를 찌푸렸다. 다우가 깨어날 때까지 함께 기다리기로 해놓고 아무 말 없이 나가 버리다니!

정적 속에 가만히 남겨진 남궁무룡은 침상의 다우를 힐끔 쳐다보고 생각했다.

'이 방에 단둘이 있는 것은 좋지 않다. 게다가 그녀는 옷을 벗고 있는 상태가 아닌가. 이건 무척이나… 실례되는 행동이다.'

그는 바로 몸을 일으켜 밖으로 나가려다, 일단 나가겠다는 말을 하는 게 좋겠다고 생각했다.

"소저……."

포권을 취하며 입을 여는데, 불쑥 대꾸가 튀어나왔다.

"말 걸지 마세요. 난 자는 척해야 하니까요."

"……."

남궁무룡의 눈빛이 반짝였다.

'깨어 있었단 말인가? 혹시 우리들의 대화를 모두 들었던 것일까? 그래서 어색해서 자고 있는 척한 건가?'

어쨌든 자신의 진심을 밝힐 기회라고 생각한 남궁무룡은 침상으로 다가갔다.

◆ 第六章

유희

"놀이 거리가 필요해."

현풍의 그 말에 주점 이층에 있는 굉무와 서문평은 곤혹스런 얼굴을 했다.

"그 녀석은 인간의 욕망도 배웠겠다, 넘치는 힘으로 무슨 짓을 할지 모르거든. 그러니까 그 힘을 적당히 소비할 거리를 만들어줘야 하는 게야."

서문평이 고개를 휘휘 저었다.

"하지만… 그래도 너무 터무니없지 않습니까? 사라진 마교의 본거지를 찾아 쳐부숴 달라고 부탁해라니… 그걸 믿을지도 의문이고……."

현풍이 껄껄 웃으며 대꾸했다.

"뭐, 적당히 증거를 만들어서 보여주면 돼. 본래 잘 속아 넘어가는 놈이니까 걱정 마."

"그, 그래도 속인다는 게……."

현풍이 두 눈을 부릅떴다.

"속이는 게 뭐가 나쁘단 말이냐? 본래 속고 속이는 건 아주 재밌는 것인데!"

현풍의 억지에 다들 고개를 끄덕일 수밖에 없었다. 어차피 거역할 수도 없는 입장이었고, 또한 유검이 어제처럼 언제 미친 짓을 할지 모른다는 현풍의 말이 꽤나 설득력이 있었던 탓이기도 했다.

탁자 위 안주가 담긴 접시와 술 단지는 꽤 비워져 있었다. 현풍의 억지 계략은 그런 술의 힘에 비롯된 것이 틀림없다고 굉무는 생각했다.

좀 더 주의를 기울여야 한다는 의견을 내놓으려는데, 유검이 불쑥 이층으로 올라왔다.

심각하던 좌중의 분위기가 일순 정지되더니, 갑자기 떠들썩하고 유쾌하게 변했다.

현풍이 자신의 허벅지를 치며 껄껄 웃었다.

"그래? 그랬단 말이지? 그참 재밌구먼."

굉무가 즉시 호응했다.

"아미타불, 재미있으셨다니 다행입니다."

"그래, 또 다른 이야기는 없나?"

현풍은 그렇게 얼렁뚱땅 둘러대다 유검을 보곤 놀라는 척했다.

"오, 언제 왔느냐? 어서 와서 술이나 한잔 받아라."

유검은 현풍 옆으로 와 자리에 앉으며 투덜거렸다.

"뭐가 그렇게 즐겁습니까?"

"흐음, 삶이란 본래 즐거운 거야."

"근데… 뭘 속인다고요? 또 어떤 어수룩한 놈을 등쳐먹으려는 겁니까? 올라오는데 다 들리더군요."

서문평과 굉무가 속으로 외쳤다.

'너!'

"관심있나?"

"뭐……."

현풍의 질문에 유검은 잠시 고민하다 고개를 저었다.

"그럴 시간은 없는 것 같습니다. 일단 밥 먹고 살아야 하니까 은자를 벌어야지요."

"그래? 그럼 보수가 있다면 할 마음은 있나?"

"…보수요?"

"물론! 저 녀석이 있잖나."

현풍이 턱짓으로 서문평을 가리키며 히죽 웃어 보였다.

유검은 눈알을 굴리며 이해타산을 따져 보다 슬그머니 고개를 끄덕였다.

"그럼… 일단 이야기나 들어볼까요?"

현풍이 진지하게 말했다.

"마교에 관한 거야."

"마교요? 설마 잔당이 남아 있다는 겁니까?"

"아직 확실한 것은 몰라. 그러니까 조사를 해봐야 해. 네게 그 일을 맡기고 싶은 거다."

"그거… 골치 아플 것 같은데요? 정말 마교가 있는지 확실하지도 않고……."

현풍이 갑자기 서문평에게 물었다.

"어느 정도지?"

“예?”

“보수 밀이다.”

“아……!”

서문평이 그제야 눈치를 채고 말했다.

“일단 착수금으로 은자 이천 냥을…….”

유검의 눈이 휘둥그레졌다.

“이천 냥!”

서문평이 고개를 끄덕이며 말했다.

“모자라면 언제든지 본 장에 들러. 요청하는 만큼 즉시 지불하라고 말해 놓을 테니까.”

유검은 마른침을 꿀꺽 삼켰다.

굉무가 품속에서 옥으로 만든 불상을 꺼내놓았다.

“이것도 받아놓게.”

“이건 뭐지?”

“알 건 없고… 하여간 본사의 속가제자들에게 보이면, 뭐든지 협력할 걸세. 각자 그 지역에서 제법 힘깨나 쓰고 있을 테니 도움될지 모르지. 관가에도 진출해 있는 모양이고.”

유검은 그걸 받아 들고 조심스레 물었다.

“근데… 성과가 없다고 착수금을 다시 빼앗거나 하진…….”

현풍이 딱 잘라 말했다.

“고개만 끄덕이면, 놀고먹어도 그건 네 거다!”

유검은 그제야 흔쾌히 허락했다.

“좋습니다! 일단 해보죠!”

일의 성사를 축하하며 다들 잔을 높이 들었다.

술을 입속으로 털어 넣은 뒤 유검이 문득 생각난 듯 물었다.

"아, 근데 누굴 속이는 겁니까? 그걸 못 들은 것 같은데요?"

현풍이 손사래를 쳤다.

"아, 그건 잊어버려. 하다 보면 알게 돼. 언젠가는……."

서문평과 굉무가 동의한다는 듯 고개를 주억거렸다.

유검은 내심 생각했다.

'근데 사부는 도대체 어디서 마교 이야기를 들으셨담? 분명 허풍쟁이에게 속아 넘어간 걸 거야.'

그다지 상관없다고 느꼈다. 어쨌거나 은자 이천 냥이란 거금이 생겼으니까. 그것으로 충분했다.

문득 다우가 떠올랐다.

'기루(妓樓)나 차려줘?'

"소저, 갑작스럽게 들리겠지만……."

남궁무룡이 입을 열자 다우는 이불을 뒤집어쓰며 중얼거렸다.

"전 자는 중이에요. 그러니까 무엇을 말해도 제 귀에는 안 들린다구요!"

남궁무룡은 검미를 찌푸리곤 다시 말했다.

"그럼 전 혼잣말이나 하겠습니다."

"쿨쿨……."

"전 유 형을 존경하고 있습니다. 저의 영웅이죠. 하지만 이 문제만큼은 시비를 가릴 수밖에 없습니다."

"얌얌……."

"유 형은… 그대를 사랑하고 있지 않습니다. 그대를 행복하게 해줄 수 없어요! 제가……."

갑자기 이불이 젖혀지며 다우가 벌떡 일어나 앉았다.

나신이 드러나는 데도 그녀는 부끄러운 기색은 없었고 당당하기 그지없었다.

남궁무룡은 흠칫하여 한 걸음 뒤로 물러섰다.

"소, 소저……."

다우가 진지하게 말했다.

"절 사랑하신다면, 지금 당장 저를 안아줘요. 아직은 처녀랍니다."

남궁무룡이 다시 한 걸음 물러서며 난감한 얼굴로 말했다.

"아, 아직 혼례도 치르지 않았는데 어떻게……."

"저는 기녀예요. 그렇게 배워왔어요. 그래서 남자 앞에서 발가벗고 있어도 아무렇지도 않아요. 이제 와서 전 요조숙녀가 될 수 없다구요. 이게 제가 사는 방식이에요. 그걸 있는 그대로 받아주실 수 있나요?"

"……."

"오라버니는 저를 간섭하지 않아요. 나보고 어떻게 해야 한다고 강요하지 않아요. 최소한 저를 있는 그대로 받아들여 줘요. 그래서 어리광도 마음껏 부릴 수 있지요. 어쩌면 저를 그저 장난감처럼 생각할지도 모르죠. 하지만… 그래도 상관없어요. 나를 있는 그대로 봐주니까. 내가 변해야 한다고 말하지 않으니까……."

남궁무룡의 두 주먹이 부르르 떨리고 있었다.

"납득하긴 힘들지만……."

그는 치미는 격정을 긴 심호흡으로 가라앉혔다. 심결을 외워 평정을 되찾고 다시 말했다.

"뜻은 잘 알겠습니다. 그래도 유 형은 너무 그대에게 무관심합니다.

만약 무슨 일이 생기면…….”

다우가 갑자기 비명을 질렀다.

“까아악—!”

남궁무룡이 놀라 뒷걸음질쳤다.

“왜……?”

다우가 밖을 꼬나보며 외쳤다.

“얼른 나타나요! 안 그럼…….”

말이 끝나기도 전에 유검이 바람처럼 모습을 드러내며 물었다.

“뭐 때문에 비명을 지른 거야?”

다우는 대꾸없이 시선을 남궁무룡에게로 돌리며 말했다.

“휴… 다행이네요. 나도 조금 의심했는데… 어쨌든 이 정도면 나쁘진 않네요. 비명을 지르니까 달려와 주잖아요.”

그리곤 싱긋 미소를 보였다.

남궁무룡은 말없이 포권을 취해 보이고는 밖으로 나가 버렸다.

유검이 떨떠름한 표정으로 다시 물었다.

“도대체 무슨 이야기를…….”

다우는 다시 이불 속으로 쑥 들어가며 혀를 날름거려 보였다.

“후아… 부끄러워 혼났네!”

그리고 다시 유검을 째려보았다.

“왜 날 혼자 놔둔 거예요!”

“음… 그게… 술이 다 떨어져서 잠시…….”

다우는 한숨을 내쉬었다.

“애인은 발가벗은 채 침상에 자고 있는데, 외간 남자를 두고 떠나 버리다니… 그것도 술이 떨어져서라는 이유로.”

“…음.”

“뭐, 큰 상관은 없어요. 이차피 순결이란 건 제게 중요한 것은 아니니까. 가끔은 좀 거추장스럽기도 하고.”

“…….”

“용서해 줄까요?”

“…응.”

“조건이 있어요.”

“뭔데?”

“날… 기분 좋게 만들어줘요. 숙취 때문에 머리가 욱신 쑤신다구요.”

순간 유검의 머리 속으로 그녀의 발끝부터 애무해 들어가는 등의 상상이 떠올랐다.

그러나 결국 그가 선택한 것은 다우가 잠들 때까지 부채를 부쳐 주는 일이었다.

다우는 다시 잠에 빠져들며 생각했다.

유검과 함께 있으면 왜 그렇게 편안하고 행복한지 알 수 없었다.

결코 믿을 수 없는 사람인데도…….

가슴 두근거리는 귀공자 앞에서 그렇게 당당해질 수 있었던 것도 그 때문이었을까?

그녀는 까칠한 이불의 감촉 속에서 뿌듯한 행복감을 느끼며 두 다리를 쭉 뻗었다. 입가에 포근한 미소가 걸렸다.

주위는 서서히 어둠으로 물들어갔다.

유검은 어깨가 뻐근함을 느끼며 부채질을 그쳤다.

아기처럼 잠들어 있는 다우의 편안한 얼굴을 보다 유검은 눈을 감고 침묵에 빠졌다.

다시 눈을 뜨곤 슬쩍 이불을 들쳐 보았다.

아담한 가슴, 그리고 아래 매끈한 복부와 가냘픈 허리의 곡선…….

당연히 품고 싶은 남자로서의 욕망이 없을 리 없다. 하지만 어째서 인지 지켜주고 싶은 마음이 더 컸다.

자기처럼 나쁜 녀석이 품기에는 너무 순수하고 아름답지 않나 하는 생각도 들었다. 결국 도구로서 사용하기에는 어쩐지 부담스럽다는 결론이 나왔다. 무상검의 성취를 포기할 수 없다면, 사랑도, 도구도 둘다 불가능한 것이다.

유검은 창문을 통해 들어오는 달빛을 보며 중얼거렸다.

"할 수 없지. 무상검을 포기할 수는 없으니까……."

그는 품속에서 서문평에게 받은 전표 다발을 꺼내어 다우 머리맡에 놓았다.

"네가 기루를 차리든 뭘 하든… 네 인생 마음대로 살려무나. 행복하거라."

그리고 돌아서서 걷다가 다시 돌아왔다.

유검은 내려놓은 전표 다발에서 은자 백 냥짜리 한 장만 슬쩍 꺼내 품속에 갈무리하며 중얼거렸다.

"그럼 진짜 안녕이다. 남궁 녀석은 사실… 네게는 안 맞아 보인다. 좀 더 평범한 녀석을 골라봐. 그리고……."

좀 더 멋진 말을 찾지 못한 유검은 머리만 긁적거리다 훌쩍 바람처럼 그 자리를 떠났다.

잠들어 있는 다우의 입가에는 여전히 행복한 미소가 걸려 있었다. 뭔가 맛있는 것을 먹는 꿈이라도 꾸는지 입맛을 다시기도 했다.

주점의 불빛을 뒤로하고 유검은 신형을 밤하늘 위로 띄웠다. 야조처럼 바람을 타고 날아올랐다.

두 팔을 펼쳐 하늘을 품에 안으니, 달빛은 흐르는 구름 속에 떠 있고 심연의 어둠은 보석 같은 별들을 쏟아낸다.

무한한 허공의 자유로움을 만끽하다 유검은 신형을 떨어뜨렸다.

악마의 손길과 같은 검은 수림(樹林) 속으로 떨어지면서 정말 포악한 괴물이라도 나타났으면 좋겠다고 생각했다. 한바탕 싸워보게.

유검은 수림 속을 걷기 시작했다. 넝쿨이 발에 걸리곤 했지만 별문제는 아니었다.

왠지 홀가분한 것 같았다.

밤늦게까지 술을 마시며 놀고 있을 사부와 지인들, 자기가 떠난 줄도 모르고 달콤하게 자고 있을 다우, 그 모두를 두고 홀쩍 떠나 버리고 나니 마음속의 짐을 모두 놓아버린 듯했다. 세상과 연결되어 있던 모든 끈이 끊어져 버린 것 같았다.

한편으로는 외롭기도 했지만, 그래도 슬프지는 않았다. 가슴이 텅 비어버렸지만 별들이 축복해 주어 괴롭지는 않았다.

왜 떠난 것일까?

유검은 자신의 행동을 잘 이해할 수 없었지만, 뭐 어떠랴 싶었다.

굳이 목적을 붙인다면, 무상검의 최후 경지에 대해 홀로 깊이 숙고해 보고 싶었기 때문이라고 할 수 있을 것이다.

하지만 그것도 그리 옳은 이유는 아니었다. 그 경지에 대한 갈증은 여전히 남아 있지만, 자신이 어떻게 노력해서 얻을 수 있는 것이 아님을 알고 있었으니까. 숙고해 본다고 해서 풀릴 문제는 아닌 것이다.

오히려 그 문제에 대해서 벗어나고 싶어서라는 것이 더 옳을 것이다. 지긋지긋하기 그지없는 무상검의 경지라는 속박에서…….

애당초 이해하기 힘든 문제이기도 했다.

무공이란 애당초 타인과 싸우기 위해 존재한다. 그렇다면 무상검은 도대체 누구와 싸우기 위해서인가?

굳이 말하자면 자기 자신이다. 자기의 마음을 베는 검이다. 자신의 존재를 베는 검이다.

하지만 도대체 내가 어떻게 나를 죽일 수 있단 말인가?

불가의 참선을 하듯 깊은 삼매경 속으로 들어가면 '나'는 사라진다. 아니, 그렇게 여겨질 뿐이다. 눈을 뜨면 여전히 세상은 실재하고 있으며, 나도 또한 존재하니까.

이것을 알기 위해 무슨 엄청난 수행을 해야 되는 것은 아니다. 보통 사람들도 잠들면 저절로 그런 상태로 들어가니까. 오직 다른 점은 단지 깨어 있는 의식 상태에서 그런 상태로 들어갈 수 있다는 점뿐이다.

유검은 잠시 걸음을 멈추었다.

그렇다면 그런 상태로 계속 있는 게 무상검의 경지인가?

곧 고개를 저었다.

나무토막처럼 아무것도 할 수 없는 그런 상태로 있어본들, 도대체 무슨 좋은 점이 있단 말인가?

그 상태는 단지 평온할 뿐이다. 세상의 근심 걱정을 놓고 깊은 잠의 행복에 빠져 있는 것이나 다름없다. 그것도 나름대로 좋은 점이 있겠지만, 뭔가 그것으로는 미흡하다고 느꼈다.

"후… 역시 모르겠군."

유검은 고개를 절레절레 흔들며 다시 걷기 시작했다.

그러면서 유검은 자신의 의문을 구체화시켰다.

무상검의 경지가 무엇인가에 대해서가 아니라, 정말 베어야 할 것은 무엇인가라는 의문이었다.

물론 바위를 부수고 하늘을 가르는 따위는 아닐 것이다.

그리고 마음 역시 아니라고 생각했다.

마음이 있어 사람들은 기쁨과 슬픔을 느낀다. 마음이 있어 살아 있음을 느끼고, 사랑하고, 꽃과 별을 바라보며 찬탄하기도 한다. 마음이 있어 불어오는 바람의 시원함에 미소 지을 수 있다.

왜 그것을 베어 없애야 한단 말인가?

꿈속에서 본 신무룡처럼 모든 감정을 없애 버린 냉혈한이 되란 말인가? 오욕칠정이 사라진 나무토막 같은 도사가 되란 말인가?

그건 아니라고 생각했다.

유검은 자신이 인간이란 사실을 부정하고 싶지 않았다. 인간으로서의 삶 자체를 무시하거나 버리고 싶지는 않았던 것이다.

없애고 싶지 않은 이 마음을 베어야 한다면, 차라리 무상검의 경지를 포기해 버리는 편이 나을 것이다.

마음이 소멸되는 그따위 경지는 죽기 직전에야 한번쯤 고려해 보면 충분할 것이다.

아직 경험해 보지 못한 것들이 얼마나 많은가?

체험해 보지 못한 수많은 잘못과 실수들이 있다. 체험해 보지 못한 수많은 감성들이 있다. 얼마든지 나쁜 짓을 해보고, 경험해 보자!

"제기랄, 역시 쓸데없는 문제에 매달리기보다는 뭔가 재미난 것이나 찾아보자!"

그렇게 결심하자 속이 후련해졌다.

유검의 발걸음에 활기가 넘쳐났다. 무엇을 할지 결정하지 않았다. 품속에는 은자 백 냥이 있고, 어떤 놈이 나타나더라도 싸워 물리칠 수 있는 무공이 있다. 무엇이 나타나든 상관할 게 무엇인가?

부시럭—

숲에서 뭔가 튀어나왔다. 유검의 발소리에 놀란 토끼였다.

"감히 내게 덤비겠다고? 홍! 좋아, 상대해 주마!"

말이 끝나기도 전에, 토끼는 갑자기 날아온 강맹한 일격에 즉사하고 말았다.

어둠 속에서 시퍼런 안광을 뿌리며 덩치 큰 생물체 하나가 토끼를 우걱우걱 씹어 먹고 있었다.

유검은 기가 막혀 투덜거렸다.

"이런, 감히 내 손님을 낚아채다니, 호랑이 간이라도 삶아 먹었나 보군!"

그 생물체는 마침 호랑이 간을 가지고 있었는데, 긴 이빨을 드러내며 크르릉—! 하고 나지막하지만 소름 끼치는 울음소리를 냈다.

저녁 간식으로 이 토끼면 충분하니까 넌 가봐. 함 봐주마.

유검은 그렇게 알아들었다.

유검은 뚜벅뚜벅 걸어가 호랑이 코앞에서 쪼그리고 앉았다.

호랑이의 두 눈이 무시무시하게 번뜩였다. 한낱 먹잇감이 달아나지 않고 오히려 제 발로 찾아온 경우는 태어나 처음인 것이다.

덮칠까 말까 잠시 고민하는데, 조그맣고 나약한 두 발 생명체는 어이없게도 두 손으로 흙을 움켜쥐더니 그것을 자기가 먹고 있는 먹잇감 위에 슬슬 뿌려댔다.

크아앙—!

포효가 터져 나왔다. 산천초목이 벌벌 떤다는 그 무시무시한 호랑이의 울음소리였다.

퍽—!

유검의 주먹이 호랑이의 머리를 쥐어박았다.

"귀 안 먹었으니 조용히 말해라."

호랑이는 정신없는 가운데서도 반사적으로 앞발을 휘둘렀다. 몇천 근의 위력이 실린 것으로, 커다란 황소를 일격에 즉사시킬 수 있는 그의 독문절기였다.

하지만 그 일격은 허무하게도, 나약하기 그지없는 두 발 생명체의 앞발에 의해 손쉽게 잡혀 버리고 말았다.

크아— 앙!

주둥이를 쩍 벌리며 삼키려 달려들었다. 그의 독문절기 이 초식으로 지상에 현존하는 생명체 중에 이것을 당해내는 놈은 없었다.

과연 그 위력은 실로 감탄할 만했다.

그 주둥이에서 깊게 우러나오는 썩은 내에 유검은 정신이 멍해져 비틀거렸으니까.

"으… 야옹이 주제에 제법 앙칼지군."

유검은 호랑이의 앞발을 쥔 채로 패대기쳐 버렸다.

쿠웅—

이 장이 넘는 덩치에 천 근이 넘는 호랑이의 몸체가 길게 허공을 가로질러 나뭇가지 등을 부러뜨리며 땅에 처박혔다.

케엥—!

견성이 절로 터져 나왔다.

이해할 수 없는 상황에 호랑이는 분노의 포효와 함께 몸을 획 돌려 유겸을 다시 덮쳐 갔다. 야성은 달아나기보다는 도전을 선택하는 법이다.

유겸은 재빠르게 허공으로 몸을 날려, 호랑이의 등에 올라탔다.

양 발로 꽉 호랑이의 허리를 죄었다.

끼이잉—!

호랑이는 또다시 이해할 수 없는 울음소리를 냈다.

앞발로 허공을 가르고, 이빨을 드러내어도 이 조그만 생명체를 어찌할 수 없다는 것을 파악하곤 마구 땅 위를 구르기 시작했다. 어쨌든 간에 자기 몸에서 떨어뜨려 놓아야 하는 것이다.

한편 유겸은 평소 약한 생물을 건드리는 것은 아주 심심할 때나 하는 짓이라고 생각하고 있었는데, 그 개념을 버렸다.

호랑이는 발작하고, 그 흔들림은 아주 재밌었던 것이다. 비록 옷은 좀 지저분해지지만.

유겸은 크게 웃었다.

"제법 재밌군! 왜 여태껏 이걸 몰랐을까?"

크아앙—!

땅을 굴러도 소용없다는 것을 깨달은 호랑이는 맹렬히 달리기 시작했다. 일부러 거목에 부딪치기도 하고, 심지어 통째로 바위에 달려들기도 했다.

퍼억—!

몽롱함 속에서 비틀거리며 호랑이는 생각했다.

견딜 수 없을 만큼 아름다운 체험이었다고. 쇳덩어리 같은 바위가 막다른 벽처럼 삐죽 서 있고, 그는 성난 황소처럼, 아니, 호랑이처럼 달려갔다. 당연히 온전할 리 없다. 그렇게 박살나는 체험은 아무나 할 수 있는 게 아니다. 그런 행운이 바로 그에게 찾아왔던 것이다.

그 모든 것에 경의를!

호랑이는 술에 취한 것처럼 비틀거리다 땅에 털썩 쓰러졌다.

그리 길지 않는 호랑이의 십년살이, 그리 나쁘지는 않았다고 생각했다. 다만 달려나온 토끼에 앞발이 나가지만 않았어도 황당하기 그지없는 두 발 생명체를 만나지는 않았을 텐데 조금 후회될 뿐.

의식이 꺼져 가며 호랑이는 이대로 삶을 마감하는 편이 좋겠다고 느꼈다.

두 발 생명체에게 우롱당한 호랑이의 위엄은 이제 모든 존재계의 웃음거리가 될 것이다. 토끼가 맞짱 뜨자며 눈을 부라릴지 모르고, 참새가 한심한 놈이라며 새똥을 찍 갈길지 모른다. 그런 삶을 살아갈 자신이 없었다.

"이상한 녀석이군."

해룡대는 호랑이의 눈을 까뒤집어 보며 유검은 혀를 찼다.

"할 수 없지. 치료나 해주자."

유검은 이 장이나 되는 호랑이의 꼬리를 잡아끌고 걷기 시작했다. 이놈이 자신을 태워줬으니, 이 정도 수고는 해주는 게 도리일 것 같다고 생각했다.

의식을 잃은 호랑이의 두 눈에는 눈물이 맺혀 있었다. 무의식 중에나마 자신의 처지를 자각하고 흘린 신세 한탄의 눈물일지 모른다.

한참을 걷다가 유검은 멈춰 섰다. 주위를 둘러봐도 어두컴컴할 뿐 여기가 어딘지 당최 알 수가 없었다.

"할 수 없지."

호랑이의 치료는 미루고 일단 잠이나 자기로 했다. 날이 밝고 나서 생각하기로 했다.

유검은 일단 호랑이의 목 언저리 마혈을 제압해 두었다. 자고 있는데 날뛰면 시끄러울 것 같아서였다.

그리고 호랑이의 배에 턱하니 누워서 잠을 청했다. 조금 구린내는 나지만, 따뜻하고 푹신해서 침상으로서의 조건은 제법 괜찮다고 생각했다.

다음날 잠에서 깨었을 때, 아침 안개가 스멀스멀 형체없는 유령처럼 계곡 사이를 흐르고 있었다. 삐죽 솟아 나온 소나무며 잣나무 잡목 사이로 안개는 형체를 감췄다 드러냈다 하고 있었다.

유검은 길게 기지개를 켜고 나서 주위를 둘러보았다. 안개 사이로 한 가냘픈 인영의 모습이 보였다. 자세히 살펴보니 제법 상당한 미모의 소녀였다.

그녀는 거목 옆 바위 위에 서 있었는데, 나뭇가지에 밧줄을 매달아 놓고 그곳에 목을 대었다 놓았다 하고 있었다. 그녀는 십팔 세 정도로 보였으며, 오만하고 도도해 보였는데 입술을 깨물고 비장한 표정을 짓고 있었다.

"뭐 해요?"

유검이 소리쳐 물었을 때, 그녀는 당황을 감추지 못하고 주위를 두리번거렸다. 유검처럼 안개를 뚫고 볼 안력을 지니지는 못했던 것이다.

"신경 쓰지 마세요!"

소녀는 앙칼진 모습으로 그렇게 외쳤다.

유검은 길게 하품하며 고개를 끄덕였다. 신경 쓰지 말라는데 신경 쓸 이유는 없었으니까. 마침 잠이 모자라는 것 같다고 느끼고 다시 호랑이의 배에 드러누웠다. 어차피 딱히 할 일도 없으니까.

눈을 감고 잠을 청하는데, 귀찮은 목소리가 들려왔다.

"왜 대답을 안 하는 거죠?"

유검은 짧게 한숨을 내쉬며 대꾸했다.

"신경 안 쓸 테니까 안심해요!"

소녀의 아미가 찌푸려졌다.

자기가 이렇게 인적없는 산속 깊이 들어온 것은 이유가 있었다. 자신의 죽은 모습을 사람들에게 보이고 싶지 않았던 것이다. 죽음의 순간을 방해받고 싶지 않았던 것이다.

이렇게 하얗게 흐르는 순백의 안개 속에서 낭만적인 죽음을 맞고 싶었던 것이다.

그런데 어딘지 알 수 없는 곳에서 누군가 자신을 지켜보고 있다고 생각하니 꺼림칙해서 견딜 수가 없었다.

소녀는 안개 속을 향해 외쳤다.

"이봐요! 당장 여기서 떠나주세요! 설마 하니 제가 죽는 모습을 구경하고 싶은 것은 아니겠죠?"

유검은 쏟아지는 잠을 잠시 미루고 다시 외쳤다.

"난 자고 있을 테니까 신경 쓰지 마요! 당신이 무엇을 하든 상관 않으니까."

소녀는 기가 막혀 다시 소리쳤다.

"이봐요! 난 당신이 그곳에 있다는 것 자체가 마음에 안 든다고요! 그러니까 당장 떠나 버려요!"

유검은 건성으로 대꾸했다.

"알았어요. 그러죠."

"정말이죠?"

"예, 예."

"목소리가 안 멀어지잖아요!"

"……."

"아직 거기 있죠? 맞죠?"

유검은 아예 대꾸하지 않았다.

소녀는 아미를 찌푸리며 안개 속을 뚫어져라 쳐다보다 다시 외쳤다.

"아직 거기 있죠?"

"……."

"거기 있는 거 다 알아요! 눈에 다 보인다구요!"

"……."

유검은 길게 한숨을 내쉬며 몸을 일으켰다.

"알았어요. 정말로 떠나죠."

그렇게 대꾸하는데, 호랑이가 눈을 껌뻑껌뻑하고 있는 것을 보았다.

"죽어가는 게 아니었군."

유검은 발끝으로 호랑이의 목 언저리를 찼다.

마혈이 풀리자 호랑이는 거칠게 포효했다.

크아아아앙―!

몸을 움직일 수 없게 되어버린 것에 대한 분노가 겹쳐, 그 포효는 호
랑이 일생 가운데 가장 거대한 것이 되었다.

유검은 조용히 하라며 다시 호랑이의 마혈을 제압하며 고개를 끄덕
였다.

"흐음… 치료할 필요도 없어 보이는군. 역시 야생의 힘인가?"

이때 소녀는 나뭇가지에 달린 밧줄을 쥐고 목소리의 주인공이 떠나는 기척을 살피고 있었는데, 갑자기 들려오는 호랑이의 포효에 깜짝 놀라 발이 미끄러지고 말았다. 그와 함께 밧줄이 그녀의 목에 걸렸다.

"사, 살려줘!"

필사적으로 양손으로 밧줄을 쥐고 소리쳤다.

유검이 소리쳤다.

"이제 정말 가니까 하던 일 마저 해요."

소녀가 이마에 핏대를 올리며 외쳤다.

"이… 개새끼야! 어서… 사, 살려달란 말야!"

"신경 쓰지 말라면서요? 살려주면 또 뭐라고 할 거면서…….''

"여, 여기서 죽긴 싫단 말야!"

유검은 혀를 차며 찍— 지풍을 날렸다.

밧줄이 끊어지며 소녀의 몸은 바닥으로 떨어졌다. 소녀는 가까스로 목에 걸린 밧줄을 벗겨내곤 숨을 헐떡였다.

잠시 숨을 고른 다음 씩씩거리며 유검에게로 다가왔다.

"당신 때문에 내 계획이 엉망이… 까악!"

호랑이를 발견하곤 소녀는 까무러치게 놀라 엉덩방아를 찧었다.

유검이 말했다.

"역시 목매달아 죽는 것은 별로죠. 그보단 호랑이 먹이가 되는 건 어떻습니까? 그것도 나름대로 나쁘진 않아 보이는데…….''

소녀는 멍하니 아무런 대꾸도 하지 못하고 있었다.

그녀는 하얀 치마를 입고 있었는데, 얼마나 놀랐는지 오줌을 지려 그 부위가 축축해져 있었다.

소녀가 악에 받쳐 소리쳤다.

"사람으로서 어떻게 그럴 수 있죠? 죽는 걸 말리기는커녕 오히려 부추기다니! 하다못해 왜 죽으려 하느냐 정도는 물어봐야 하는 거 아니에요?"

"왜 죽으려는데요?"

"흥! 알 것 없어요!"

유검은 어깨만 으쓱거렸다. 애당초 죽으려는 사람과는 말이 안 통한다는 것을 알고 있었다.

정말 죽기로 작정한다면 그 누가 말릴 수 있단 말인가?

설득되는 경우는, 자기가 살기를 선택했을 때만 가능한 것이다.

소녀가 의심하는 눈초리로 호랑이를 살피며 물었다.

"설마… 내가 죽으면, 날 그 호랑이 먹이로 주려는 건가요? 그래서 날 지켜보고 있었던 것 아니에요?"

유검은 웃었다.

"웃기는군요. 죽고 나면 끝인데 뭘 걱정해요?"

유검은 자신이 단어를 잘못 선택했음을 곧 깨달았다. 죽고 나면 끝이라는 말이 그녀의 눈물샘을 자극시켰던 것이다.

주르르 눈물을 흘리면서 소녀는 멍한 얼굴로 하늘을 올려다보았다.

"죽고 나면… 정말 끝일까? 내세는 없는 걸까?"

유검은 그녀의 청승에 말려들지 않았다. 호랑이를 어떻게 데리고 다니나 그 고민을 하고 있었다.

마혈을 풀어주면 또 날뛸 테고, 그렇다고 꼬리를 잡아끌고 다니면, 짐만 될 테고…….

'일단 길들여 볼까?'

그렇게 생각하고 소녀에게 말했다.

"자, 그럼 정말로 갈 테니까……."

소녀가 유검의 소맷자락을 잡았다.

"잠깐만요! 죽기 전에 당신을 만난 것은 하늘의 뜻이에요. 무슨 수법을 썼는지 모르지만 멀리서 밧줄을 끊고, 또 호랑이를 길들여 다니는 것을 보면 당신은 보통 사람이 아니에요."

"아직 길들인 것은 아니에요. 그 방법을 강구하고 있죠."

"하여간 당신도 사람이라면, 억울한 지경에 처한 가련한 소녀를 그냥 내버려 두진 못하겠죠?"

자칭 가련한 소녀 운운에 유검은 머리를 긁적거렸다.

"그러니까… 당신의 사정을 듣고 도와달란 겁니까?"

소녀가 아미를 치켜뜨며 소리쳤다.

"누가 도와달래요? 사람이라면 도와주는 게 당연하다고 저는 말하는 거예요!"

유검이 입맛을 다시며 물었다.

"당연하기 그지없는 그 일을 한 사람은 하늘의 복을 받겠군요."

소녀가 눈빛을 반짝이며 말했다.

"물론이죠. 어쩌면 도움을 받은 가련한 소녀는 은공에게 자기 몸을 바칠지도 모르죠. 그 소녀의 미모는 아주 뛰어나서 탐내는 사람들이 많았답니다. 어떤 사람은 금은보화로, 어떤 사람은 무공비서로 그녀를 유혹하곤 했어요. 하지만 한 떨기 고고한 꽃은 절대 마음을 허락하지 않았죠. 하지만 아무런 대.가.도 바라지 않고 순수하게 도움을 준 대협에게는 어쩌면 마음을 허락할지 몰라요."

그리고는 살짝 허리를 비틀어 보였다.

유검은 웃으며 대꾸했다.

"당신은 스스로 꽤 미녀라고 생각하고 있군요."

"왜 잘못되었나요?"

유검은 다우와 백추상을 떠올리며 더듬더듬 말했다.

"뭐… 그리 잘못된 것은 없지만… 단지 내가 아는 두 사람에 비한다면… 아무래도… 뭐, 사람 보는 눈이 제각각 다르니 어떤 사람은 당신이 더 아름답다고 할지도 모르죠."

소녀가 화를 내며 말했다.

"뭐예요? 그래서 도와주겠다는 거예요, 아니면 비정하게도 안 도와주겠다는 거예요?"

"흠… 내가 볼 때 그 대협은 정말 가련한 소녀가 눈물로 애원한다면 아무런 대.가.도 바라지 않고 도와줄 테지요. 하지만 말도 안 되는 소리를 지껄이며 억지로 도와달라고 강요한다면 아마도… 아마도… 흠……."

유검의 말에 소녀는 피식 비웃었다.

"그래서… 당신이 그런 순수한 마음을 지녔다 이건가요?"

"나도 몰라요. 그래도 그런 식으로 대접받았으면, 훌륭히 그 역할을 해냈을지 모른다 이거죠."

소녀가 갑자기 덤벼들어 유검의 멱살을 잡아 쥐었다.

"난 그런 사탕발림 같은 소리는 믿지 않아요!"

그녀는 이글거리는 눈으로 유검을 올려다보았다.

가증스런 위선자를 바라보는 시선이었는데, 꽉 다문 입술은 부르르 떨리고 있었다. 물론 유검 너머 떠오르는 비열한 얼굴들을 향한 시선이었다. 눈에는 독기가 어려 있었다.

곧 그녀는 손에 힘을 풀고 힘없이 물러섰다. 그리고 처연한 얼굴로 쓸쓸히 말했다.

"그래요, 주는 게 있어야 받을 수도 있죠."

분노했다가 금방 무기력해지고 슬퍼하는 모습을 보니, 정상적인 상태는 아닌 것 같았다. 하긴 조금 전 자살하려던 사람이 온전한 상태라면 오히려 이상할 것이다.

그녀의 눈동자는 퀭하니 비어 있었다.

그것을 보고 유검은 슬그머니 뒷걸음질쳤다.

'상당한 미녀긴 한데… 왠지 무서워 보이는군.'

돌연 그녀의 고개가 획 유검에게로 향했다.

"어딜 가는 거죠?"

"그게… 저……."

소녀가 갑자기 유검에게 달려들었다. 그리고 풀밭 위로 밀쳐 넘어뜨리고는 하얀 손으로 유검의 바지를 벗기려 들었다.

"무슨 짓을… 윽!"

그녀의 손이 쑥 바지 속으로 들어왔다.

본래 남자들의 몸은 급소를 제압당하면 일체 힘을 쓰지 못한다. 유검 역시 일순 입을 열 수 없었다.

그녀가 말했다.

"난 남자들이 가장 바라는 게 뭔지 알아요. 그걸 주죠. 일단 받고 나서 도와줄 수 있는지 어떤지 생각해 봐요!"

유검은 화가 나서 외쳤다.

"지금 내가 그걸 원한다고 확신하는 겁니까? 이건 겁간이란 겁니다!"

"웃기지 마요!"

그녀가 바지를 확 벗겨 버렸다. 하체가 시원해졌다.

무슨 말을 하려고 했지만 그것은 신음 소리로 바뀌어 버렸다. 하체의 한 부분이 부드럽기 그지없는 뭔가에 닿았던 것이다. 아래를 내려다보니 그녀의 얼굴이 자신의 하체에 닿아 있었다.

하체를 자극해 오는 그 부드러운 느낌에 유검은 사지의 힘이 쫘악 빠짐을 느꼈다. 반항할 수 없었다. 전신이 녹아나는 것 같았다.

'설마 이런다고 내가 도와줄 거라 생각하는 건가?'

그녀의 얼굴을 보니, 마지막 희망의 밧줄을 거머쥐고, 그것이 제발 썩은 밧줄이 아니기를 기대하는 필사적인 모습이었다. 마지막 도박패를 거머쥔 도박꾼의 모습이기도 했다.

그런 그녀의 태도가 속박으로 느껴졌지만, 그래도 움직일 수 없었다. 육체는 밀려오는 쾌감에 움직이기를 거부하고 있었다.

이때 안개를 뚫고 저벅거리며 사람들이 몰려오는 소리가 났다. 곧 흐릿한 인영들이 나타나기 시작했다.

그들은 저마다 창이나 도를 들고 있었는데, 모두 다섯 명 정도 되어 보였다.

한 명이 이쪽을 바라보며 크게 소리쳤다.

"여기 있다!"

사람들이 우르르 몰려왔다. 그러다 호랑이를 보고 깜짝 놀라 멈춰 섰다.

"헉—! 저, 저건 뭐야?"

뒷걸음질치다 곧 호랑이가 꼼짝 않고 있는 것을 깨닫고 멈춰 섰다.

한 사내가 소녀를 보고 욕을 퍼부었다.

“흥, 더러운 년! 알고 보니 여기서 재미보고 있었구먼.”

“평소 혼자 고고한 척 제더니…….”

유검이 비명을 질렀다.

“으윽……! 그, 그만! 아파요! 물지 말란 말이오!”

소녀는 천천히 몸을 일으키더니 사람이라도 죽일 듯한 눈으로 사내들을 쏘아보았다.

유검은 하체를 거머쥐고 눈물까지 찔끔 흘리며 데굴데굴 구르고 있었다. 아마 보통 사람이었다면 잘렸거나 기절했을 것이다.

사내들은 더 이상 다가오지는 못했는데, 우두커니 서 있는 커다란 호랑이 때문이었다.

통증이 조금 진정되자, 유검은 슬쩍 허리를 비틀었다. 순간 그의 신형이 허공으로 떠올랐다. 허공에서 유검은 바지를 올려 입고 슬쩍 미끄러지듯이 나뭇가지 위로 신형을 옮겼다.

소녀가 원독에 찬 시선으로 사내들을 향해 외쳤다.

“흥, 날 찾아왔나 본데 늦었어. 이제 이분이 너희들을 상대…….”

유검을 향해 돌아본 소녀는 잠시 멍해졌다. 아무도 없었던 것이다.

그것을 보고 사내들이 비웃었다.

“흥, 사갈 같은 네년을 누가 도와주겠느냐!”

그리고 한 사내가 호통 치듯 말했다.

“네년 때문에 얼마나 많은 사람들이 죽었는지 아느냐? 곱게 죽을 줄 알았다면 큰 오산이다! 네년의 오장육부를 꺼내어 육젓을 담가 버릴 테니까!”

그사이 한 사내가 조그만 돌멩이를 호랑이에게 던졌다. 혹시나 싶어서였다.

호랑이가 꼼짝 않고 있자 사내는 다른 자들과 눈빛을 주고받았다.

소녀는 유검이 사라진 것에 충격을 받은 듯 꼼짝 않고 있었다.

두 명의 사내가 몸을 날렸다. 소녀는 뒤늦게 깨닫고 달아나기 시작했지만, 몇 장을 움직이기도 전에 사내들에게 제압당하고 말았다.

텁석부리사내가 커다란 주먹으로 그녀의 얼굴을 갈기며 외쳤다.

"망할 년! 네년 때문에 나의 일가 식솔이 모조리 죽고 말았다! 어떻게 갚겠느냐!"

옆의 사내가 다급히 말렸다.

"어이, 어이! 상처를 내선 안 돼!"

소녀가 억울한 듯 소리쳤다.

"어떻게 내게 이럴 수가 있죠? 평소 내게 잘 보이려고 항상 징글맞은 웃음만 보였으면서!"

텁석부리사내가 코웃음을 쳤다.

"크흥! 그때도 오만한 네년을 쓰러뜨려 갈기갈기 짓밟고 싶다는 생각을 하면서 겉으로는 웃었지. 다만 네년의 아비가 무서워 아무 짓도 못했을 뿐이다."

그러면서 그녀의 가슴을 우악스럽게 거머쥐었다. 소녀가 고통스런 얼굴로 비명을 질렀다.

그사이 다른 세 명의 사내들도 다가와 저마다 한마디씩 욕을 퍼붓거나 혹은 때리고 꼬집고 하였다.

유검은 나뭇가지 위에서 그런 모습을 보고 눈살을 찌푸렸다.

'도대체 누가 잘못한 거지?'

사내들의 행동거지를 보니 무공을 배우지 않은 보통 사람들이었다. 사냥이나 화전을 일구고 사는 산골 사람들처럼 보였다.

그들은 그녀 때문에 많은 사람들이 죽었다 하였고, 소녀는 터무니없는 소리라며 억울해했다. 누구의 말이 옳은 것일까?

사내들은 소녀를 포박해서는 끌고 갔다.

第七章
원치 않는 것들

유검은 나무에서 내려와 호랑이에게로 갔다.

그는 하나의 가능성을 생각하고 있었다. 꿈속에서 펼쳐 보았던 것과 유사했다.

유검은 호랑이의 눈을 마주 보며 의식을 동화시켰다. 호랑이의 전신이 움찔거리더니 곧 스르르 눈을 감았다.

"될지 안 될지 모르겠군."

호랑이는 내버려 두고 마을 사람들의 뒤를 쫓았다. 사람들의 일에 일체 간섭하지 않겠다고 결심했지만, 이 일에는 뭔가 관심을 끄는 것이 있었다.

심정적으로야 일단 미모의 소녀 편이었지만, 세상일이란 의외의 일이 많으니 일단은 지켜보는 게 좋겠다고 생각했다.

사람들은 산골짜기를 따라 내려가 조그만 촌락에 도착했다. 그곳에는 의외로 웅장한 저택이 세워져 있었는데, 나라의 높은 나리나 혹은 부자의 별장 정도로 보였다.

저택 근처로 사람들이 웅성거리며 모여 있었다.

소녀가 잡힌 것을 보고 사람들은 환호성을 질렀다.

"드디어 잡았군!"

"독한 년 같으니라구. 네년 때문에 당한 고초를 생각하면……!"

유검은 저택이 바라다 보이는 나뭇가지 위에서 의아해하고 있었다.

'도대체 무슨 잘못을 저질렀기에 사람들이 저렇게나…….'

그녀를 돕고 싶었지만, 만약 정말로 그녀의 잘못이 크다면 자신이 관여할 일이 아니라고 생각했다.

저택 곳곳의 바닥에 뻘건 핏자국이 남아 있었다. 물로 씻어낸 듯하지만 그래도 흙 속으로 스며든 피의 자국은 쉽게 사라지지 않고 있었다.

소녀는 포박을 당한 채 저택 안의 한 방 안에 갇혔다. 두 명의 사내가 눈을 부라리며 그녀를 감시했다.

저녁 무렵이 되자 저택 곳곳에 횃불이 밝혀졌다.

이때 말발굽 소리가 멀리서 울리기 시작했다. 사방에서 몰려오는 듯했다. 피리 소리가 호응하듯 울려 퍼졌다.

한 사내가 외쳤다.

"대왕님들이 오신다!"

저택이 있는 조그만 마을은 금세 포위당해 버렸다.

말 위의 사내들은 한결같이 흑의를 걸치고 있었으며 머리에는 삿갓을 푹 눌러쓰고 있었다. 그리고 손에는 시퍼런 칼을 들고 있었다.

한 촌로가 앞으로 나와 그들을 맞이했다.

"기다리고 있었습니다. 어서 안으로 드시지요."

"그년은?"

촌로는 두려움에 떨면서도 차분히 입을 열었다.

"어르신들의 복록이 하늘에 닿으셨는지, 다행히 일을 마칠 수 있었습니다."

그사이 말을 탄 사내들은 이리저리 왔다 갔다 하며 공포스런 분위기를 연출하고 있었다. 지면을 박차는 말발굽 소리에 사람들은 오금이 저려오는 것 같았다.

한 흑의사내가 말에서 내려 촌로의 인도를 받아 저택 안으로 들어섰다.

그는 밧줄에 묶인 채 침상 위에 앉아 있는 소녀를 보고 피식 웃으며 말했다.

"요리조리 잘 달아나더니 결국 잡혔군."

소녀는 만사를 포기했는지 멍한 눈으로 천장만 바라볼 뿐 아무런 반응도 보이지 않았다.

흑의사내가 말했다.

"자, 이제 털어놓을 때가 되지 않았나?"

그러나 소녀는 여전히 무반응이었다. 그것을 보고 흑의사내는 신경질적으로 그녀를 낚아채더니 밖으로 나왔다.

그리고 외쳤다.

"좋다! 네년이 입을 열 때까지 저 마을 사람들의 목을 하나씩 베어버리겠다."

그 말에 저택 안에 있는 마을 사람들의 안색이 대변했다.

촌로가 다가가 애원하듯 말했다.

"대왕님들, 부디 헤아려 주십시오. 저년은 평소에도 우리를 사람으로 보지 않았으며, 지금에는 철천지원수로 보고 있습니다. 우리들의 보잘것없는 머리를 아무리 떼어낸들 저년은 눈 하나 깜빡하지 않을 것입니다요."

사내는 그 말이 일리가 있다고 여겼는지 눈살을 찌푸리며 고개를 끄덕였다.

한편 유검은 마을 사람들 사이에 슬쩍 끼어 있었는데, 뭔가 일이 이상하다고 생각했다.

그리고 흑의사내들의 행동거지를 보면 단순한 산채의 도적들이 아니었다. 잘 조직된 방파의 무림인들이 틀림없었다.

갑자기 흑의사내가 소녀의 밧줄을 풀면서 동시에 옷을 쫙 찢었다. 갓 잡아 올린 잉어처럼 싱싱한 나체가 모습을 드러내었다.

말 위에 올라타 있는 다른 흑의사내들이 휘파람을 불거나 박장대소를 했다.

"입을 열 때까지 사람들 앞에서 개처럼 겁탈당하게 해주마."

그러면서 흑의사내는 사람들 가운데를 가리키며 외쳤다.

"너 나와봐!"

하필 그가 지목한 것은 유검이었다.

유검은 아무 말 없이 앞으로 나갔다.

사람들은 다들 유검이 누군지 몰라 의아해했다. 소녀를 잡아왔던 다섯 명의 사내는 유검을 알아보았지만 아는 체할 수 없었다. 제발 일이 이상하게 꼬이지 않기만을 바랄 뿐이었다.

흑의사내가 유검을 향해 건들거리듯 말했다.

“제법 건장한 녀석이군. 이년과 그걸 해봐.”

그러면서 소녀를 유검에게 던져 주었다. 동료들이 주위를 포위하고 있으니 달아날 염려는 전혀 하지 않는 듯했다.

유검은 그녀를 받아 들고 나서 윗옷을 벗어 그녀의 몸을 가려주었다.

“그러고 보니 아직 이름도 물어보지 못했구려.”

소녀의 눈에 다시 빛이 돌아왔다. 유검을 알아본 것이다. 하지만 다시 그 빛은 꺼지고 말았다. 이 많은 사람들 앞에 무슨 용빼는 재주가 있겠는가 생각한 것이다.

흑의사내가 고함을 쳤다.

“이 자식! 그걸 하랬지 누가 청승을 떨랬나?”

유검은 그를 똑바로 쳐다보며 외쳤다.

“난 이 소녀와 마을 사람들 중 누가 과연 잘못했을까 하며 쓸데없는 고민을 했었다.”

“무슨 헛소리를……!”

“이제 한 가지는 분명해졌다. 네놈들이 오염원이라는 것. 다시 말해 쓰레기란 거지.”

촌로가 대경실색해 유검을 손가락질하며 외쳤다.

“저, 저놈은 우리 마을 사람이 아닙니다요!”

다른 마을 사람들도 덩달아 그렇다고 소리쳤다.

쉬이익—

흑의사내가 다짜고짜 유검을 향해 시퍼런 칼을 휘둘렀다.

어쩌고저쩌고 말할 것도 없다. 마음에 들지 않으면 목을 베어버리면 그뿐이다. 목이 떨어지고 나서 입을 나불대는 놈은 본 적이 없다. 그것이 흑의사내의 생각이었다.

유검의 소맷자락이 그의 칼을 휘어 갔다. 동시에 어깨가 그의 가슴을 쳤다.

우지근!

가슴 무너지는 소리와 함께 그의 신형이 뒤로 퉁겨났다. 벽을 부수고 나뒹굴더니 피를 토하곤 즉사하고 말았다.

"저놈이!"

"죽여라!"

말을 타고 주위를 포위하고 있던 흑의사내들이 분노에 찬 기합 소리와 함께 유검을 향해 달려들었다.

순간 마을 사람들은 환상을 보았다고 생각했다.

아름다운 달빛 속에 흐르는 구름처럼 유검의 신형이 움직였다. 동시에 여기저기서 피분수가 밤하늘로 솟구쳤다. 말의 울음소리, 나뒹구는 목 잃은 시체들, 압도적인 장면에 마을 사람들은 입만 벌릴 뿐이었다.

소녀는 믿어지지 않는 이 광경에 전율이 일었다. 통쾌함, 복수라는 생각도 들지 않았다. 그저 압도적인 해방감만이 있었다.

유일하게 살아남은 한 사내는 방향을 바꿔 미친 듯이 달리기 시작했다.

유검은 소녀의 허리를 낚아채며 훌쩍 허공으로 신형을 날렸다.

미친 듯이 달리고 있는 흑의사내를 내려다보며 길게 휘파람을 불었다.

장소성이 길게 밤하늘을 가로질렀다.

밤하늘 위에서 소녀는 중얼거렸다.

"이거… 꿈?"

잠시 후, 산천초목을 떨게 만드는 호랑이의 포효 소리가 들려왔다.

크아앙—!

유검이 중얼거렸다.

"성공이군."

유검은 허공을 나는 모습 그대로 소녀와 함께 달리는 호랑이의 등에 올라탔다.

도망치던 사내는 유검이 호랑이에 올라탄 채 자신을 추적해 오자 혼백이 달아나듯 놀랐다. 그는 자기가 왜 살아났을까 하는 사소한 의문조차 떠올리지 못하고 그저 미친 듯이 달아나기만 했다. 연신 악몽이라고 중얼거렸다.

유검은 넋을 잃고 있는 소녀에게 사과했다.

"미안해요. 진작 그대에게 자초지종을 물었어야 했는데… 사실 제가 인정머리가 좀 없어요."

소녀는 그제야 정신을 차렸다. 그리고 유검의 품에 매달려 애원했다.

"부모님, 부모님이 저놈들에게 돌아가셨어요! 제발 복수해 주세요!"

"그래서 이렇게 뒤를 쫓고 있잖습니까."

"아……!"

호랑이의 맹렬한 돌진에 산중이 소란스러워졌다. 작은 짐승들은 놀라 수풀 사이로 달아나고 새들이 푸드득거리며 날아올랐다.

저 멀리 흑의사내가 산중의 장원으로 들어가는 것을 보고 유검은 호랑이를 멈춰 세웠다.

내려와서 보니 소녀는 추위에 벌벌 떨고 있었다.

겨우 겉 장삼 하나만을 걸친 채로 호랑이를 올라타고 차갑기 그지없는 산중의 밤바람을 쐬었으니 그럴 만했다.

유검은 그녀의 등 뒤 명문혈에 손바닥을 올려놓고 열양진기를 넣어 주었다. 소녀는 곧 몸이 따뜻해짐을 느끼고 편안해졌다.

"자초지종을 물어봐도 될까요?"

유검이 다정하게 묻자 소녀는 주르르 눈물을 흘렸다.

"진작 믿었어야 했는데… 그대는 정말 대협이시군요."

"아뇨. 제정신인 사람이 자살하려는 사람을 방치해 두었겠습니까? 그때는 나도 정신이 멍해 있어서… 지금도 제정신은 아니지만."

유검은 나뭇조각을 몇 개 모아서 삼매진화를 일으켰다. 순식간에 조그만 모닥불이 피워졌다.

소녀는 그 모습을 황홀한 듯 바라보며 중얼거렸다.

"당신은 하늘나라 사람인가요? 어떻게 그럴 수가 있죠?"

"그저 잔재주입니다. 당신도 할 수 있어요."

"…절 놀리시는군요."

사람을 믿지 못하고 오만하던 모습은 온데간데없고 그녀는 아주 온순해져 있었다. 사람은 본래 여러 가지 모습을 동시에 가지는 법이다.

그녀가 차분히 입을 열었다.

"소녀의 이름은 초지서(楚智瑞)랍니다. 본래 아버님은 무림인이셨어요. 당신은 피를 흘리는 강호 생활에 염증을 느끼다 어머님을 만나 사랑에 빠지셨고… 은거하셨더랬지요. 근데 갑자기 옛날의 원수가 찾아와서는……."

그녀는 모닥불을 응시하며 계속 말을 이어나갔다.

"단지 원수를 갚기 위해서가 아니었어요. 아버님은 전대 기인이 남기신 무공비서를 가지고 계셨는데, 그것을 탐낸 것이랍니다. 아버님은 제게만 그것이 숨겨진 위치를 말씀해 주셨어요. 그들이 찾아오던 날 아버님은 저를 피신시켰더랬지요. 무공비서가 그들의 손에 넘어가면 절대 안 된다고 단단히 당부하셨지요. 저는 그때 울지도 못했어요. 지하실에서 숨어 있는데, 그들이 외치는 소리가 들려왔지요. 자기들이 부모님을 죽였으니, 원수를 갚고 싶으면 당장 나오라고 하더군요. 저는……."

그녀는 잠시 침묵하다 다시 입을 열었다.

"저는 겁이 나서 나가지 못했어요. 겁이 나서… 그리고 그들이 다시 협박했지요. 내가 나오지 않으면 마을 사람들을 죽인다고… 그리고 정말로 많은 사람들을 죽여 버렸어요. 모두 내 탓이라고 말하면서요. 내 탓은 맞아요. 내가 나갔더라면… 나 하나만 희생했더라면 그 많은 사람들이 죽지 않았어도 되었을 테니까요. 하지만… 하지만 난 겁이 나서… 겁이 나서 나가지 못했어요."

유검은 그녀에게서 연민을 느꼈다. 누구라도 겁이 나는 것은 당연하다. 자기가 희생되지 못했다고 해서 죄책감을 느끼는 그녀의 모습은 안쓰럽기 그지없었다. 악에 받친 모습은 그 반작용이었을 것이다.

"며칠 후, 저는 그들이 떠난 것 같아 야밤에 몰래 도망쳐 나왔지요. 하지만 생각해 보니 혼자 살아갈 길도 막막하고… 그래서 죽어버리려 한 거예요."

그녀는 울면서 웃었다.

"우습죠? 그렇게 죽어버릴 바에야 진작 나갔더라면 마을 사람들도 희생되지 않고……."

유검은 아무 말도 할 수 없었다. 그저 그녀의 머리를 가슴으로 끌어안고 있었다.

유검은 생각했다.

세상에는 수많은 고통과 불행이 있다. 나는 힘을 가지고 있다. 내가 뭔가 할 일이 있을까?

곧 고개를 저었다.

나쁜 놈들을 죽인다고 해서 과연 정의가 실현될까? 수천 년 동안 정사가 나뉘어 싸워왔지만, 과연 결말이 난 적이 있었던가?

유검은 자기가 무력하다는 것을 알고 있었다. 설령 일시적으로는 한쪽 힘의 우세를 만들 수 있겠지만, 사람들의 마음을 바꿔놓지는 못한다.

위대한 왕도, 혁명가도, 심지어 부처님조차 이 세상을 바꿔놓지 못했다. 그런데 알량한 무공을 조금 지녔다고, 자기가 무슨 일을 할 수 있겠는가?

유검은 짧게 한숨을 내쉬었다.

그리고 다시 의문이 치솟았다.

'무상검… 무상검… 과연 무엇을 베는 것인가?

어찌 보면 세상의 모든 불행은 마음에서 비롯된다. 좋은 마음, 나쁜 마음, 아주 각양각색의 마음들이 있다.

그렇다면 나쁜 마음을 베어버려야 할까?

그렇다면 과연 무엇이 나쁜 마음인가?

지금 당장 초지서라는 소녀를 안고 있는 자신의 마음만 살펴보더라도 복잡 미묘하기 그지없었다.

그녀의 사정을 듣고 안타까워하는 마음, 보살펴 주고 싶은 마음, 도와주고 싶은 마음 등은 거부감이 없다. 스스로 좋은 마음이라 여기고 있기 때문이다.

한편으로 그녀의 일에 속박되는 것은 아닌가 하는 마음, 앞으로도 계속 책임져 주어야 하나 싶은 마음 등은 갈등을 일으킨다. 자유롭고 싶은 자신의 성품과 어긋나기에 좋은 마음인지 나쁜 마음인지 스스로 분간할 수 없어서이다.

또 한편으로는 거의 벌거벗다시피 한 그녀의 육체에 대한 욕망도 있다. 풍겨오는 살내음에 남자로서의 욕망이 인다. 그것 역시 하나의 마음이다. 그리고 그것은 스스로 제어를 해서 숨긴다. 왜냐면 안타까운 사정을 듣고서 그런 욕망이 인다는 것은 나쁜 마음이라고 여기고 있기 때문에.

그러나 과연 그러한 구분은 도대체 누가 정하는 것인가? 선악의 구별이란 시대에 따라서, 사람들의 가치관에 따라서 얼마든지 변하는 법 아닌가. 단순한 금전적인 이득에 의해서도 손쉽게 바뀌는 것이 선악의 구별일진대, 스스로 그렇게 좋고 나쁜 마음이라 여기고 있을 뿐 아니겠는가.

유검은 다시 자기에게 물었다.

'무엇을 베어야 하는가?'

지금의 상황을 본다면, 그녀에게 느끼는 남자로서의 본능적인 욕망을 베어야 하는가?

그것은 우스운 이야기다. 그런 욕망이 연료가 되지 않았다면, 그녀를 보살피고 도와주고 싶은 마음조차도 일지 않았을 테니까.

그녀를 향해 하나의 마음이 일어났는데, 그것이 남자로서의 욕망이 될 수도 있고, 가련함이 될 수도 있고, 동정이 될 수도 있고, 순수한 사랑이 될 수도 있다. 그것은 한 사람이 여러 개의 가면을 뒤집어쓰고 있는 것이나 마찬가지다. 한 가면만을 없앨 수는 없다. 하나를 베면, 모두 함께 죽는다. 없앴다고 생각된 것은 그저 마음 깊은 곳으로 숨거나, 혹은 다른 것으로 변형되었을 뿐이다.

문득 유검은 한 가지 의문이 일었다.

'마음이 일어나?'

그 의문은 뭔가 정신을 번쩍 깨어나게 만들었다.

이런 저런 마음들이 일어나지만, 그것들은 과연 실체가 있는 것인가? 영구한 것인가? 어떤 사람을 미워하지만, 과연 그것이 한평생 변하지 않는 것인가? 어떤 사람을 사랑하지만, 과연 그것이 한평생 영원한가? 설령 영원하다 치더라도 그 사랑의 모습은 변하지 않는가?

그 모든 마음들은 그저 물거품과 같다. 왜냐면 항상 영구한 것이 아니기 때문이다.

'어라? 어라라?'

뭔가 이상했다. 말로 표현하기 힘든 이상한 느낌이었다.

'뭐지? 마음을 베다니? 실체가 없는데 어떻게 벤단 말인가?'

유검은 자기 가슴에 얼굴을 묻고 있는 초지서란 소녀를 빤히 내려다보았다.

'있다.'

눈을 감았다.

'없다.'

유검은 멍해졌다.

뭔가를 알아차린 것 같았는데, 그것이 무엇인지 파악할 수가 없었다. 너무 단순해서 놓치고 있었던 것을 발견한 기분이었다. 마치 항시 공기 속에 살고 있기에, 공기를 자각 못하고 있었다는 것을 알아챈 것 같은 느낌이었다.

유검은 천천히 몸을 눕혔다. 초지서는 유검의 행동에 의아해했다.

유검은 한 가지 생각에 골몰해 있느라 그녀를 전혀 신경 쓰지 않았다.

유검은 눈을 감고 깊은 잠 속으로 들어가 보았다.

눈을 감고, 청각을 끊고, 촉각을 끊었다. 일어나는 생각들도 잠재우고 더 깊이 깊이 들어갔다.

눈앞에 빛이 나타나자, 유검은 스스로에게 물었다.

'저런 빛이란 꿈과 다를 바 없다. 내가 만들어낸 것이다. 누가 저것을 보고 있는가?'

서서히 모든 것이 사라지기 시작했다.

보통 사람이라면 스스로의 상념을 쉽게 끊지 못하지만, 유검에게 그것은 그리 어렵지 않았다.

내면 깊이 들어가자 모든 것이 사라졌다. 그 어떤 것도 존재하지 않았다. 스스로는 존재하고 있지만, 외부 대상이 사라질 때 그러한 존재감마저도 함께 사라졌다.

유검이 다시 눈을 뜬 것은 한참 후였다.

밤하늘에 반짝이고 있는 별들을 바라보며 한참 동안 그렇게 있었다.

'내가 있을 때에만 그 모든 것이 존재한다. 내가 사라지면 그 어떤 것도 존재하지 않는다. 이것은 너무도 당연한 말이지만…….'

하지만 말로 표현하기 힘든 뭔가가 있었다.

유검은 너무도 생생한 꿈을 꾼 적이 있었다. 그것은 꿈이라기보다는 또 하나의 현실이었다.

하지만 깨고 나면 그것은 역시 꿈에 불과했다. 왜냐면 영속성이 없었으니까.

유검은 생각했다.

'그것은 현실도 마찬가지 아닌가? 어차피 죽고 나면……'

죽음까지 갈 것도 없다. 단순히 눈만 감아도 세상은 사라져 버리고 마니까.

유검은 한 가지 의문이 일었다.

'혹시 현실이란 건 반복되어 나타나지는 꿈과 같은 것 아닐까? 너무도 생생해서 꼭 실재 같지만 사실은… 단지 나의 꿈?'

유검은 곧 피식 웃으며 몸을 일으켰다. 자신이 점점 더 이상해지고 있다고 생각했다. 이러다가 모든 게 환상일 뿐이야! 라며 마구 사람을 죽이거나 여자를 강간하고 다니게 될지도 모른다는 걱정이 들 정도였다.

사실 그 생생한 꿈속에서, 만약 꿈이란 것을 알았다면 해보고 싶은 것을 거리끼지 않고 마구 해보았을 것이다. 좋고 나쁘고 어쩌고를 전혀 상관하지 않았을 것이고, 쓸데없이 무상검의 경지나 뒤쫓고 있지는 않았을 것이다.

"어디… 불편하세요?"

초지서가 걱정스런 눈으로 물어보았다.

유검은 그녀의 눈을 깊이 바라보며 생각했다.

'만약 정말로 이것이 꿈이라면… 무슨 짓을 해도 괜찮다면 난… 어떻게 행동할까?'

문득 재미난 생각이 떠올랐다. 꿈속에서 가능했던 방법이고, 호랑이를 통해 실험해 본 것이기도 했다.

유검은 자기 자신에 대한 인식을 서서히 풀어놓았다. 어떤 빈 공간 속으로 들어가는 것과 비슷했는데, 정확히 말하자면 그녀의 머리 속에 하나의 환상을 주입시키는 것과 비슷했다. 최면과도 같은 것이었다.

그러자 흥미로운 일이 일어났다.

초지서는 당황하며 주위를 돌아보고 있었다.

"어, 어디로 가셨어요?"

그녀는 유검이 뻔히 자기 곁에 있는데도, 모습을 보지 못하고 있었다.

유검은 그녀의 머리를 쓰다듬어 주었다. 하지만 그녀는 그것조차도 전혀 인식하지 못했다.

유검은 껄껄거리며 웃었다.

"꽤 재밌군. 말로만 듣던 기환이술(奇幻異術)이란 게 이런 눈 속임수였다니 말이야."

진(陣)을 펼쳐 사람 눈을 속이는 것과 비슷했다.

이것은 다르게 말해 고차원의 혈도술과 같았다. 즉, 사람은 오감을 통해 대상을 인식하는데, 그 복잡 미묘한 의식의 통로 중 자신과 관련된 것을 잠시 차단시킨 것이다. 단순히 자신이 안 보인다고 강하게 상념하면, 상대는 그 영향력에 정말로 보지 못하게 되는 것이다.

그녀가 몸을 일으켜 주위를 돌아다니며 자기를 찾아 나서자, 유검은 갑자기 모습을 드러내었다.

그녀는 깜짝 놀랐다.

유검이 껄껄 웃으며 호랑이에게 말했다.

"사냥 좀 해와라."

호랑이는 어흥 하는 울음과 함께 어슬렁 숲 속으로 들어갔다. 말 잘 듣는 강아지보다 더 충성스런 모습이었다.

유검은 조그만 돌멩이를 주워 들고 놀라 있는 그녀에게 웃으며 말했다.

"재밌는 것을 보여줄까요?"

초지서는 고개를 끄덕이다 곧 두 눈을 동그랗게 뜨고 말았다.

유검의 손에 올려진 돌멩이가 갑자기 황금으로 변해 있는 것이다.

"어, 어떻게……!"

"다시 보세요."

황금은 다시 돌멩이로 변해 있었다.

유검이 말했다.

"이런 건 그냥 눈 속임수일 뿐입니다."

뭔가 질질 끌리는 소리와 함께 호랑이가 돌아왔다. 그의 입에는 사슴 한 마리가 물려 있었다.

"배부터 채우죠."

사슴의 뒷다리 하나만을 모닥불에 올려놓고, 나머지는 호랑이에게 먹이로 주었다.

잠시 후 뒷다리는 적당하게 익었고, 그것을 나눠 먹었다.

유검은 그것을 먹으며 생각했다.

'나는 점점 꿈속에서 얻었던 능력들을 되찾아가고 있다. 이기어검술이나 검강도 어렵지 않을 것 같다. 이러다가… 정말 괴물이 되어버리는 것은 아닐까?

사실 이기어검술 따위도 필요가 없다. 자신을 인식 못하게 만들어버리면 그뿐이다. 그냥 다가가 목을 따버려도 그는 죽은 그 순간까지 왜 죽는지 이해할 수 없을 것이다.

그것뿐이 아니었다. 길을 가다 마음에 드는 여인이 있으면, 데리고 놀다가 기억을 지워 버릴 수도 있다. 주루에 가서 마음껏 놀고 마신 후,

돌멩이를 건네주면 그는 황금으로 착각하고 입이 쩍 벌어질 것이다. 심지어 황궁의 주방에 들어가 이것저것 맛을 보더라도 아무도 눈치채지 못할 것이다.

유검은 탄식했다. 자신이 그렇게 해버릴까 봐 걱정되는 것이다.

하지만 한편으로는 그렇게 욕망을 채워봤자 일시적으로 즐거울 뿐, 결국 공허하기 그지없다는 것을 알고 이해하고 있었다. 그런 눈 속임수로는 사랑을 살 수 없다는 것도.

이때 초지서가 간곡한 어투로 말을 꺼내었다.

"은공에게 무례한 부탁이지만 부디 들어주세요."

"무엇입니까?"

"복수를… 제 손으로 할 수 있게 해주세요!"

그녀는 눈빛을 반짝이며 말을 이어나갔다.

"아버님께서 남기신 무공비서가 있어요. 전… 그것을 익혀서 그놈들에게 직접 복수하고 싶어요! 그 생각을 진작 했더라면 전 죽을 마음도 품지 않았을 거예요. 하지만 그때는 자신이 없었어요. 아무리 익힌다 해도 그 많은 놈들을 어떻게 당해낼 것인가 미리 포기했더랬지요. 근데… 근데 은공의 무공을 보니 자신감이 생겼어요!"

유검은 흠칫했다.

그녀는 자기가 대신 복수해 주기를 바라지 않는 것이다. 얼마의 세월이 걸리든 자기 힘으로 직접 복수하겠다는 것이다.

초지서가 머뭇거리며 다시 말했다.

"혹시 무공비서의 내용이 궁금하시다면……."

유검이 웃으며 슬쩍 손을 들어 보였다.

"이걸 보세요."

한 팔을 뻗자 폭음이 나면서 주위로 광풍이 일었다. 나뭇가지가 흔들리고 바닥의 나뭇잎과 돌멩이들이 마구 허공으로 치솟았다.

"어떻습니까? 제가 궁금해할 것 같나요?"

한참을 멍하니 있던 초지서는 길게 탄식하며 고개를 저었다.

"그걸 보니 제가 바보같이 느껴지는군요. 아버님이 목숨을 바쳐 지키려 했던 무공비서라는 게… 결국……."

그녀는 입술을 질끈 깨물고는 몸을 일으켰다. 그리고 크게 대례를 올렸다.

"죄송합니다. 더 이상… 함께 있기가 괴로워요. 떠남을 용서해 주세요."

정중한 말투. 처음 보았을 때 아옹다옹거렸지만 그녀는 자기를 인간으로 보고 있었다. 하지만 지금은 자신과 전혀 다른 인종, 아니, 괴물을 보고 있는 것 같았다.

유검은 쓰게 웃으며 품속에서 백 냥짜리 은자 전표를 꺼내었다.

"이걸 가지고 가세요. 마을 사람들과 함께 있을 수 없을 테니, 이게 필요할 겁니다."

초지서는 흠칫했지만 순순히 전표를 받아 들었다.

유검은 호랑이를 손짓으로 불렀다.

호랑이가 어슬렁거리며 다가오자 진지하게 말했다.

"야옹아, 앞으로 이 소저 분이 너의 주인이다. 명심하고 충성을 다하도록 하거라."

어훙—!

초지서가 눈물을 흘렸다.

"고맙습니다. 근데도 저는… 보답할 것이……."

그녀가 유검을 바라보는 시선에는 어떤 열망이 담겨 있었다. 그녀는 유검에게 두려움과 경외를 함께 느끼고 있었다. 그것은 함께 있는 것만으로도 큰 긴장을 낳았고, 그것을 해소하려는 욕구가 유검과의 육체적 결합을 열망하게 된 것이다.

동성 간의 우정과는 달리 남녀 관계에 있어서의 갈등과 긴장은 항시 그렇게 성적인 욕망으로의 탈출을 먼저 시도하는 것이 자연스런 현상이기도 했다.

한편으로는 받은 은혜에 대한 부담을 털어버리고 싶은 마음이기도 했다.

그런 그녀의 마음이 투명하게 쏟아져 들어왔다.

유검은 멍하니 그녀를 바라보다 묵묵히 고개를 끄덕였다. 그리고 부드러운 그녀의 나신을 품에 안았다.

서로 육체의 언어를 주고받았지만, 전혀 교감은 이루어지지 않았다. 뭔가 핵심이 빠져 있었다.

유검은 생각했다.

'그녀가 진정 바라는 것은 다른 것이다. 나 역시 그다지 바라는 바는 아니다. 육체적 쾌락을 원한다면 그저 홍루에 가면 그만이니까. 근데도… 왜 이런 방식을 선택해야 하는 것일까?

그녀가 떠난 후 유검은 누운 채로 한참 동안 밤하늘을 올려다보았다.

모든 게 허망하기 그지없었다.

아는 이들을 놓아두고 떠난 후 또 다른 인연이 시작된다. 그리고 그것은 미풍처럼 그저 스쳐 지날 뿐이다.

이런 저런 능력들을 얻었지만 그것은 그저 밥 먹고 움직이는 것과 그리 다를 바 없는 것들이다. 자기가 진정 원하는 것은 아닌 것이다.

유검은 갑자기 모든 게 피곤해졌다.

정말 쉬고 싶었다.

이런 저런 의지를 모두 놓아버렸다. 그러자 몸이 아주 무거워졌다.

자신이 아주 약해진 것 같았다.

뭐 어떠랴 싶었다.

마음이 어쩐지 한없이 편해졌다.

유검은 참으로 오랜만에 아주 깊이 잠이 들 수 있었다.

第八章
문 없는 문이 열리다

문 없는 문이 열리다

다음날 아침 유검은 몸이 천근만근 가라앉음을 느끼며 깨어났다. 몸이 이렇게 무겁게 느껴진 것은 오랜만이라 할 수 있었다.

그는 자기가 아직 발가벗고 있는 것을 깨닫고 옷을 걸쳐 입었다.

그리고 산비탈 아래 장원을 내려다보았다.

아마도 흑도 좌파 중 하나이리라.

유검은 더 이상 그들의 일을 알고 싶지 않았다. 아니, 알고자 하는 의욕이 전혀 일지 않았다.

무작정 발길을 옮겼다. 발길 닿는 대로 그냥 걸었다. 목적지가 있는 것도 아니었고, 어떤 의도도 없었다.

그냥 아무것도 하지 않고 무작정 걷기만 했다. 피곤하며 아무 곳에나 주저앉아 쉬었고, 배고프면 얻어먹거나 혹은 훔쳐 먹었다.

밤이 오면 대충 자리를 잡고 잠을 청했고, 비가 오면 나무 밑에서 하염없이 떨어지는 물방울을 바라보기만 했다.

세월이 흐르는 것도 잊었다. 점점 날이 추워지니 그저 남쪽으로 발길을 옮길 뿐이었다. 숲이 있거나 늪이 있거나 가리지 않았고, 관도라 해서 또 특별히 꺼려하지 않았다.

세월이 흐를수록 수염은 자라 얼굴을 덮었고, 옷은 거의 넝마가 되어갔다. 그렇게 상거지 꼴이 되어갔지만 유검은 전혀 신경 쓰지 않았다. 아무런 생각도 떠오르지 않았다. 생각이 어디서 나와 어디로 흘러가는지 알 수가 없었다. 머리가 사라진 것 같았다.

그렇게 걷다 보니 항주로 이어지는 조그만 관도에 도착했다.

주위를 둘러보니 농부들이 황금빛으로 잘 익은 곡식들을 추수하고 있었다. 평화로운 광경이었다.

유검은 노곤함을 느끼고 조그만 바위에 걸터앉았다.

세상은 아름답기 그지없었다.

살랑이는 미풍 속에 멍하니 아무 생각 없이 앉아 있는데, 이상한 일이 일어났다.

돌연 어떤 문이 열린 것 같았다. 머리 쪽이었는지 아니면 동시 다발적이었는지 알 수는 없었지만, 유검은 갑자기 쇄도해 들어오는 막강한 기운에 압도되었다.

손가락 하나 꼼짝할 수 없었다.

유검은 아무 생각 없이 그저 그것을 주시하고만 있었다.

비가 오는 것을 막연히 바라보고 있는 것처럼, 그것에 어떤 의미도 부여하지 않고 단지 구경하고 있었다.

만약 평소의 그였다면 이 현상을 아주 기이하게 여겼을 것이다. 그 이전에 아주 경이에 차서 놀라움을 금치 못했을 것이다.

기운이라 말했지만 그것은 그가 알고 있던 어떤 것과도 달랐다.

그것은 하나의 진동이었다. 육체가 진동하고 우주 전체가 진동하고 있었다. 복잡하기 그지없는 수많은 진동들이 함께하는데도, 그것은 전혀 위화감이 없었다. 오히려 단일한 느낌이 들 정도로 조화되어 있었다. 그러나 단조롭지는 않았다. 마치 우주 전체가 지진이라도 난 것 같았으니까.

그리고 그것은 하나의 소리였다. 소리도 진동이긴 마찬가지니 다를 바 없었다. 그것은 너무 커서 들리지 않는 소리였다. 들리지는 않았지만 그럼에도 존재 전체로 그것을 느낄 수는 있었다.

또한 그것은 빛이었다. 그것을 심상으로 표현하자면 보이지 않는 수많은 빛들이 끊임없이 제각각 폭발하고 있는 것 같았다. 그럼에도 그것은 보이지 않았다.

그 진동 속에서 유검은 자기가 어디 있는지 도무지 알 수 없었다.

이것은 마치 자기와 세상이라는 수채화 위에 다른 색을 칠해 버린 것이나 다름없었다.

그러한 현상은 두 시진에 걸쳐 지속되었다. 저항하기에는 너무도 압도적인 흐름이었다. 아니, 저항할 의지가 없었다는 것이 더 정확할 것이다.

그리고 이상한 현상은 하나 더 있었다.

머리 속에서 뭔가 쩌억 갈라지며 기묘한 물질이 흐르는 것 같았다.

그것은 어떤 희열과 비슷한 느낌이었는데, 무의식 속에 감춰져 있던 생각 덩어리들이 녹아내리는 것 같았다.

깨어나고서야 유검은 자기가 삼매 속에 있었다는 것을 알았다.

'이건 뭘까?'

그런 의문이 일었지만 곧 사라졌다. 생각하려는 의지 자체가 사라져 버린 것 같았다.

몸을 일으키려는 순간 유검은 신음 소리를 토해내었다.

온몸이 마치 몸살난 것 같았다. 무공을 익힌 후 감기조차 걸려본 적이 없었고, 아무렇게나 굴러다녀도 잔병 하나 걸려본 적이 없었는데 몸살이라니?

그것도 보통 몸살이 아니었다. 딱히 근육이 쑤시고 아픈 것은 아니었지만 그야말로 존재 전체가 몸살난 듯했다. 그럼에도 딱히 어디에 문제가 있는지 알 수가 없었다.

그리고 감각은 칼로 에이는 듯 예민해져 있었다.

육체는 조금 전의 일로 인한 여파 때문인지 아직도 미세하게 진동하고 있었다.

"꽤 피곤하군. 쉬고 싶다."

유검은 몇 발자국 채 걷지 못하고 그 자리에 쓰러져 누웠다.

얼마나 시간이 지났을까.

해는 중천에 떠올라 온 누리를 비추고 있었다.

드문드문 사람들이 지나갔지만 대부분 유검을 눈여겨보지는 않았다. 가끔 세상을 떠돌아다니다 굶어 죽는 사람들도 적지 않았으니 그저 병들어 죽은 개를 보는 것이나 마찬가지였다.

아주 가끔 유검에게로 와서 뒤적거려 보는 이도 있었지만, 단지 잠을 자고 있는 것뿐이라는 것을 알고는 제 갈 길로 갔다.

독수리 한 마리가 억센 날개를 펼쳐 거센 바람을 헤치며 드넓은 창공을 날아다니고 있었다. 그놈은 때로는 미끄러지듯 부드럽게, 때로는 역풍에 맞서 도전적으로 날개를 퍼덕이며 그렇게 공간이 제공하는 움직임의 자유를 누리고 있었다.

그의 먼 곳까지 바라볼 수 있는 강력한 안력에 먹잇감이 비쳐졌다. 일체 반항의 여지가 없는 안전한 먹잇감이라는 것을 알았다.

여지없이 신체의 중심을 떨어뜨려 곤두박질치듯 떨어져 내렸다. 이 때야말로 가장 기분 좋을 때였다. 사냥에 성공할 때의 성찬에 대한 기대를 부풀게 했고, 그로 인한 강렬한 집중과 긴장감은 더없는 활기를 가져다주었으니까.

억센 발톱이 먹잇감을 낚아채려는 순간이었다.

쉬이익―

날카로운 보광이 번득였다. 넘실대는 살기를 눈치챈 독수리는 다시 허공으로 날아올랐다. 사냥에 실패했지만 낙담하지는 않았다. 언제나 도전의 기회는 남아 있으니까.

회의 장삼에 삿갓을 눌러쓴 한 인영이 보검을 회수하고 독수리에게 눈알을 파먹힐 뻔한 유검을 내려보았다.

독수리가 사람을 공격하는 경우는 그리 많지 않다. 시체라고 판단한 경우를 제외하고는.

유검을 살펴보는 그 인영의 몸매는 호리호리하기 그지없어 여인이 분명했다. 하지만 풍기는 기도가 너무도 고요하여 오히려 선승처럼 느껴졌다.

그녀는 한참 동안 쓰러져 누워 있는 유검을 바라보다 혼잣말로 중얼거렸다.

"내가 왜 멈췄을까? 이 거지에게 무슨 특별한 점이 있다는 건가? 알 수 없는 노릇이군."

그녀는 발끝으로 툭툭 유검을 건드려 보았다. 꼼짝도 하지 않았다.

피잇―

날가로운 휘파람 소리와 함께 갑자기 보검을 뽑아 유검의 머리를 향해 찔러갔다. 겨우 한 치를 남겨두고 검끝은 급격히 방향을 틀었으며 바닥에 내리꽂혔다.

'역시 무림인은 아니군.'

그녀는 검을 뽑아 들며 그렇게 생각했다.

무림인은 절대 경계를 늦추지 않는다. 설사 잠에 빠져 있더라도 위험한 기미가 느껴지면 바로 깨어난다. 그것이 그녀가 생각하는 무림인의 최소 기준이었다.

독수리가 노렸을 정도라면 이미 답은 뻔했지만 그래도 다시 시도해 본 것이다.

그녀는 다시 한참 동안 유검을 내려다보았다.

무림인도 아닌 한낱 비렁뱅이에게 자기가 왜 흥미를 느끼는지 이해할 수 없어 묵묵히 숙고했다.

해는 서산마루로 넘어가고 있었는데, 관도를 따라 한 대의 사두마차가 달려오고 있었다.

회의 장삼의 그녀가 갑자기 마차 앞을 가로막아 섰다.

"워워―!"

마부는 깜짝 놀라 고삐를 쥐어 당겼다. 네 마리의 말들이 앞발을 치켜들며 흥분했다.

그녀는 앞발을 치켜들고 당장이라도 덮칠 듯한 말들 앞에서도 전혀 당황하지 않았다. 오히려 두 팔을 뻗어 손바닥으로 말들의 목 언저리를 건드리자 거짓말처럼 말들이 진정되었다.

"이 망할 놈 같으니라구!"

마부가 입에 담기 힘든 육두문자를 퍼부었다.

그러나 삿갓이 약간 올려지며 그녀가 아득한 시선으로 바라보자 왠지 두려움이 몰려와 말문을 닫고 말았다.

마차의 문이 열리며 두 명의 호위무사가 나왔는데, 삿갓여인을 향해 당장 호통을 쳤다.

“웬 놈이냐?”

“마차 안에 계신 분이 누군지 알고 감히 이런 짓을 하느냐?”

삿갓여인은 아무런 대꾸 없이 그들 사이로 신형을 날렸다.

당황한 그들이 미처 도검을 휘두르기도 전에 검집째로 휘두른 그녀의 공격이 목과 복부를 강타했다.

두 호위무사는 한 초식도 펼쳐 보지도 못하고 그렇게 그 자리에 쓰러져 버리고 말았다.

그런 그들 역시 삿갓여인의 안목에서 볼 때 무림인은 아니었다.

마차 안에는 청수한 용모의 중년인이 타고 있었는데, 갑작스런 상황임에도 전혀 동요하지 않고 침착한 모습이었다.

그의 이름은 북궁혁, 사천성주의 사돈어른이자 항주에서 급격히 부상하고 있는 신흥부호가 바로 그였다.

“원하는 게 뭔가?”

그는 태연한 물음에 삿갓여인은 짧게 한숨을 쉬었다.

“아쉽군요. 그대가 무공을 익혔더라면 제법 이름을 날리는 무사가 되었을 텐데…….”

“난 바쁜 사람이네. 용건이 있다면 어서 말하게. 시간을 낭비하지 말고.”

그는 노련한 상인답게 삿갓여인이 원하는 게 자신의 목이 아니라는 것을 대번에 눈치채고 그렇게 말했다.

협상에서 절대 약한 모습을 보이면 안 된다. 그것은 그의 철칙이기도 했다.

삿갓여인은 뒤돌아가 유검을 들쳐 쥐고 마차 안으로 던져 넣었다.

"음? 뭔가?"

북궁혁이 검미를 찌푸리며 묻자 삿갓여인이 말했다.

"한 달 후 그대를 찾아가죠. 그사이 그자에게 어떤 쓸모가 있는지 알아보세요."

북궁혁이 코웃음을 쳤다.

"한 달을 기다릴 필요도 없어. 난 사람 보는 게 한평생 천직이네. 이놈은 쓰레기야. 어디에도 써먹을 데가 전혀 없어."

그는 유검의 얼굴을 들쳐 보며 말을 이었다.

"얼굴에 어떤 긴장도 없어. 말하자면 아무런 인생의 목표가 없다는 거지. 그저 무위도식이 이놈의 천직일세."

삿갓여인은 아미를 찌푸리며 그 말에 동의했다.

"그럴지도……."

북궁혁이 눈빛을 빛내며 말했다.

"내기를 하면 어떤가?"

"어떤?"

"한 달 동안 이놈에게 어떤 쓸모가 있는지 이리저리 시험해 보지. 그리고 만약 쓸모있는 점이 발견되면… 내 사람이 되어주게나."

삿갓여인은 어이가 없었다.

좀 전에 쓸모없는 놈이라고 말했으면서, 오히려 역으로 내기를 걸다니?

“누구라도 물 긷고 장작은 패죠. 그 정도면 먹고살 수 있을 테니 쓸 모없다곤 말 못하지요.”

그녀의 퉁명스런 말에 북궁혁이 대소를 터뜨렸다.

“과연 이놈이 그런 일을 할 수 있을까?”

삿갓여인은 잠시 침묵하더니 곧 함께 웃었다.

“하하하… 재밌는 사람이군요.”

말투와는 달리 낭랑한 웃음소리였다.

“좋아요. 만약 제가 인정할 만한 점이 발견된다면, 승복하죠. 근데 만약 저 녀석에게 쓸모있는 점이 발견되지 않을 때면 어떡하실 거죠?”

“그때는 그대의 뜻을 밝히게.”

그 말은 참으로 광오하기 그지없는 것이었다. 무엇이든 들어주겠다 는 뜻이 아닌가?

삿갓여인이 고개를 끄덕이며 동의를 표했다.

“그럼 한 달 후에 뵙죠.”

그녀가 떠나자 북궁혁이 마부에게 명을 내렸다.

“자, 가세.”

마부가 쓰러져 있는 두 명의 호위무사를 가리키며 더듬 물었다.

“저, 저기… 저 무사님들은…….”

“내버려 둬. 밥값도 못하는 놈들은 관심없네.”

마차는 다시 길을 떠났다.

마차 안, 어디선가 무뚝뚝한 음성이 울려 퍼졌다.

“주군, 어째서 명을 내리지 않으셨습니까? 그런 무례를 참으시다 니……!”

“재밌잖은가? 그보다…….”

북궁혁은 바닥의 유검을 가리키며 싱긋 웃으며 말했다.

"이 녀석에게 어떤 쓸모가 있어 보이는가?"

"……."

"아마 그 삿갓여인은 요 근래 강호에서 이름이 나고 있는 일진홍(一眞紅)이라는 여걸이 분명해. 어쩌면 여자로서 처음으로 천하제일검의 칭호를 받게 될지 모른다는 평을 받고 있지. 조금 과장이긴 하지만… 어쨌든 보통 여인은 아니야. 그런 사람이 왜 이런 놈에게 관심을 가졌는지 나도 궁금하다네."

무뚝뚝한 음성이 대꾸했다.

"저도… 궁금하군요."

마차가 항주에 도착했을 때에는 날이 이미 어두워져 있었다. 마차는 항주에 머무르지 않고 봉황산으로 향했다. 산중턱에 이르자 새로 건축된 으리으리한 장원이 그 모습을 드러내었다.

서원장(誓願莊)이라는 세 글자가 용비봉무(龍飛鳳舞)의 필체로 그려져 있었다.

거대한 대문이 열리고, 마차가 청석판로를 따라 안으로 들어가자 일하고 있던 이들이 일제히 읍하며 예를 표했다.

마차는 한 전각 앞에서 멈추고, 미리 전갈을 받은 총관이 달려나왔다.

"예정보다 늦으셨습니다. 이미 서 대인께서 기다리고 계시는……."

마차에서 내리는 북궁혁을 향해 서둘러 보고하다 곧 코를 찌르는 악취에 얼굴을 찌푸렸다. 서원장 내에서 이러한 악취는 존재하지 않는다.

총관의 눈길은 마차 안으로 향했다. 악취의 근원을 찾아서였다.

북궁혁이 마차 안의 유검을 가리키며 말했다.

“저놈을 귀빈 대우하게.”

“예? 아… 예. 근데 어느 정도의……?”

“갑(甲).”

북궁혁은 다른 시녀의 안내를 받아 서둘러 자리를 떠났고, 남겨진 총관은 황당함을 금치 못해 멍하니 유검을 바라보고 있었다.

서원장 내에서는 귀빈을 대접하는 척도를 암암리에 정해놓았다. 그 중에서 왕실의 사람과 같은 극상승의 귀빈을 초대했을 때에나 갑으로 분류되었다. 그런데 난데없이 한 거지를 데려와서 갑의 대우를 해주라니 총관이 당황해하는 것도 무리는 아니었다.

어쨌거나 명은 떨어진 것, 총관은 분주하게 움직이기 시작했다.

유검은 전신을 부드럽게 감싸는 따뜻한 감촉에 잠에서 깨어났다.

‘여긴 어딜까?’

뭉개뭉개 피어오르는 수중기 속에 시원한 하늘이 그려진 천장이 보이고, 자신은 대리석으로 만들어진 거대한 욕탕에 몸을 담그고 있다. 그것이 깨어난 직후 알아챈 지금의 상황이었다.

그리고 속이 훤히 비치는 망사 옷을 걸친 두 명의 소녀가 옆에서 부드러운 비누 거품과 함께 정성스럽게 자기 몸을 닦아주고 있었다. 두 소녀는 얼굴과 몸매가 똑같았다. 쌍둥이로 보였다.

난데없는 상황임에도 유검은 아무런 생각도 떠올리지 않았다. 그저 그녀들의 손길에 몸을 맡길 뿐이었다.

“깨어나셨군요.”

두 소녀가 똑같이 입을 열었다.

소녀들은 유검에게 흥미를 느끼고 있었다. 처음 보았을 때에는 악취

풍기는 완전 상거지였는데, 씻고 닦아보니 제법 그럴듯한 허우대와 용모를 가지고 있었던 것이다.

유검이 의식을 차리자 두 소녀의 행동과 손길이 달라지기 시작했다. 씻는 척하며 융기된 가슴의 돌기로 유검의 팔과 가슴 등을 자극하기도 했고, 은근히 하체를 건드리며 희롱하기도 했다.

쌍둥이 두 소녀는 단순한 시녀가 아니라 서원장의 특별한 재원이었다. 뛰어난 미모와 함께 남자를 극도로 흥분시키는 특별한 기술을 가지고 있었던 것이다. 그중에서도 특히 입으로 하는 기술이 뛰어난 편이었다.

두 소녀는 유검을 부축하여 욕탕 밖으로 나왔다.

유검을 천연석으로 만든 침상에 눕히고는, 꿀과 향유를 섞어 만든 기름을 그의 전신에 발랐다.

그리고 나서 두 소녀는 무릎을 꿇고 엎드린 채 유검의 발가락을 입에 물고 애무하기 시작했다. 남자들의 욕망은 정복욕에서 비롯됨을 알고 있었기에 철저한 복종을 보여주기 위해서였다.

발끝에 머리를 조아리고 있을 정도로 자기들은 비천하기 그지없는 존재들이니 마음대로 해도 상관없다는 것을 암시하고 있었다. 강아지가 주인에게 배를 보이며 드러눕는 것과 마찬가지였다.

하지만 유검은 멍하니 천장만 바라볼 뿐 전혀 반응이 없었다.

육체의 감각을 못 느껴서가 아니었고, 단지 그것을 구경하듯 바라보고 있을 뿐이었다.

반응이 없어도 소녀들은 실망하지 않았다. 그들의 가장 큰 장기는 인내심이었으니까. 가장 모욕적인 상황에서도 얌전히 복종할 만큼 그렇게 훈련받은 것이다. 심지어 모시는 귀빈이 자기들의 목을 졸라 죽이려 해도 받아들일 정도였다.

두 소녀는 입으로 유검의 전신을 애무해 갔다. 구석구석 한곳도 빠뜨리지 않고. 그러면서도 귓가에 입김을 불어넣거나 혹은 가슴의 돌기를 입에 물리며 신음 소리를 내는 등 미묘한 행동으로 유검을 도발하였다.

결국 유검의 하체를 발기시키는 데 성공할 수 있었다.

쌍둥이 소녀는 서로 눈빛을 마주치며 쾌재를 부르곤 다음 단계로 넘어갔다.

한 소녀는 유검의 발가락을 자기 음부 속으로 넣어 자위를 하며 흥분한 신음 소리를 내었고, 한 소녀는 유검의 성기를 입에 물고 온갖 혀 기술을 시도했다.

창문을 통해 달빛이 새어 들어오고 있었고, 두 소녀의 몸짓은 춤을 추듯 매끄러웠다. 그러나 두 소녀의 그러한 구애의 몸짓에도 유검은 그저 흘러가는 물속에 전신을 내맡긴 것처럼 내버려 두고만 있었다.

제법 긴 시간이 흐르자 두 소녀는 결국 지치고 말았다.

어떻게라도 상대가 반응을 보여야 다음 단계로 넘어갈 수 있는 것이다. 그래야 자기들의 기술을 마음껏 발휘할 수 있었다.

그런데 유검은 고자도 아니면서 전혀 반응이 없었다.

두 소녀는 비참한 기분이 들었다. 이 일을 하면서 한번도 이런 기분이 든 적은 없었다. 오히려 고관대작들이 발정난 개처럼 자기들의 몸을 요구할 때면 은근히 쾌감과 함께 통쾌함을 느끼기도 했는데 말이다.

결국 두 소녀는 어쩔 수 없이 입을 열어 유검의 취향을 묻는 수밖에 없었다.

"무엇을 원하시나요? 혹시 저희들을 때리고 싶으세요? 아니면 오히려 맞고 싶은가요?"

"저희들을 마음껏 짓밟고 싶진 않으세요?"

"아니면 다른 미녀를 불러올까요? 취향만 말씀하세요."

유검은 맑은 눈으로 그녀들을 묵묵히 바라볼 뿐 아무런 대꾸도 없었다. 두 소녀의 말을 듣고는 있었지만, 알아듣는지 아닌지 스스로도 알지 못하고 있었다.

두 소녀는 결국 모든 시도를 포기했다. 비참한 기분에 두 소녀는 눈물을 흘리면서 본래의 목적 중 하나인 몸을 씻기는 것에만 열중했다.

이 일은 총관에게 보고되었다.

총관은 서 대인과 사업 상담을 마치고 쉬고 있는 장주에게로 가서 이 일을 자세히 보고했다.

북궁혁은 혀를 찼다.

"남자들이 성공하고자 노력하는 것은 본질적으로 여자를 얻기 위해서다. 고자도 아니면서 수청을 받아들이지 않는다는 것은……."

그는 잠시 생각해 보다 다시 명을 내렸다.

"둘에게 계속 시중을 들게 하고, 맛있는 것을 잔뜩 먹여라. 강정제를 넣어서."

목욕을 마친 유검에게 새 옷이 지급되었다.

비단으로 만들어진 옷이었는데, 금수실로 화려하기 그지없는 세공이 놓여져 있었고 호박과 금강석 등으로 함께 치장되어 있었다.

그렇게 입고 나자 비렁뱅이는 사라지고 영준하기 그지없는 귀공자가 탄생되었다.

쌍둥이 소녀는 그 모습을 보고 감탄해 마지않았다.

유검은 우아한 대청으로 인도되었고, 그곳에서 휘황찬란한 요리들을 대접받았다. 쌍둥이 소녀가 요리를 한 점 집어서 주면 말 잘 듣는 아기처럼 받아먹었다. 술도 거부하지 않았다.

도중에 장주가 들어왔다.

"지내기는 어떤가? 불편하진 않은가?"

유검은 고개만 저었다.

"당분간 식객으로 지내보게. 근데……."

그는 유검의 두 눈을 들여다보며 물었다.

"뭐 하고 싶은 일은 없나? 좋아하는 일 말일세."

곧 그는 실망했다. 유검의 눈에서 아무런 반응도 찾아볼 수 없었던 것이다.

'단순히 쓸모없는 놈이 아니라… 단지 바보가 아닌가?'

식사가 끝나자 유검은 침실로 인도되었다.

쌍둥이 소녀는 발가벗고 유검 좌우에 누웠다. 강정제가 든 요리를 먹었으니 혹시나 하는 기대와 함께.

그러나 아무런 일도 일어나지 않았다.

다음날 장주는 유검을 대동하고 항주 상인들의 회합에 갔다. 각기 항주에서 이름난 부호들이었다.

그들은 북궁혁이 유검을 대동하고 오자, 그를 후계자로 오인했다.

좌석에 자리한 이들은 저마다 유검을 향해 낯뜨거울 정도의 칭찬을 폭포수처럼 퍼부어댔다. 말하자면 미리 잘 보이기 위한 아첨이었다. 돈이 들지 않는, 잠시 자신을 낮춰 상대를 치켜세워 주는 것이야말로 그들의 가장 큰 재능이었으니 본능적인 흐름이었다.

어지간한 사람이라면 이들의 말에 마치 왕이 된 듯한 기분을 느끼고 녹아났을 것이다.

'남자들의 기본 욕망 중 가장 강렬한 것이 바로 권력욕이다.'

북궁혁은 그것을 맛보게 해주려 한 자신의 시도가 실패했다는 것을 금방 알 수 있었다. 유검의 맑은 눈빛은 그들의 아첨 공세에도 여전히 변하지 않고 있었던 것이다.

며칠에 걸쳐 유검을 데리고 다녔으나, 알아낸 것은 그가 신기할 정도로 무욕적이라는 사실이었다.

북궁혁에게 있어 무욕(無慾)이란 쓸모없음과 동일한 의미였다.

쓸모있는 인간이 되기 위해서는 일단 욕망을 가져야 한다. 그 욕망이 노력을 하게 만들고, 성취를 이루게 만든다. 욕망이 없는, 야심이 없는 인간은 그저 정체된 현실에 묶인 게으름뱅이에 불과하다.

그런 무기력한 인간이 사회에서 용납되는 기간은 아직 자아를 갖지 못한 갓난아기 때뿐이다. 얼굴에 긴장이 없는 유일한 때이기도 하다.

성인이 되어서도 그런 얼굴을 지닌다는 것은 무력하다는 말과 다를 바 없는 것이다.

북궁혁은 총관에게 내기 건 사실을 털어놓고 자문을 구했다.

"어떡하면 좋겠나?"

총관은 곤혹스러워하다 조심스럽게 자기 의견을 밝혔다.

"중으로 만들어 버리면 어떻겠습니까? 그들이 주장하는 것도 무욕이니까 어쩌면 중노릇은 잘할지도 모르잖습니까?"

그 말에 북궁혁은 콧방귀를 꼈다.

"중노릇은 어디 쉬운 줄 아나? 이런 저런 경전을 외워야 하고, 밤낮을 가리지 않고 참선을 해야만 하지. 그리고 큰스님을 밤낮으로 모셔야 한다더군. 그 녀석에게 그게 가능하리라 생각하나?"

"그, 그렇군요."

총관은 고민하다 다시 입을 열었다.

"환쟁이나 악사는 어떻겠습니까? 그들도 은자를 마치 돌보듯 하기도 하는 걸 보면……."

"모르는 소리. 그들은 오히려 더 큰 욕망을 가지고 있어. 평범한 걸로는 만족하지 못하니까 그런 길로 빠져드는 걸세."

북궁혁은 대청 안을 왔다 갔다 하며 생각에 빠졌다. 그리고 투덜거리듯 말했다.

"본래 거렁뱅이들은 아무것도 소유하지 않기에 모든 것을 가졌다고 주장하지. 하지만 그것은 단지 패배자의 목소리일 뿐이야. 인생에서 실패하고 좌절한 자신을 합리화시킨……."

"그, 그렇지요."

"그래서 얼굴에는 비굴함만이 가득하지. 다시 이런 저런 가능성을 주면 환장을 하고 달려드는데… 결국에는 다시 실패하고 말지."

북궁혁은 검미를 찌푸리며 말했다.

"그놈에게 어떤 쓸모가 있을까?"

총관이 다시 말했다. 어차피 장주의 생각을 되비춰 주는 작업임을 알았기에 스스로 보기에도 말이 안 된다 여기면서도 일단 물어보는 것이다.

"저… 무공은 어떨까요?"

역시 예상했던 바대로 북궁혁이 코웃음을 쳤다. 그리고 허공을 향해 물었다.

"자네가 보기엔 어떤가? 무공에 자질이 있어 보이던가? 허우대가 멀쩡하니 혹시 무공을 익혔을 가능성은 없나?"

무뚝뚝한 음성이 들려왔다.

"그가 무공을 지녔다면, 저는 천신이나 다름없겠군요. 저는 아무런 기운도 못 느꼈습니다."

"역시 그렇겠지."

"다만……."

"다만?"

"이상할 정도로 경계심이 없더군요."

"바보니까 그렇지."

북궁혁은 잘라 말하고 나서 문득 깨달은 바가 있는지 기묘한 표정을 지었다.

"그러고 보니… 그 녀석이 왜 그런 꼴이 되었는지 생각해 보지 않았군."

그의 얼굴에 미소가 번져 갔다.

"그래. 아마도 고아겠지. 빌붙을 친척이라도 있으면 그런 꼴이 되지 않았을 테니까. 그렇다면… 정(情)에 약하겠군."

"저, 정요?"

"그래, 정이다. 그놈의 약점은 정이 분명해!"

마침내 해법을 발견한 듯 북궁혁은 대소(大笑)를 터뜨렸다.

유검은 자는 도중에 깨워져 호사스런 침실에서 시큼털털한 냄새가 풍기는 하인들의 방으로 쫓겨났다.

모두 십여 명 정도가 함께 숙식을 하는 장소였는데, 다들 곤히 자고 있다가 새 식구가 들어와 소란스럽게 하자 저마다 불평이 대단했다.

"뜨기랄 놈, 벌건 대낮에는 뭐 하고 생 밤중에 지랄이야!"

"게다가 저 옷은 또 뭐야? 경극이라도 하다 왔나……."

"흥, 부잣집 도련님이었는데, 졸지에 망해 버렸는지도 모르지."

저마다 한마디씩 하자 덩치 큰 사내가 신경질적으로 외쳤다.

"다들 잠이나 자둬!"

숙소는 금세 조용해졌다.

유검은 숙소 끄트머리 조그만 침상으로 인도되었다. 낡은 모포를 뒤집어쓰고 자리에 누웠다. 왜 이런 대우를 받는지 전혀 의문을 떠올리지도 않았다.

장주가 자기를 끌고 다니는 와중에도 가끔 거대한 기운이 쏟아져 들어왔다. 겉으로는 멀쩡해 보였지만 유검은 전혀 자기 의지를 발휘할 수 없었다. 폭포수처럼 기운이 쏟아져 들어오는 그 일이 끝나면 큰 몸살을 앓았고, 그럼에도 움직이는 데는 별문제 없었다.

자리에 눕자 그런 일이 또 일어났다.

다른 사람들이 자기를 어떻게 생각하고 반응하는지는 거의 신경 쓸 수 없었다. 지붕이 무너져 거센 폭우가 쏟아져 내리는데, 물병을 쏟은 따위의 자그만 일들은 의식되지 않는 것이다.

유검은 자면서도 자기가 정말로 자고 있는지 의문스러웠다. 육체가 계속 진동하여 완전히 깊은 잠 속으로 빠져드는 것을 방해했던 것이다.

그래서 항상 피곤했다. 육체도, 마음도 피로하지 않았지만 그래도 피곤했다. 여건만 허락된다면 계속 누워서 잠이나 자고 싶을 정도였다.

그런데 이번에는 또 다른 일이 일어났다.

뭐라 형언하기 힘든 희열이 전신을 덮쳤던 것이다. 그 희열은 참으로 강렬하기 그지없어 존재 전체가 완전히 녹아나는 것 같았다. 그것은 한 시진이나 지속되었다.

다음날 유검은 시끄러운 소란 속에서 강제로 일으켜져야 했다.

"언제까지 자고 있을 테냐? 밥을 먹고 싶으면 얼른 일을 해!"

유검은 하인들이 입는 청색 단삼으로 옷을 갈아입었다.

그리고 우물에서 물을 길어 주방으로 옮기는 일을 맡았지만 유검은 훌륭한 일꾼이 되지 못했다. 내공을 일으키는 것은 고사하고, 우물에서 물을 긷는 동작조차 무척이나 힘들었던 것이다.

하인들은 총관에게 어떤 언질을 받았는지, 유독 유검에게 심하게 대했다. 사소한 잘못에도 구박하고 욕을 퍼붓는 것은 예사였고, 심지어 구석으로 끌고 가 몰매를 놓기도 했다.

유검은 일체 반항하지 않았다. 얻어맞으면서도 유검은 자기가 맞고 있는 중인지 아니면 오히려 때리는 중인지 알 수 없었다. 어떤 분노도 전혀 일지 않았다.

그런 생활이 반복되었다.

유검은 자기 인생이 이런 식으로 끝나는구나 생각했다. 이런 식으로 살면 안 된다는 것을 알았지만 전혀 의지를 일으킬 수가 없었다. 그저 바람에 나뒹구는 낙엽처럼 그렇게 살 수밖에 없었다.

가을빛이 선명한 어느 날, 유검이 물을 긷다 말고 우물가에 멍하니 주저앉아 푸른 하늘만 바라보고 있자 한 대한이 잔뜩 화가 난 얼굴로 다가왔다.

"한심하기 그지없군!"

유검의 멱살을 잡아끌고 주방 뒤로 갔다.

쥐 패고, 으름장을 놓고, 메치고, 온갖 방법을 써봤지만 유검의 맹한 얼굴을 바꿔놓지는 못했다.

그는 한숨 쉬며 도끼를 건네주었다.

"물 긷는 것은 그만두고 장작이나 패!"

그리고 총관에게 가서 불만을 터뜨렸다.

"저놈은 대체 뭡니까? 할 줄 아는 게 전혀 없어요! 완전 쓰레기라구요! 쓰레기!"

유검은 도끼를 쥐고 멍하니 장작을 바라보았다.

도끼를 들어 올렸다. 도끼는 천근만근 무겁기 그지없었다. 유검은 힘없이 도끼를 내려놓고, 양지바른 담벼락에 쪼그려 앉았다.

잠시 후 대여섯 명의 건장한 하인들이 어슬렁거리며 다가왔다.

"흥, 또 농땡이를 치고 있구먼!"

그들은 저마다 손에 몽둥이를 들고 있었다.

"단단히 맛을 보여줘야 해! 세상 살기 싫어하는데 아예 끝장을 보자구!"

그리고는 미친 듯이 몽둥이를 휘두르기 시작했다.

유검은 두 팔로 머리를 가린 채 웅크렸다. 그리고 매 타작이 끝나기만을 기다리고 있는데 앙칼진 목소리가 들려왔다.

"멈춰요!"

십칠 세 정도 되어 보이는 한 소녀가 아미를 치켜뜬 채 이쪽을 쏘아보고 있었다.

"아, 아가씨!"

하인들은 찔끔하며 매 타작을 멈추었다.

"본 장의 사람들이 언제부터 이렇게 난폭해졌죠?"

그녀의 호통에 하인들은 난감한 기색을 감추지 못했다.

"그게 저… 사정이……."

"시끄러워요! 당장 그만두고 물러나요!"

하인들은 순순히 그녀의 말을 따랐다.

"예, 알겠습니다요."

그들이 물러나고 나자 소녀는 땅바닥에 널브러져 있는 유검을 보고 측은한 표정을 지었다.

"불쌍해라……."

그녀의 커다란 눈망울에 눈물까지 맺혀 있었다.

소녀가 유검에게 다가가 다정하게 물었다.

"어디 안 다쳤어요?"

유검은 몸을 일으키며 고개를 저었다. 실제 다친 곳은 없었으니까.

소녀는 뭐라고 위로해 줄까 고민하다 불쑥 물었다.

"아참, 배 안 고파?"

유검은 그 말에 비로소 배가 고픈 것을 알았다. 근래 밥조차 제대로 먹지 못했지만, 입 안이 바짝 말라 식욕도 느끼지 못하고 있었던 것이다.

"맛있는 걸 사줄 테니까 따라올래?"

소녀의 물음에 유검은 아무 생각 없이 고개를 끄덕였다.

둘이 사라진 자리, 쌍둥이 소녀가 모습을 드러내었다. 나타난 경신술로 보아 상당한 무공을 숨기고 있는 것 같았다.

"아가씨는 집 잃은 고양이나 다친 새를 보면 가만있지 못하는 성격이시지. 과연… 이렇게 되는구나."

"어서 따라가 보자. 무슨 일이 일어나더라도 일체 관여하지 말라고 했으니까 우린 눈과 귀의 역할만 하면 되는 거야."

"알았어. 무슨 일이 일어날 것 같지는 않지만……."

총관이 이 일을 서둘러 장주에게 보고했다.

"그런데 소 아가씨에게 그놈을 맡기는 것은… 괜찮겠습니까?"

"괜찮냐니? 무슨 걱정을 하는 건가?"

"그러니까… 혹여나 그놈이 흑심을 품고……."

"흥, 그래서? 비록 자식들 중 그 아이를 아끼기는 하지만, 그래 봤자 계집아이야. 설사 그놈에게 몸을 버린다 해도 뭔 상관이겠느냐. 장강에 나룻배가 지나간들 자국이 남더냐?"

총관은 가끔 장주를 이해할 수 없다고 느꼈다.

거지를 데려와 난데없이 귀빈 대우를 해주는가 하면, 지금처럼 자식을 마치 도구처럼 써먹기도 한다. 가난한 이들을 위해 거금을 헌사하는가 하면, 경쟁자들에게 피도 눈물도 없이 가혹한 짓을 저지르기도 한다.

과연 어떤 모습이 그의 진짜일까 총관은 간혹 의문이 들곤 하는 것이다.

소녀가 유검을 데리고 간 곳은 서호였다. 천하에서 가장 아름다운 호수로 이름난 이곳에는 안개가 잔뜩 끼어 있었고, 드문드문 물놀이 나온 배들이 보였다.

소녀가 맛있는 것을 대접하기 위해 유검을 데려간 곳은 그 서호 변의 조그만 오두막집이었다.

"할아버지!"

북궁소라는 이름을 가진 이 소녀는 한달음에 오두막집으로 달려들어 갔다. 하지만 금세 시무룩한 얼굴로 나왔다.

"할아버지는 고기 잡으러 가셨나 봐."

다시 그녀는 활기찬 모습으로 눈빛을 반짝이며 말했다.

"하지만 기대해도 좋아. 할아버지가 끓여주는 잉어탕은 정말 맛있거든!"

유검은 고개를 끄덕이고 나서 쪼그려 앉아 서호를 바라보았다.

소녀도 여기저기 꽃을 찾아 향기를 맡곤 하다 피곤한지 유검 곁으로 와서 앉았다.

"맞은 곳이 아프진 않아?"

그녀가 묻자 유검은 고개를 저었다.

"근데… 참 이상해. 본래 그렇게 난폭하진 않았는데… 내가 모르고 있었던 걸까?"

소녀는 무릎에 턱을 괴고는 멍하니 서호를 바라보았다. 그리고 할아버지를 기다리다 자기도 모르게 입을 열었다.

"난 말야, 좋아하는 사람이 있어."

북궁소는 자기가 왜 이런 이야기를 할까 의아해하면서 계속 입을 열었다.

"하지만… 한번도 말을 걸어보진 못했어. 부끄럽기도 했지만, 그보다는… 아버님이 아실까 봐 겁이 났거든."

그녀는 유검 곁에 있으니 이상하게도 마음이 편해서 심중의 말을 털어놓게 되었다. 강아지나 고양이에게 말을 거는 것과 비슷했다.

"어릴 적에도 그런 일이 있었어. 친하게 지내는 아이가 있었는데, 난 살짝 좋아했었어. 근데… 얼마 지나서 그 아이는 이 근처에서 시체로 떠올랐지. 난 직감적으로 아버님이 하신 일이란 걸 알았고……. 하아… 정말 오랫동안 울고, 또 울었었어."

유검은 한마디 대꾸해 주고 싶었지만, 아무런 말도 할 수 없었다. 또다시 그 일이 시작된 것이다. 쇄도해 들어오는 그 기운 속에서 유검은 자기 내면에 뭔가가 꺼져 버린 것 같다고 생각했다.

눈으로 보면서도 무엇을 보는지 알 수 없는 그런 상태가 되어버린 것이다.

이때 휘이익― 하는 휘파람 소리가 들려왔다.

"호오, 경치 좋은데?"

"부러워서 돌아가시겠군."

세 명의 청년이 어슬렁거리며 다가오고 있었다.

근처 파락호였다.

보통 기루 근처를 배회하다 술 취한 취객의 전낭을 털곤 하는 게 그들의 일과였다. 아직 날이 어두워지지 않아 근처를 어슬렁거리고 있었는데, 마침 심심함을 달랠 만한 거리가 생긴 것이다.

소녀가 새침한 표정으로 쏘아붙였다.

"무슨 상관이죠? 가는 길 마저 가시죠?"

한 명이 건들거리는 표정으로 능글맞게 말했다.

"언니, 우리랑 함께 놉시다. 재밌게 해줄 테니까. 그놈보단 우리가 나을 거요."

북궁소는 말이 안 통하는 것을 느꼈는지 아미를 찌푸리며 고개를 돌려 버렸다.

"흥, 우린 상대할 가치도 없다, 이건가?"

갑자기 그들의 얼굴이 일그러지며 포악해졌다.

한 명이 날카로운 비수를 꺼내더니 푹 땅바닥에 꽂으며 위협했다.

"지렁이가 다니는 위험한 곳에 앉아 있으면… 안 되쥐. 그게 그곳으로 들어가 버릴지 모르잖수?"

다른 두 명이 킬킬대며 웃었다.

그리고 둘은 주위를 둘러보며 눈빛을 마주쳤다.

"근처 사람도 없고… 조용하군?"

"글쎄 말이야. 정말 조용하군."

한 명이 갑자기 소녀의 어깨를 낚아챘다.

"까아악—! 왜 이래요?"

한 청년이 거칠게 말했다.

"반항하지 마! 안 그럼 다칠 테니까!"

북궁소는 유검을 향해 손을 뻗으며 애원했다.

"도, 도와줘!"

한 청년이 오히려 유검의 목에 비수를 들이대며 으르렁거렸다.

"얌전히 있어! 안 그럼 네 애인 목에다 구멍을 내버릴 테니까!"

"애인이 아니에요! 그는 단지……."

"시끄러! 이놈 목에 구멍을 낼 건지, 아니면 얌전히 있을 건지 그것만 결정해!"

북궁소는 흠칫했다. 곧 입술을 깨물고 말했다.

"좋아요. 얌전히 있죠. 하지만 이런 짓을 하다가는 목숨을 부지 못할 거예요."

"호오… 어째서?"

"제 아버님의 성함이 북궁혁이니까요."

파락호들이 항주의 거부 이름을 알 리가 없었다. 다만 이름깨나 있는 집안이구나라는 것은 직감했다.

한 명이 히죽거렸다.

"힛, 시체가 입을 나불거리는 거 봤어?"

북궁소가 빈틈을 타서 도망치려 했다. 하지만 금세 한 청년에게 붙

잡혀 버리고 말았다.

세 파락호는 환호성을 지르며 소녀의 옷을 벗겨갔다.

멀리서 지켜보고 있던 쌍둥이 소녀는 곤혹스러워졌다.

"어떡하지?"

"눈이 말하는 것 봤어?"

"그래도 내버려 두기엔… 아가씨가 너무 불쌍해."

"관여하다간 우리 목을 걱정하게 될걸? 아가씨를 위해서 우리가 목숨을 바쳐야 할까?"

"그건… 휴우… 할 수 없지. 그나저나 저 녀석 너무하잖아? 그냥 가만히 앉아서 보고만 있다니!"

"그건… 그래. 망할 놈!"

이때 유검은 또 다른 변형 과정에 있었다.

쏟아져 들어오는 기운이 갑자기 그쳤다. 폭우가 그친 후의 맑게 개인 하늘처럼, 빛과 소리와 진동의 장대한 세례는 마음이라는 구름을 싹 걷어가 버리고 본래의 무엇을 드러내고 있었다.

그것은 아주 고요하기 그지없었다. 또한 너무도 선명했다. 두려울 정도로 선명한 고요였다. 그리고 알 수 없는 무형의 향기가 있었다. 보이지 않는 빛이 있었다.

무(無)도 아니고, 무한(無限)도 아니었다.

그것은 오직 부정을 통해서만 표현되어질 수 있는 무엇이었다.

마치 감로수의 안개 속에 들어 있는 것처럼, 스스로도 깨닫기 힘들었던 내면의 모든 갈증을 해소시켜 주었다.

그것은 무언가 생생하게 살아 있었다. 형체도 없고 작용도 없는 무엇이.

그것을 맛보고 난 유검의 전신 세포는 전율했다.

가슴 깊은 곳에서 어떤 울림이 일었다.

저 너머 지복의 바다가 넘실대고 있는 것을 보았다.

그동안 어떤 인간적인 욕구도 일으키지 못했던 것은 지금의 이것을 맛보기 위한 영혼의 갈망이었음을 이제는 이해할 수 있었다.

어쩌면 이것이야말로 무상검의 경지가 아닌가 하는 생각도 들었다.

그 속에서 유검은 북궁소란 소녀가 겁탈당하려 하는 모습을 지켜보고 있었다.

처음으로 갈등이 다시 일었다.

이대로 지복의 바다 속으로 뛰어들어 가고픈 욕구와 소녀를 구해주고 싶은 마음의 갈등이었다.

신(神)으로서의 길과 인간의 길, 둘 중 하나의 선택이 필요했다.

유검은 길게 탄식하며 마음을 일으켰다. 다시 웃고 우는 인간으로 돌아오기로 결심한 것이다.

이때 호수 변에서 얼굴이 시커먼 한 소년이 달려오며 고함을 질렀다.

"이 개새끼들아! 그만두지 못해?"

파락호들은 소녀의 옷을 모두 벗기고 이제 재미를 보려던 참에 방해자가 나타나자 얼굴을 찌푸렸다.

"저 새낀 또 뭐야?"

달려오는 소년 뒤로 머리가 하얗게 센 노인이 어깨에 그물을 멘 채 뒤따라오고 있었다.

파락호 한 명이 비수를 치켜들며 악에 받친 소리를 했다.

“제기랄, 우리가 언제 하늘을 두려워했나?”

“그래, 다 죽여 버리자!”

유검은 자기가 다시 내공을 쓸 수 있음을 알았다.

피잇―!

마침 소년이 파락호들에게 달려들 때 유검은 무형의 기운을 쏟아내었다.

그것은 굉장히 통쾌한 광경이었다.

소년의 주먹질에 세 명의 청년들이 허공을 훨훨 날아 뒤로 튕겨나는 모습은.

“사랑의 힘인가? 헤헤……..”

소년은 천진난만하게 웃으며 얼른 옷을 벗어 소녀의 몸을 덮어주었다.

“아가씨, 괜찮으세요?”

북궁소는 얼굴을 붉히며 고개를 끄덕였다.

유검은 몸을 일으켜 소녀에게로 다가갔다. 그리고 부축하려 했지만 소녀가 손을 뿌리쳤다.

“사람을 잘못 봤네! 목숨이 아까워 아무것도 못하다니!”

유검은 자신의 감정이 다시 돌아온 것을 알았다.

“미안하구려. 좀 더 빨리 도와줄 수 있었는데도…….”

북궁소는 가소롭다는 듯 웃었다.

“마치 도움을 준 것처럼 말하는군. 얼른 고개나 돌려!”

파락호들은 파랗게 질린 얼굴로 도망쳐 버렸고, 사람들이 고개를 돌린 사이 북궁소는 찢어진 옷을 대충 걸쳐 입었다.

노인이 말했다.

“아가씨, 잉어탕을 끓여줄 테니, 제 집으로 가시지요? 옷도 갈아입

고요."

소년이 맞장구치며 말했다.

"그래요, 아가씨. 어서 들어가요."

북궁소는 수줍은 듯 고개를 끄덕였다.

유검은 그녀의 미소 너머 행복한 감정을 읽을 수 있었다.

'좋아한다는 사람이 이 소년인 모양이군.'

세 사람은 유검은 본체만체 아랑곳하지 않고 오두막집 안으로 들어가 버렸다.

유검은 섭섭해하지 않았다.

그녀를 돕기 위해 저 너머 경지로 나아갈 수 있는 기회를 버렸고, 또 아무도 그것을 알아주지 않았지만 불만은 없었다. 오히려 그녀 때문에 다시 인간으로 돌아올 수 있어 다행이라고 생각했다.

이제 어떡할까 하다 일단 서원장으로 다시 발걸음을 옮겼다.

쌍둥이 소녀는 유검의 뒤를 따르며 서로 이야기를 주고받았다.

"근데 저 사람, 뭔가 달라진 것 같지 않아?"

"음… 그런 것 같기도 하고… 근데 뭐가?"

한 소녀가 눈을 거슴츠레하게 뜨고 유검의 위아래를 훑었다. 그리고 고개를 갸웃거렸다.

"뭔가 묘한 매력이 생긴 것 같기도 하고… 잘 모르겠네."

"아, 맞아!"

다른 소녀가 뭔가 발견한 듯 소리쳤다.

"정력이 좋아진 것 같아 보여!"

"…그러니?"

난 천재지변(天災地變)이다!

난 천재지변(天災地變)이다!

　서원장의 정문을 지키고 있던 호위무사들은 유검이 홀로 돌아오자 의아해했다. 총관의 지시로 북궁소가 그를 데려갈 때 못 본 척 일체 간섭하지 않았다. 하지만 이렇게 그가 혼자 돌아오자 어떻게 해야 할지 일순 혼란이 일었다.

　"잠깐!"

　한 호위무사가 일단 그를 제지시켰다. 하지만 유검의 깊은 두 눈과 마주치자 아무런 생각도 떠올릴 수 없었다.

　그는 얼굴을 찌푸리며 손사래를 쳤다.

　"들어가."

　일단 대문 안으로 들어서자 더 이상 그를 제지하는 사람은 없었다.

　유검은 장작 패던 곳으로 갔다. 그리고 그곳에서 도끼를 집어 들고 장작을 패기 시작했다.

쫘아악―!

별달리 힘을 들이는 것 같아 보이지 않았는데도, 장작은 여지없이 두 조각이 났다.

지켜보던 쌍둥이 소녀는 그것을 보고 깜짝 놀랐다.

"저, 저 사람 봐! 장작을 패네?"

유검을 괴롭히던 하인 하나가 우연히 지나가다 그 모습을 목격하곤 입을 떡 벌렸다.

"허어……!"

살다 보니 별일을 다 본다는 얼굴이었다.

유검이 한두 번 하고 마는 것이 아니라, 계속해서 장작을 패자 더 이상 미룰 수 없다 판단했다. 쌍둥이 소녀 중 한 명이 당장 총관에게 달려가 이 일을 보고했다.

총관은 당장 달려왔다.

그리고 아주 능숙하게, 서두르지도 않고 차분히 장작을 패고 있는 유검의 모습을 보곤 입을 쩍 벌렸다.

"이럴 수가!"

그는 다그쳐 물었다.

"대체 무슨 일이 있었느냐?"

쌍둥이 소녀는 서호 변에서 있었던 일을 말해 주었다.

총관은 이야기를 듣고서도 무슨 일이 일어났는지 이해할 수 없었다.

어쨌거나 당장 장주에게 보고를 올리기 위해 서둘렀다.

마침 북궁혁은 항주의 기루에 납품되는 차 가격의 담합을 위해 상인들과 대청에서 회의를 하고 있었는데, 총관의 이야기를 듣자 당장 만사를 제쳐 놓고 달려왔다.

그는 묵묵히 장작을 패고 있는 유검의 모습을 보고 감동했다.

쓸모없던 한 사람이 마침내 제 몫을 해내게 되다니!

그것도 억지로 하는 모습이 아니었다. 마치 세상에서 가장 중요한 일을 하고 있는 것처럼 완전히 장작 패는 일에 몰입되어 있었다.

눈은 장작을 향해 완전히 고정되어 있었고, 치켜든 장작을 내려치는 두 팔의 동작에는 일체 망설임이 없었다. 그리고 구부려진 허리가 펴질 때면 다시 새로운 장작이 놓여진다.

그것은 도도한 강물의 흐름처럼 우아하기 그지없었다. 마치 예술을 감상하는 것 같았다.

"알고 보니 장작 패는 게 천직이었어!"

북궁혁은 자신의 감상을 총관에게 말해 주었다.

"저 녀석은 한평생 장작을 패다 보니 어느 순간 인생에 회의를 느낀 걸세. 너무 빨리 인생의 정점에 선 것이지. 그러다 자기에게는 이 길밖에 없다는 것을 마침내 깨달은 거라네."

이때 무뚝뚝한 목소리가 그의 터무니없는 감상을 깼다.

"주, 주군! 이상합니다. 저 장작 패는 모습이 왠지 심상치 않습니다. 비록 살기는 느껴지지 않지만……."

땡땡땡—

갑자기 급박한 종소리가 울려 퍼졌다.

"무슨 일인가?"

북궁혁이 사방에 대고 소리쳐 묻자, 한 호위무사가 달려와 장주에게 보고했다.

"웬 괴인이 한 무리의 사람들을 이끌고 본 장에 난입하여 장주님을 찾고 있습니다!"

북궁혁은 너털웃음을 터뜨렸다.

"난입? 어떤 미친놈이 감히 본 장에… 허허……."

웃다가 갑자기 정색하곤 성큼 걸어나갔다. 무뚝뚝한 목소리가 다급하게 외쳤다.

"주군께서 직접 나서실 필요는 없습니다. 본 가의 정예들도 있으니 믿고 맡기십시오."

북궁혁은 걸음을 멈추지 않고, 자기의 머리를 가리키며 퉁명스럽게 대꾸했다.

"난 이거로 먹고사는 놈일세. 힘자랑 하는 놈들과 직접 맞대고 싸울 생각은 없으니 안심하게. 단지 난입해 들어왔다는 놈들의 낯짝이 궁금할 뿐이야."

대문을 따라 난 청석판로에 이르자, 북궁혁은 목전의 광경을 보고 기가 막혔다.

서원장에 난입해 들어왔다는 괴한은 거창하게도 가마까지 타고 납신 게 아닌가?

괴한은 복면을 뒤집어쓰고 있었는데, 비슷하게 생긴 이십여 명의 복면인을 거느리고 있었다. 그들 중 어떤 이는 피리를 들고 있었고, 어떤 이는 북을 울러 메고 있었다. 또 어떤 이는 정체를 알 수 없는 길쭉한 통을 들고 있기도 했다.

복면을 걸치지 않았다면 유랑하는 곡마단이 찾아온 것으로 착각했을 것이다.

북궁혁이 껄껄 웃으며 소리쳤다.

"본 장이 공연료가 후하다는 말은 어디서 들었는가? 안 됐지만 박하기 그지없다오. 그래서 구두쇠라는 말은 자주 듣지."

서원장의 호위무사들은 복면인들과 서로 긴장된 분위기 속에서 대치하고 있었는데, 그 말을 듣자 자기도 모르게 피식 웃고 말았다.

가마 위에 앉아 있는 복면인은 그 말에 전혀 신경도 쓰지 않고 퉁명스레 말했다.

"본좌는 긴말을 싫어하니 본론부터 말하겠다."

그리고 턱을 까닥이자, 옆에 시립해 있던 복면인이 대신해 외쳤다.

"어르신께 얼마 전 약간의 불미스런 일이 계셨다. 그래서 사천성주에게 약간의 협조를 구하려 하였으나, 감히 말을 듣지 아니하였다. 이에 보다 원활한 의사소통을 위해 그대가 도와주었으면 한다. 다시 말해 함께 가주었으면 한다. 만약 이를 따르지 않을 시 항주의 이름난 부호 북궁혁은 잿더미로 변한 장원 내에 널브러진 식솔들의 시체를 구경하게 될 것이다. 감히 묻건대, 그대는 알아들었는가?"

가마 위의 복면인은 자신의 의사가 맞는다는 듯 고개를 주억거렸다.

북궁혁은 기가 막혀 일순 할 말을 찾지 못했다.

겨우 이십여 명을 데리고 와서 말을 듣지 않으면 멸문시키겠노라 협박하다니? 게다가 사돈인 사천성주를 협박하기 위해 자기를 납치하겠다니?

북궁혁이 고개를 절레절레 젓는데, 평소 물을 긷거나 밥을 하는 등 허드렛일을 하는 하인들이 이곳으로 모여들고 있었다. 평소의 거친 기색은 간데없고 하나같이 서늘한 눈빛을 빛냈고, 손에는 서퍼런 도검을 꼬나 쥐고 있었다.

북궁혁은 싱긋 미소를 짓고는 복면인을 향해 외쳐 물었다.

"그대에게 묻건대, 내가 누군지 아오?"

가마 위의 복면인이 시큰둥하게 대꾸했다.

"사신가의 가주라는 것 말인가?"

그 말에 북궁혁은 깜짝 놀랐다. 아무도 모르는 자신의 정체가 단번에 들통나다니?

복면인이 주위를 둘러보며 심드렁하게 말했다.

"그러고 보니 흑루의 살수 나부랭이들도 제법 있군. 설마 이놈들을 믿는 건가?"

그리고는 왼팔을 들어 올렸다.

미리 약정된 신호인 듯 길쭉한 통을 울러 멘 복면인들이 일제히 한 걸음 앞으로 나와 무릎을 꿇고는 정면의 전각을 향해 통을 겨누었다. 모두 여섯이었다.

가마 위의 복면인이 왼팔을 스윽 내리자 경천동지할 폭발음과 함께 길쭉한 통에서 화염이 발사되었다. 그 위력은 십여 장 밖 전각에 집중되었다.

전각은 굉음과 함께 폭삭 주저앉고 말았다.

사람들은 아연실색했다.

가마 위의 복면인이 고개를 갸웃거리며 중얼거렸다.

"아참, 내가 누군지는 말 안 했던가?"

북궁혁은 안색이 굳어졌고 신음을 흘렸다.

무뚝뚝한 소리가 다급히 말했다.

"피신하셔야겠습니다! 저자는 사천당문과 관련있는 게 분명합니다. 이 정도의 화기는 사천당문에서만 만들 수 있습니다. 그리고 자신만만한 모습을 보면 무림에서 금기로 삼은 암기도 함께 가져온 게 확실합니다."

주위는 삽시간에 공포 분위기로 변했다.

대담하기 그지없는 북궁혁조차도 일순 아무런 결정도 내리지 못하고 머뭇거렸다.

식솔들의 생명은 일단 제쳐 두더라도 저들의 목표가 자기가 분명한 만큼 절대 도망치도록 놔두지는 않으리라 생각했다. 그렇다면 차라리 저들의 요구대로 일단 따라나서는 게 좋지 않을까도 생각한 것이다.

하지만 북궁혁은 다시 생각을 고쳐먹었다.

'아니다. 사신가의 위명을 내 손으로 떨어뜨릴 순 없지. 비밀 엄수를 위해 본 가의 인원을 너무 적게 데려온 게 실수다.'

북궁혁이 팔짱을 끼고 외쳤다.

"듣거라. 감히 방자하기 그지없는 무뢰배들에게 고하노니, 지금이라도 물러선다면 하해와 같은 아량으로 용서해 줄 것이되, 그렇지 않다면 모두 이곳에서 뼈를 묻게 되리라!"

물론 허장성세였지만, 그래도 서원장 무사들의 사기를 높이는 데는 효력을 발휘했다.

"와―! 와―!"

무사들은 환호성으로 기세를 돋우었다.

가마 위의 복면인은 그 모습을 보고 비웃었다.

"권주는 마다하고 기어코 벌주를 마시겠다는 거로군."

그러면서 총공세를 알리기 위해 오른팔을 번쩍 치켜들었다.

서로 이 장여 거리를 두고, 금방이라도 혈전이 벌어질 듯한 일촉즉발의 순간이었다.

그렇게 서로 마주한 공간 사이로 한 인영이 뚜벅뚜벅 걸어 들어왔다. 유검이었다. 그는 장작을 다 패고 나자 물을 긷기 위해 우물가로 가는 중이었다.

그것을 보고 북궁혁이 혀를 찼다.

'드디어 쓸모있는 놈이 되었나 싶었는데… 하필 제일 먼저 목이 달아나겠군. 재수도 없는 녀석 같으니라구.'

그런데 이상한 일이 벌어졌다.

총공세의 명을 내리기 위해 오른팔을 번쩍 치켜든 복면인이 유검을 보더니 비틀거리며 가마 위에서 굴러 떨어진 것이다. 또 다른 복면인들과는 달리 느긋하게 뒷짐을 지고 있던 한 복면인도 유검을 보고 끄응! 하는 소리와 함께 뒤로 넘어져 엉덩방아를 찧었다.

유검이 발걸음을 멈추었다. 그의 시선이 복면인에게로 향했다.

복면인은 깊이를 알 수 없는 그의 시선과 두 눈이 마주치자 부들부들 떨었다.

'아니야. 저놈은 단지 멍청이에 불과해! 그, 그분은 죽었다!'

내심 발악하듯 그렇게 외쳤지만, 행동은 정반대였다. 오체복지하고 머리를 조아린 것이다.

이해할 수 없는 그의 행동에 수하들도, 서원장의 사람들도 황당함을 금치 못했는데 아무도 그것이 유검과 관련있다고는 생각 못했다.

유검은 그를 주시하다 다시 발걸음을 옮겼다. 우물가로 향한 것이다.

유검이 사라져도 복면인은 여전히 고개를 들지 못했다.

북궁혁은 뭔가 이상함을 느끼고 공격 명령을 보류했다.

'대체 무슨 일일까?'

대치 진영 사이로 무거운 침묵이 흘렀다.

언제 공격 명령이 떨어질지 모르는 이러한 상황은 피를 말리는 긴장을 동반하고 있었다.

잠시 후 유검이 물통에 물을 긷고 다시 대치 진영 사이로 걸어 들어
왔다.

그리고 복면인을 가만히 주시하더니 입을 열었다.

"알고 보니 그대였구려. 여긴 무슨 일이오?"

"그, 그게……."

복면인의 정체는 사천당문의 전대 가주였다. 이제 그분의 망령에서
벗어났다고 확신했건만 다시금 공포가 치밀어 오르고 있었다.

그는 신농산장의 일에 대해 강호 동도들의 비난이 거세어지자, 관(官)
의 힘을 빌리기 위해 사천성주를 찾았다. 하지만 일은 뜻대로 되어지지
않았고, 그래서 사천성주의 사돈이자 강호의 흑도 세력 중 하나인 사신
가를 찾은 것이다. 물론 유검을 여기서 보게 될 줄은 꿈에도 생각 못했
다.

진성은 그를 돕기 위해 수하인 척하며 함께 왔는데, 그 역시 유검을
보게 되자 다리가 부들부들 떨려 서 있을 수가 없었다.

유검이 물통을 들고 다시 발걸음을 옮겼다.

복면인과 진성은 서로 얼굴을 마주 보며 서로 외쳤다.

"틀림없다! 예전의, 아니, 그때보다 더 장대한 기도라니……!"

"그렇네, 그래. 고수라도 알아차리기 힘든 저 무형의 기도는 오직 그
분만이……."

둘은 곧 자리에서 일어나 유검의 뒤를 졸졸 따라다니기 시작했다.
유검은 물통의 물을 주방에 있는 장독에 붓고 나서 다시 우물가로 향
했고, 복면인과 진성은 마치 하인처럼 그 뒤를 졸졸 따라다녔다.

나머지 복면인들은 명이 없었기에 여전히 그 자리에 멀뚱히 서 있었
다. 서원장의 무사들도 공격 명령이 없어 한껏 살기만 돋운 채 그 자리

에 서서 기다렸다. 그런 두 진영 사이로 유검 등 세 명은 우물의 물을 긷기 위해 왔다 갔다 했다.

북궁혁이 결국 분통을 터뜨렸다.

"이게 뭐야? 대체 뭘 하자는 거야? 싸우기 싫으면 가버리던가!"

이때 놀러 나갔던 북궁소가 돌아왔다. 그녀는 설마 싸움 직전의 상황인 줄은 전혀 짐작도 못하고 복면인들 곁을 태연히 지나 걸어왔다. 복면인들은 멀뚱히 그런 그녀를 쳐다보기만 했다.

북궁소는 아버지를 발견하곤 깜짝 놀라 말했다.

"어머? 여기서 뭐 하세요?"

그리고 뭔가 상황이 이상함을 그제야 깨달았다.

하지만 유검 등 셋이서 물을 긷느라 왔다 갔다 하는 모습이 왠지 우스워 보여 배꼽을 잡고 웃었다.

유검은 주위의 상황이 어떻든 전혀 아랑곳하지 않았다. 물을 퍼 나르는 동안, 오직 그것에만 몰두했다. 두 사람이 자기를 따라다니는 것조차 신경 쓰지 않았다.

물을 다 긷고 나자 우물가에 편안히 주저앉아 대치해 있는 양 진영을 보았다.

복면인에게 한마디 했다.

"그런데 저들이 저렇게 서 있으면 사람들이 지나다니는 데 조금 불편할 것 같구려."

이에 복면인이 즉시 명을 내렸다.

"물러가라!"

복면인들이 합창하듯 복명했다.

"명을 받들겠습니다!"

그들은 그제야 해방된 것이다.

복면인들이 우르르 나가 버리자, 긴장해 있던 서원장의 무사들도 그제야 안도의 한숨을 쉬었다. 조금 전만 하더라도 꼼짝없이 죽었다고 생각했는데, 이렇게 아무런 일도 일어나지 않고 평화롭게 끝났다는 사실이 믿어지지 않았다.

북궁혁은 길게 한숨을 내쉬었다.

피 한 방울 흘리지 않고 일이 절로 해결되었지만, 속내는 뭔가 찜찜하기 그지없었던 것이다. 마치 뒷간에 가서 볼일을 보지 않고 나와 버린 기분이었다.

그는 무사들을 거느리고 유검에게로 왔다. 엄밀히 말하자면 복면인과 진성에게로 시비 걸기 위해 온 것이다.

말하자면 스스로 수하들을 모두 물리친 지금이야말로 절호의 기회가 아닌가?

하지만 둘을 본 순간 또 다른 생각이 들었다.

'아니지. 그랬다간 사천당문의 떨거지들이 우르르 몰려오겠지. 혼자가 아니라 비슷한 도당들과 함께. 그럼 정말 골치 아파져.'

그렇다고 그냥 내버려 두자니 뭔가 이상했다.

그런 복잡한 심경 속에 불쑥 유검에게 말을 걸었다.

"자네, 혹시 이 두 사람과 잘 아는 사이인가?"

복면인과 진성을 가리키며 그렇게 물었다.

유검은 고개를 끄덕이고 나서 둘을 돌아보며 물었다.

"근데 그대들은 왜 가지 않고 있소?"

복면인과 진성은 그 자리에 넙죽 엎드리며 간절하게 애원했다.

"저희들은 어르신을 다시 뫼시고 싶습니다!"

그것을 본 북궁혁은 헛웃음을 터뜨렸다.

'어르신? 나 참… 미치겠군.'

유검이 말했다.

"그 이야기는 일전에 끝나지 않았습니까?"

진성이 충정에 찬 목소리로 말했다.

"그때는 저희들이 눈이 멀어 있었습니다. 빛을 보고도 감히 알아뵙지 못했습니다. 저희는 무지(無智)했습니다!"

북궁혁이 내심 투덜거렸다.

'그래, 난 저 녀석을 쓸모없는 쓰레기라 말했다. 그럼 난 눈이 먼 정도가 아니라 소경이겠구먼.'

유검이 말했다.

"그대들은 강호의 영웅, 돌아가 해야 할 일이 있을 것입니다. 난 밥을 얻어먹기 위해 이곳에서 하인으로 일하는 미천한 사람입니다. 그런 나를 모시다니… 남들이 웃습니다."

"그럼 저희들은 하인의 하인이 되겠습니다!"

북궁혁이 피식 웃으며 끼어들었다.

"녹봉은 없소이다! 하인의 하인에게 누가 은전을 지급하겠소?"

복면인과 진성이 매서운 눈으로 돌아보자 북궁혁은 찔끔하여 슬쩍 말을 돌렸다.

"뭐… 밥 세 끼는 줄지도 모르지요. 그 정도까지 구두쇠가 아니라서……."

유검이 말했다.

"마음대로 하시구려. 난 일체 상관 않겠습니다. 다만 내 일에 방해하지는 말아주시오."

"명심하겠습니다!"

이렇게 해서 엉뚱하게도 사천당문의 전대 가주와 진성은 서원장의 식객의 식객이 되어버렸다.

북궁혁은 될 대로 되라며 그곳에서 나와 버렸다.

그리고 총관에게 명을 내렸다.

"당장 본 가의 정예 무사들을 불러와! 있는 대로 깡그리 끌고 오라구! 그리고 암기와 병장기도 있는 대로 끌어 모아!"

그리고 유검에 대해 생각했다.

'도대체 어떤 신분일까? 복면인 놈의 목소리를 들어보건대, 내공이 웅후하기 그지없고… 또 나이도 제법 처먹은 것 같은데, 애송이 녀석을 보고 어르신이라 부르다니?'

그는 복면인이 사천당문 출신이라는 것은 짐작했지만, 설마 하니 전대 가주라는 어마어마한 신분일 줄은 아직도 전혀 눈치채지 못하고 있었다.

그날 저녁 유검은 하인들이 기거하는 숙소로 가서 잠을 청했고, 복면인과 진성은 그 옆에 밤새 시립해 있었다.

함께 있던 하인들은 죽을 맛이었다. 형형한 그들의 눈빛과 마주칠 담력은 없었고, 큰 기침 소리 한번 내지 못했다. 그저 쥐 죽은 듯 잠이 든 척해야만 했다.

유검에게 이상한 현상들이 계속해서 나타났다. 뭔가 내면에서 깨어난 것 같았다. 갑자기 무형의 기운이 하늘 끝까지 치솟는가 하면, 의식이 그 기운을 타고 무한히 확장되기도 했다.

몇 차례 그런 일이 일어난 후, 기이하게도 내면에서 무형의 기운이 계속해서 방출되기 시작했다. 그와 함께 육체의 몸살도 다시 시작되었다.

며칠 지나지 않아 그런 현상은 사라졌지만, 이후 유검은 공간과 시간에 대한 감각이 완전히 달라진 것을 알았다.

어느 날, 총관이 난감한 기색으로 도사 하나가 찾아왔다고 북궁혁에게 보고했다.

"무당파? 무당파의 말코도사가 왜 본 장을 찾는단 말이냐?"

"그, 그게… 유검 나리를 찾아오셨답니다."

북궁혁은 혀를 찼다.

'그놈, 발도 넓군. 사천당문도 모자라 무당파와도 친분이 있단 말인가?'

직접 나가서 살펴보니 청수한 용모의 중년인이었다. 그다지 위협이 될 것 같지는 않아 보였다.

'사천당문의 그놈이 본 가의 정체를 발설하면 곤란하지. 내가 옆에서 지켜봐야겠다.'

그는 일단 사신가의 정예 무사들이 도착할 때까지 시간을 벌어야 한다고 내심 각오를 다지며 직접 그를 안내했다.

서원장을 찾은 무당파의 도사는 다름 아닌 현풍이었다.

장작을 패고 있던 유검은 그를 발견하곤 반색해 외쳤다.

"사부!"

현풍이 껄껄 웃으며 말했다.

"이런 녀석하곤. 몰래 달아나더니 이런 곳에서 장작이나 패고 있다니."

북궁혁이 내심 뇌까렸다.

'이런 곳에서… 그래, 이런 곳이지.'

한편 유검이 무당파의 제자라는 것을 그제야 깨달았다.

이때 유검 옆에 시립해 있던 복면인과 진성이 깊이 허리를 숙이며 공례를 올렸다.

"어르신을 뵈옵니다. 그간 별래무양하셨는지요."

북궁혁의 안색이 기묘하게 일그러졌다.

그는 내심 두 명의 정체가 제법 강호에서 신분이 높은 노인들일 것이라 짐작했었다. 유검을 어르신이라 부르는 것은 말 못할 사정이 있기 때문일 것이라 생각했었다.

그런데 이제는 한낱 중년인에게도 어르신 운운하며 허리를 숙이지 않는가?

'애송이 놈들이었군!'

그런 놈들에게 휘둘린 어제 일을 떠올려 보니 그는 분통이 터질 정도로 억울하기 그지없었다. 별난 암기에 지레 너무 겁을 집어먹었던 것이다.

그는 그들을 향해 퉁명스럽게 말했다.

"자네들, 이제 그런 복면은 벗지 그래? 어르신 앞에서 그런 복면을 뒤집어쓰고 있는 것은 예(禮)가 아니지."

근엄한 어른으로서의 위엄을 내세우며 점잖게 타이르듯 그렇게 말했다.

하지만 둘은 들은 척도 하지 않았다.

현풍이 둘을 향해 혀를 차며 말했다.

"네 녀석들이 또 일을 벌이려 한다는 소식을 뒤늦게 들었다. 언젯적에나 철이 들려고 하느냐? 인과응보의 이치도 모른단 말이더냐?"

북궁혁이 허허 웃으며 끼어들었다.

"본래 혈기가 방장한 나이 아니겠습니까? 세월 지나면 다 그땐 그랬지 하는 법이지요."

현풍이 고개를 주억거리며 동의를 표했다.

"휴… 장주께선 그 도리를 아시는군요."

"물론이죠. 본시 저도 소싯적에는……."

북궁혁은 말을 잇지 못했다.

진성이 먼저 복면을 벗었다. 인자한 미소를 머금은 백발노인의 모습이 드러났다. 다음 사천당문의 전대 가주가 복면을 벗었다. 날카로운 눈빛에 강직한 노인의 모습이 드러났다.

북궁혁은 멀뚱히 그들을 바라보다 고개를 갸웃거렸다.

"무척… 겉늙었군요."

현풍이 한숨 쉬며 맞장구쳤다.

"하지만 속은 완전 애죠, 애."

그리고 정중히 부탁했다.

"잠시 일을 멈추고 불초제자와 술이나 한잔하며 회포를 풀고 싶은데, 괜찮겠습니까?"

북궁혁은 더듬거리며 고개를 끄덕였다.

"그야… 안 된다고 말할 입장이 못 된다는 것을 알고 있는 저로서는, 뭐… 괜찮다고 말해야겠지요."

"감사하외다."

현풍은 미소 지으며 화답하곤 가볍게 유검을 향해 물었다.

"자, 그래 요 며칠간 돌아보니 어떻더냐? 마교의 행적을 발견했느냐?"

마교라는 말에 북궁혁은 움찔했다.

'설마 우리를 마교의 잔당으로 몰아붙이려는 건 아니겠지?'

가슴이 떨려와 더 이상 있을 수 없었다. 함께 있기로 한 본래의 계획을 백지로 돌리고 얼른 그 자리를 빠져나왔다.

며칠이 지나자 북궁혁은 조금 안심할 수 있었다. 사신가의 정예들이 하나둘씩 들어왔던 것이다.

살기마저 자유자재로 감추는 흑루의 일급살수들은 물론, 백화루의 요녀들과 재원을 충당하는 황금루가 고용한 고수들까지 속속들이 도착했다.

그는 이 정도면 무슨 일이 일어나더라도 문제없을 거라 확신했다. 사천당문이 통째로 쳐들어오더라도 겨뤄볼 만하다고 생각했다.

하지만 그런 그의 장담은 하루를 넘기지 못했다.

"누구라고?"

북궁혁은 자기가 잘못 들었나 싶어 다시 되물었다.

총관이 또박또박 답했다.

"무당파와 소림사의 장문인, 남궁세가의 가주, 그리고 중원제일의 갑부로 알려진 대금산장의 장주께서 정중히 배첩을 보내어 왕림의 뜻을 비치셨습니다."

북궁혁은 흥분된 기색으로 말을 더듬었다.

"왜, 왜, 왜? 도대체 뭐 때문에?"

그의 말에는 분노가 어려 있었다.

"그게… 유검 소협을 찾아오신 듯합니다."

총관은 마치 남의 일처럼 태연히 그렇게 대답했다.

북궁혁은 머리가 띵한 느낌이었다. 아무 생각도 떠오르지 않았다.

쓸모없는 놈 하나 갱신시켜 보겠다고 데려온 게 그리도 잘못이란 말인가?

그런 억울한 생각만 오락가락하고 있었다.

총관이 조심스럽게 물었다.

"저기… 어떡할까요?"

북궁혁은 버럭 소리를 질렀다.

"어떡해? 어떡하다니? 그냥 오지 말라고 할까? 응? 중원무림에서 가장 영향력이 큰 네 사람이 오겠다는데, 오면 큰일난다고 징징거릴까? 응? 말해 봐!"

안절부절못하다 곧 한숨을 내쉬곤 침착함을 되찾았다.

"본 가의 무사들은 모두 숨어 있으라고 그래. 머리카락 하나 보이지 않게 꼭꼭 숨으라고! 그리고 우린 최대한 약한 모습으로 그들을 맞이한다. 이상!"

항주에서 일궈낸 기업을 버릴 수 없는 이상, 배짱으로 나가보기로 결심한 것이다.

사천당문의 겉 늙은이 애송이가 입을 함부로 놀리지 않는다면 사신가의 정체를 들키지 않고 슬그머니 넘어갈 수 있지 않을까 희망한 것이다.

그는 사신가의 악명을 과대평가하지 않았다.

흑루의 악명이 높다곤 하지만 실제 황궁의 정치와 관련된 요인 암살에 주력하고 있었고, 백화루 역시 고관대작들의 향응을 위해 조직되는 등 무림인이면서도 사실 강호에서의 활약은 그다지 없었다.

그런 자기들을 멸문시키기 위해 무림의 양대산맥인 소림과 무당의 장문인, 오대세가의 우두머리인 남궁세가, 중원제일의 거부인 대금산장의 장주가 한꺼번에 찾아왔다고는 믿기 힘들었다.

하지만 한편으로는 그 방문 이유가 납득하기 어려운 것도 사실이었다. 여간해서는 움직이지 않는 강호의 거물들이 왜 물 긷고 장작 패는 평범한 청년을 찾아 직접 나섰단 말인가?

대청을 나선 북궁혁은 하인들과 호위무사들 중 최대한 인상이 좋아 보이는 놈들만 골라서, 그들을 데리고 직접 대문 밖으로 영접을 나갔다.

그리고 잠시 생각해 보다 자기 딸도 불렀다.

아무래도 순수해 보이는 소녀가 함께 있으면 호감을 주지 않을까 생각한 것이다.

강호 거물들이 드디어 봉황산을 오른다는 전갈이 왔다.

멀찌감치서 산을 오르는 그들의 모습을 본 북궁혁은 내심 안도의 한숨을 쉬었다.

그들은 위세를 떨치는 모습을 보이지 않기 위해서인지, 수행 인원을 최소한으로 하고 있었다. 각자 저마다 대여섯 명 정도의 늙은이와 청년들만 대동한 것이다. 모두 합쳐 보았자 스무 명 정도였다.

'저 정도면 본 가의 힘으로 전멸시킬 수도…….'

그리되면 강호는 큰 지진이 일어난 것처럼 요동할 것이다. 비록 흥분되는 생각이었으나 곧 머리를 흔들어 지웠다.

그 수는 적을지 몰라도, 개개인의 무공은 그야말로 초절하기 그지없을 것이다. 설령 전멸시킬 수 있다 하더라도 그날 이후, 강호에서 두 발 뻗고 잘 수는 없을 것이다.

오락가락하는 망상 중에 드디어 거물들이 대문 앞으로 당도했다.

"어서 오십시오. 먼 길을 오시느라 수고 많으셨습니다."

북궁혁은 최대한 정중한 태도로 그들을 맞았다.

그들 중 소림사의 장문인인 백미노승이 합장배례하며 대표로 말했다.

"아미타불… 갑자기 이리 찾아뵈어 참 죄송합니다. 부디 폐가 되지 않았으면 좋겠소이다."

"별말씀을요. 명성이 자자한 강호의 높으신 분들을 뵈오니 불민한 불초의 가슴이 두근거려 도무지 안정되지 않을 정도로 기쁘기 한량없을 뿐입니다."

이런 저런 상투적인 인사말이 오간 후 그들은 즉시 유검이 있는 곳으로 안내되었다.

현풍과 유검은 느긋하게 술잔을 홀짝이며 침묵의 대화를 나누고 있었고, 사천당문의 전대 가주와 진성은 그 옆에 시립해 있었다.

장문인들을 보자 유검은 일어서려 했다.

"앉아 있거라."

현풍이 고개를 저으며 말렸다. 자기 신분을 인정하고 받아들이라는 의미였다.

유검은 짧게 한숨을 내쉬며 다시 주저앉았다.

북궁혁은 강호의 거물들이 유검과 현풍을 향해 먼저 공손히 예를 올리는 것을 보고 형언하기 힘든 이상한 감정을 느꼈다.

'도대체 너의 정체가 뭐냐? 무림의 지존이라도 된단 말인가?'

무당파의 장문인 현진이 현풍에게 예를 올리며 입을 열었다.

"이렇게 찾아뵌 저희들의 고초를 이해해 주시겠습니까?"

현풍이 혀를 찼다.

“예나 지금이나 성질 급한 것은 여전하구나. 자자, 그렇게 우르르 서 있지 말고 편하게 앉아서 이야기하게.”

그리고 북궁혁을 향해 부드럽게 말했다.

“주인장, 수고스럽겠지만 뭔가 먹을 것과 술을 대접해 주지 않겠소?”

“그, 그야 물론이지요.”

북궁혁은 하인을 시켜 급히 안주와 요리를 대령해 오라고 명을 내렸다.

장문인 등은 현풍의 권유에 따라 여기저기 바위나 풀밭 위에 자리해 앉았고, 함께 대동한 장로와 제자들은 그 뒤에 시립해 있었다.

무당파 장문인 현진이 다시 입을 열었다.

“저희들의 고충을 이해해 주시겠습니까?”

밑도 끝도 없는 이야기였지만, 현풍은 알아들은 듯 고개를 끄덕였다.

“양들이 평화롭게 풀을 뜯고 있는데 갑자기 사자가 나타나면 놀라기 마련이지.”

현풍은 히죽 웃으며 주위를 돌아보았다.

“사자는 배가 불러 잡아먹을 생각이 없다 하더라도, 양들은 안절부절못하며 가만있을 수 없는 게지. 뭐, 언제고 배가 고파지면 잡아먹힌다는 생각에 불안할 수밖에…….”

양들 취급을 받으면서도 아무도 이의를 제기하지는 못했다.

현풍이 유검을 가리키며 말했다.

“일단 이 녀석의 무공이 어느 정도인지 알고 싶겠군?”

무당파 장문인 현진이 살짝 얼굴을 붉히며 고개를 끄덕였다.

"일단… 그렇습니다, 어르신……."

현풍이 유검을 빤히 바라보며 말했다.

"뭐… 들었지? 재롱 좀 부려봐라."

유검이 웃으며 대답했다.

"그럼 항주를 두 조각 내볼까요? 꿈속에서 낙양을 반으로 가른 적은 있거든요."

"진심이냐?"

"제 말 중에 허튼소리 아닌 게 있었습니까? 물론 농담이죠."

"하아… 여기 온 사람들이 네 농담을 듣고 싶어할 것 같으냐?"

"재롱을 부려보라면서요?"

"입담 말고 몸으로 보여다오. 내 제자가 게으르다는 말은 듣기 싫구나."

유검은 어쩔 수 없다는 듯 한숨을 내쉬더니 천천히 몸을 일으켰다. 그리고 좌중을 향해 말했다.

"저의 무공이 어느 정도인지 궁금하신 모양이군요. 천하를 상대하더라도 질 생각은 들지 않는다면 믿으시겠습니까?"

광오하기까지 한 그 말에 사천당문의 전대 가주와 진성은 가슴이 벅차오르는 것 같았다. 예전 그분의 기도를 다시 보는 듯했다.

유검이 다시 말했다.

"자, 무엇을 보여 드릴까요? 일검으로 바다를 갈라 보일까요? 아니면 산을 두 조각 내 보일까요? 아직 해보진 않았지만 할 수 있을 것 같은 기분이 듭니다."

장문인들은 충격을 받았다.

남궁세가에서 일검으로 전각을 무너뜨렸다는 등의 이야기를 들었을 때에도 초절하기 그지없는 무공의 경지에 대해 놀라움을 금치 못했다. 하지만 지금의 이야기는 그것을 넘어서고 있었다.

바다를 가르고 산을 두 조각 내겠다니?

유검이 하늘을 향해 손을 뻗었다.

쾅—!

대포 소리가 났다.

변화는 저 먼 하늘에서 일어났다. 구름이 뒤엉키면서 회오리치더니 곧 먹장구름으로 바뀌었다.

조금 시간이 지나자 하늘이 검게 물들기 시작했고 후드득— 소리와 함께 비바람이 몰려오기 시작했다.

내리는 비를 맞으며 유검이 말했다.

"제게 왜 이런 능력이 생겼는지 저도 모릅니다. 하지만 이젠 흥미가 없습니다. 다시 써먹고 싶지 않아요. 재미가 없거든요."

"……."

좌중은 침묵 속에 있었다.

초절하기 그지없는 유검의 무공이 강호에 혼란을 일으키지 않을까 싶어 찾아왔는데, 그 경지는 상상외였던 것이다.

현풍이 입을 열었다.

"하늘은 하찮은 미물에게도 이런 저런 능력을 주셨고, 각각 그 쓰임이 있기 마련이다. 네가 그러한 능력을 얻었으니, 천하를 위해 쓸 생각은 없느냐?"

그 말에 유검은 크게 웃었다.

"하늘이라고요? 하하……!"

웃다가 현풍을 향해 물었다.

"정말 그렇게 생각하십니까? 하늘이 감히 인간의 일을 간섭할 수 있다고 믿으십니까?"

현풍은 아무런 대꾸도 하지 않았다. 그저 미소만 지을 뿐이었다.

"그리고 사람들은 일일이 도당을 만들어 편을 가르고 싸웁니다. 천하를 위해서라고요? 누구 편을 들란 말입니까? 제가 왜 간섭해야만 합니까?"

유검은 좌중을 둘러보며 계속해서 입을 열었다.

"이런 능력이 비록 대단해 보이겠지만, 제게는 그저 장작 패고 물 긷는 것과 하등 다를 바 없습니다. 당신들의 염려는 이해하지만 전혀 의미없는 것입니다. 제가 만약 이 자리에서 그대들의 목을 취하겠다면 과연 누가 막을 수 있습니까? 제 능력을 보여준 것은 그냥 천재지변처럼 받아들이고 더 이상 고민하지 말기를 바라서입니다."

대금산장의 장주가 괴로운 듯 물었다.

"만약 그대가 함부로 행동한다 하더라도 우린 거부할 의지가 없다는 의미요?"

"엄밀히 말하자면 그렇습니다. 지진이 일어난다 해서 대지를 원망하겠습니까? 그냥 그렇게 받아들이십시오! 난 천재지변입니다!"

유검의 그 말은 참으로 광오하기 그지없는 것이었다.

좌중의 긴장이 고조되었다.

현풍이 탄식하며 말했다.

"왜 일을 사서 만드는가? 이 녀석은 그저 하인 노릇에도 충분히 만족하고 사는데, 왜 미리 사서 걱정하는 겐가?"

무당파 장문인 현진이 억눌린 음성으로 반론했다.

"앞날을 미리 걱정하지 않는다면, 어떻게 대비할 수 있겠습니까?"

유검이 광소하며 끼어들었다.

"그대는 앞으로 백 년을 더 살진 못할 것입니다. 그래서 죽음에 대해 어떻게 대비하고 있습니까?"

현진은 그 말에 더 이상 대꾸할 수 없었다.

대금산장의 장주가 입을 열었다.

"만약 그대가 천하의 황금을 모으기로 작정한다면 아무도 말릴 수 없을 거외다. 상계는 완전 무너지고 말겠지요."

유검은 웃었다.

"왜 모으죠? 황금을 모을 이유가 있습니까? 정말 바라는 게 있다면 저의 능력으로 얻지 못할 게 없습니다. 왜 귀찮게 그런 쇳덩어리를 모아둔단 말입니까?"

"아미타불……."

소림사의 장문인 백미노승이 불호를 외우며 말했다.

"그대의 기도는 마치 천상천하 유아독존을 외치신 불존(佛尊) 같구려. 그 능력 또한 육신통과 크게 다를 바 없어 보이오. 만약 번뇌를 모두 소멸하였다면 이미 육근이 뿌리뽑혀 인간의 욕망을 갖지 않을 것이니……."

"누가 욕망을 갖지 않는다고 했습니까? 전 부처도 아니고 아무것도 아닙니다. 제가 바라는 것은 오히려 인간이 되는 것입니다."

"……."

바람은 거칠고, 비는 여전히 쏟아져 내리고 있었다.

유검이 한숨을 쉬었다.

"저도 고민이 있습니다. 다른 이런 저런 욕망은 이 고민에 비하면 아무것도 아니지요."

"아미타불… 무슨 고민입니까?"

"지금 내가 이렇게 존재하고 있다는 것이 못 견디게 힘듭니다. 나는 공(空)이 되는 것도 싫고 색(色)이 되는 것도 싫습니다. 어떻게 해야 합니까? 법문을 들려주시지요."

백미노승은 합장배례했다.

"감히 말할 수 없습니다. 어떤 성현도 말할 수 없었습니다."

유검은 천천히 고개를 들어 허공을 쏘아보았다. 어느 한 점을 맹렬히 주시했다. 하늘에게 지식을 내놓으라 요구하는 모습처럼 보였다.

그것을 보고 있는 좌중은 마치 최면에 걸린 듯 침묵했다. 갑자기 아무 생각도 떠올릴 수 없었던 것이다.

한 시진이 순간처럼 흘렀다.

유검이 움직이자 사람들은 다시 움직일 수 있었다.

"휴우… 미친 코끼리처럼 날뛰는 저희들의 마음을 베어버리다니… 이 수법은 실로 무섭기 그지없구려."

대금산장의 장주가 고개를 절레절레 저으며 그렇게 말했다.

남궁가주가 현풍에게 요청했다.

"하루 동안 저희들이 의논할 시간을 주시겠습니까?"

"허허… 또 쓸데없는 망상을 지어내고 싶은가 보군. 마음대로 하게나."

북궁혁은 사람들을 귀빈실로 모시며 뭔가 대단한 것을 보았다고 느꼈다.

사람들이 물러나자 현풍이 은근슬쩍 유검에게 물었다.

"가만 보니 너의 능력이 대단하구나. 혹시 무상검의 경지에 오른 게 아니냐?"

유검이 크게 웃었다.

"그런 엉터리 경지 따위가 언제 존재했단 말입니까? 무상(無常)…무상… 실재하지 않는 검의 경지! 난 모릅니다."

현풍이 슬며시 미소를 지었다.

"그래, 최소한 환상에 빠지진 않았구나."

유검은 현풍에게 크게 대례를 올렸다.

"사부님은 제게 가르쳐 줄 수 없는 것을 가르쳐 주셨습니다."

"난 모른다."

유검이 미소 지으며 대꾸했다.

"앞으로도 아는 자는 있지 않을 것입니다. 제가 할 수 있는 유일한 예언이군요."

현풍이 눈빛을 기이하게 빛내며 물었다.

"근데, 혹시 지금 떠나려고 하는 것 아니냐? 그 녀석들이 머리를 쥐어뜯으며 네 목에 걸 방울을 준비하고 있는데 말이다."

"심심하면 명주를 들고 찾아뵙겠습니다."

유검은 포권하며 그렇게 말했다. 말이 끝나자 갑자기 그의 모습이 사라졌다.

"어, 어르신!"

사천당문의 전대 가주와 진성은 자기들에게 일언반구도 없이 유검이 모습을 감추자 당황했다.

그것을 보고 현풍이 껄껄 웃었다.

"눈이 있어도 보지 못하는 놈들 같으니!"

북궁혁은 또다시 전갈을 받았다. 회포장삼을 걸친 삿갓여인이 방문

한 것이다.

참으로 바쁜 날이었다.

일진홍 그녀가 북궁혁에게 물었다.

"그자에게 무슨 쓸모있는 점이 발견되었나요?"

북궁혁은 쓴웃음을 지었다.

"그 이야기를 하려면 제법 길다오. 술 한잔하면서 들어보시겠소? 그대가 졌다는 사실을 인정하긴 힘들 테니……."

칭칭땅땅

칭칭땡땡

북녘에서 불어오는 찬바람이 살을 에는 겨울이었다.

낙양 시내를 가르는 대로변에는 추위 때문인지 오가는 사람들이 많지 않았다. 소수의 사람들만이 고개를 푹 숙인 채 서둘러 발걸음을 재촉하고 있었다.

그런데 마치 물결처럼 사람들의 고개가 하나둘씩 들려졌다. 그들의 눈길은 총총걸음으로 오고 있는 성숙한 여인으로 향해 있었다. 그녀를 보면서 걷느라 돌부리에 걸려 넘어지기도 하고, 다른 사람과 부딪치기도 했다.

여인은 대로변에 있는 한 주점으로 들어갔다.

술로 추위를 이기며 왁자지껄 소란스럽던 주루는 삽시간에 조용해졌다.

여인은 그 광경이 익숙한 듯 신경 쓰지 않고 넋을 잃고 쳐다보는 점소이에게 말했다.

"따뜻한 국수 하나 주세요."

"예? 아… 옙!"

점소이는 지고의 황명을 받은 장군처럼 씩씩하게 주방으로 달려갔다.

여인은 손을 비비며 입김을 불어넣었다.

"우와—! 정말 춥네."

주점 한구석에서 두 청년이 조그맣게 이야기를 나누고 있었다.

모자를 푹 눌러쓴 한 청년이 소곤거리듯 말했다.

"내가 가서 말이나 걸어볼까?"

다른 청년이 기가 막힌다는 얼굴로 대꾸했다.

"네 주제에? 꿈 깨시지. 표국에 취직했다고 천하가 네 것인 줄 알면 곤란해."

"그야 모르지. 본래 예쁜 소저들일수록 임자가 드문 법이니까."

"쳇. 근데 가서 뭐라고 말을 걸려고?"

"칭칭땡땡!"

"잉? 그게 무슨 뜻이지?"

"죽여주네. 아름답소. 예쁘군요. 사랑하오. 너와 함께. 기타… 실로 여러 가지 뜻이 있지."

"나 참… 마음대로 해봐. 만약 네가 저 소저를 꼬신다면 오늘 술값은 내가 책임지마!"

"좋아, 그 말 기억해 둬!"

모자를 푹 눌러쓴 청년은 조심조심 여인에게 다가갔다. 그리고 정말로 말을 걸었다.

"칭칭땡땡!"

여인은 뜨거운 차를 호호 불면서 마시고 있었는데, 낯선 남자의 수작에 전혀 반응하지 않았다.

청년이 다시 말했다.

"이야~ 그대의 인내심은 아주 대단하구려. 칭칭땡땡이란 말을 듣고서도 그렇게 태연하다니 말이오."

그 말에 여인은 호기심을 느낀 듯 고개를 들어 물었다.

"무슨 뜻이죠?"

곧 그녀는 긴 머리를 찰랑이며 고개를 저었다.

"아니, 말하지 마세요. 전 지금 사람을 기다리고 있거든요. 이상한 말은 지금 듣고 싶지 않아요."

"누구를 기다리죠?"

"음… 아주 못된 남자요. 몇 년간이나 소식조차 없다가 갑자기 이런 주점에서 만나자고 하는 염치없는 인간이에요."

여인은 자기가 너무 말이 많았다고 느꼈는지 아미를 찌푸렸다.

"이제 그만 가주시겠어요? 전 그 사람을 만나면 어떻게 화를 낼지 고민을 해야 하니까요. 그 때문에 약속 시간보다 한 시진이나 먼저 나왔단 말이에요."

청년이 더듬거리며 말했다.

"저… 화를 안 내면 안 될까요?"

"쳇, 댁이 무슨 권리로……."

쨍그랑—!

그녀가 쥐고 있던 찻잔이 떨어졌다.

여인의 눈은 천천히 모자를 벗고 있는 청년의 얼굴에 고정되어 있었다.

청년이 미소를 지으며 말했다.

“일자리를 드디어 구했는데, 다우 네가 화를 내면 재수가 없을 것 같거든.”

“이 바보―!”

다우는 개구리처럼 풀쩍 유검의 품속으로 뛰어들었다.

유검과 함께 왔던 청년은 주먹을 부르르 떨었다.

“어, 어떻게 이런 일이!”

주점 안은 소란스러워졌다. 사람들의 휘파람 소리, 야유하는 소리 등은 아랑곳 않고 다우는 유검의 품속에서 웃기도 하고 울기도 했다.

유검은 추위에 얼어붙은 그녀의 귀를 두 손으로 감싸주며 부드럽게 말했다.

“좋은 소식이 하나 있어. 누가 오늘 술값을 내준대.”

“바보.”

“아, 근데 기루에서 일하고 있어?”

“쳇, 재미가 없을 것 같아서 그만뒀어. 근데 여기서 계속 말할 거야?”

“칭칭띵띵!”

“아, 그거 무슨 뜻이야?”

“널 사랑해, 라는 거지.”

“…….”

다우는 유검의 멱살을 꽉 쥐었다. 그녀의 두 눈에는 눈물이 그렁그렁 맺혀 있었다.

동장군의 기세는 여전했지만 주점 안은 훈훈하기 그지없었다.

大尾